漠风吻过南飞雁

顾锁英 著

文汇出版社

图书在版编目（CIP）数据

漠风吻过南飞雁 / 顾锁英著. -- 上海：文汇出版
社，2025.1. -- ISBN 978-7-5496-4436-0

Ⅰ. I267

中国国家版本馆 CIP 数据核字第 202567SK85 号

漠风吻过南飞雁

著　　者／顾锁英
责任编辑／邱奕霖
装帧设计／书香力扬

出版发行／**文匯**出版社
　　　　　上海市威海路 755 号
　　　　　（邮政编码 200041）

经　　销／全国新华书店
印刷装订／四川科德彩色数码科技有限公司
版　　次／2025 年 1 月第 1 版
印　　次／2025 年 1 月第 1 次印刷
开　　本／880×1230　1/32
字　　数／230 千
印　　张／9.875

ISBN 978-7-5496-4436-0
定　　价／68.00 元

写在顾锁英散文集
出版之前。
　一个不尚著的作
家，
　　不经过磨炼的作
者，
　　　是很难写出让读者
心疼人心爱的生作品的。

王宗仁 2024年
6月于北京

很可能与我的经历有关，我是从青藏高原汽车兵中走出来的军旅作家。我曾经有上百次驾车翻越世界屋脊的经历。正是这个令人独厚的经历，让我成为一个几乎专门以青藏高原的冰山雪岭为题材的作家。

至今我出版了150多本书，几乎全是青藏题材。所以，我愈加认为一个有作为的作家，不吃苦不行，不经历艰苦环境磨炼不行。苦可以壮助骨，磨难炼意志，可以长智慧。

我站在唐古拉山山脊，早晨喷薄而出的太阳从我的右肩升起，傍晚徐徐而下的夕阳从我的左肩落下。夜晚，满天的星星可以随意摘下来放进汽车驾驶室，伴着我夜行车。好自豪！

有了这样的心愿，你还会觉得高原苦吗！在冰天雪地里生活冷吗！苦变成了乐，累变成了甜，我会自豪地说：踏碎高原千里雪，昆仑却逢任我跨！

王宗仁
2024年6月于北京笔耕

鲁迅文学奖得主、著名军旅作家王宗仁老师手迹

顾锁英布面写意油画《在那遥远的地方》

顾锁英布面写意油画《大漠深处》

顾锁英写意水粉《故乡月夜》

顾锁英写意水粉《三月的小雨》

从漠风抵达生命中的美景

——序顾锁英散文集《漠风吻过南飞雁》

摆在我案头的是常州女作家顾锁英将要出版的散文集《漠风吻过南飞雁》。略知一二顾锁英经历的人都知道，她的前半辈子带着青春的梦闯荡在青海戈壁高原、柴达木盆地；后半辈子带着逐梦的希望，奔波在蜀地异乡和江南故土。这本散文集，正是书写了作者大漠追梦、江南逐梦的人生经历与感悟。

全书分两个部分，辑一《在那遥远的地方》，着力展现作者梦的启航地高原大漠的地域特色、风土人情，再现了作者在大漠历经磨难的生活经历、拼搏奋斗精神；辑二《彼岸有星光》，书写作者走出大漠，奔波穿梭在多个省份、多个城市，继续拼搏逐梦的故事。

写在顾锁英散文集出版之前：

一个不吃苦的作家，

不经过磨难的作家，

是很难写出让读者心爱心疼的作品的。

王宗仁　2024 年 6 月于北京望柳庄

这位上百次驾车翻越世界屋脊，至今出版了 150 多本书几乎全是青藏题材的八十五岁高龄的军旅老作家，得知在青海闯荡近二十年的顾女士要出书了，连夜题词相赠。这段文字，阐述了艰苦环境的磨炼对于一个作家成长的必要性，高尔基如此，王宗仁如此，顾锁英又何尝不是如此。题词充分表现了一位军旅作家的苦乐观，及其乐观积极的人生感悟，也是开启我们准确把握《漠风吻过南飞雁》一书主旨的金钥匙。天长日久高原生活的艰辛，给了顾锁英和多少高原儿女成长的原动力与鞭策，给了他们多少创作的源泉、灵感和底气。这正是作者笔下遍地沙石、漫天瑟萧的西部景观——

窑洞外天地一色，浑黄一体。风卷起地面的沙石、纸屑，冲向高空，盘旋、飞舞，我惊呆了，这是我在江南不曾见到的景象。踮起脚，伏在窑洞壁唯一通向外界的窗孔边，眼巴巴目睹整个茫崖矿区被无情的沙暴笼罩，吞没……

——《茫崖的风》

顾锁英通过她的文字，也把我们引进了她在西部作为教师的职业生活场景。

嗖嗖的朔风裹着漫天大雪，肆虐地袭击着矿山下的一间土窑洞。土窑洞的门，仅是几块粗糙的木板钉成的……沙砾，沙沙地流淌到地上，还未形成"锥形"，便被狂风吹得不知去向了。窑洞内，灯光昏黄，弥漫着呛人的草根烟味。在一堆骆驼刺根燃烧的火堆旁，一位面庞白皙的女青年，拥着一个男孩的双手轻轻地揉搓着。墙角，另一个男孩趴在几块板子钉成的小桌上，全神贯注地用铅笔写下了"我爱青海，我爱茫崖"几个歪歪扭扭的小字……

——《为了这片"绿洲"》

这就是作者所供职矿山的第一所学校，第一间教室。也许，这位"面庞白皙的女青年"正是作者当年的自己，年轻的老师们，把有限的生命随三寸粉笔延伸，培育了沙漠中一片片"绿洲"，而那位趴在小桌上写下"我爱青海，我爱茫崖"歪歪扭扭一行字的小男孩，正是高原的希望、高原的未来！

东 18 幢 18 号，柴达木深处茫崖局促的住宅楼，卫生间改为冲洗胶卷的暗室，客厅用作摄影室，房间兼作书房和画室，走道成了"一线天"，看上去十分拥挤，"可那却是我的世界、我的乐园，是我跨上知识的神骏纵横驰骋的原野，是我整装待发奔向人生新里程的港湾"。顾锁英的这种直面现实、安贫乐道的"浪漫"，让我不禁想起泰戈尔笔下的那种境地："我生活中有一片荒漠和寂静，那是一片旷野，我忙碌的日子在那里获得了光线和空气。"（《飞鸟集》）

面对自然环境的恶劣、生活的艰辛、住房的局促，这个坚强的女人无怨无悔。

她的同事，青海省海西州原文联副主席子夜说："印象中的顾姐，始终是一峰不释重负的骆驼。"（见本书序二）

顾锁英说："这十年，我没将自己当作女人，我没有依靠过任何一个人，如青壮年男人一般前行着。"

忽而想起凤凰卫视女主播曾经戏说：凤凰卫视把女人直接当男人用，把男人当牲口用。虽则带有几分调侃，也道出了凤凰卫视的巾帼英豪是怎样炼成媒体精英的；也佐证了顾锁英是怎样在艰难困苦的环境中立足大漠，历尽磨难，久经考验，越战越强，从漠风抵达生命中的美景的。她总是喜欢穿上她那身专业摄影行头，束上腰带，英姿飒爽，端起相机，挺身，好一个静水深流的女子；俯身，一个选择最佳镜头的姿态，忘我的境地，无往不胜，无所不能。

作为一个女人，作为一个充满理想的支边女青年，她的内心始终有其江南女子柔软的一面。在德令哈应聘杂志社编辑的38个日日夜夜，"一串长长的寂寞，长长的等待，长长的煎熬"，尽管"夜不成寐，饭不甘味"。这在柴达木最西部最边陲大漠深处茫茫戈壁生活了多年的江南女子，连对空中飘飞的白杨花都会产生丝丝怜悯与敬意。

是白杨花，给"天上无飞鸟，地上不长草"的茫茫戈壁带来了一丝生趣；是白杨花，在"风刮石头跑，六月穿棉袄"的大漠深处找到了自己飘飞的空间；是白杨花触动了一个身处戈壁深处的江南女子追梦初衷，她把满地的白杨花装入袋中，她要带走这白杨花，她要让白杨花在自己的天空飘飞的浪漫带进自己的生活之中。

我的梦中没有雨，漂泊奔波动荡的生活让我尝遍颠簸之苦。执着，韧劲，走过风雨，蹚过溪流，穿越群山，如荒漠中一峰虔诚的骆驼，无怨无悔地默默前行着。

一代传奇画魂潘玉良女士说，每个人一生都有两次诞生，一个是肉体的出生，一个是灵魂的崛起。顾锁英在大漠深处火热的生活中怀揣文学艺术的梦想，我们是否也能视之为其灵魂的崛起呢？顾锁英在大漠近20年的生活，她越来越靠近文学，靠近艺术，把文学艺术视为生命中不可或缺的一部分，这不正是灵魂的崛起吗？有了这灵魂的崛起，巍巍昆仑有多高，心就有多高；皑皑白雪有多纯，心就有多纯。有了这灵魂的崛起，即便"漂泊、奔波、动荡的生活让我尝遍颠簸之苦"，我也在所不惜，永不放弃！

我很欣赏这部散文集的书名，《漠风吻过南飞雁》，刚柔相济、粗犷豪迈却又不失高原儿女"苦变成了乐，累变成了甜"的浪漫情怀。这部散文集，正引领我们走进一个大漠启梦、故乡逐梦的江南女子的精神世界。作者精选两幅原创摄影作品作为单元封面配图，并为全书配发了自己的美术作品，让散文集更添光彩。

在《青海日报》《青海青年报》担任基层通讯员、特约记者时，独自外出采访，呼啸而来的沙暴将她围困近三小时，她不顾自身安危死命地捧住心爱的海鸥相机，相机保全了，自己连滚带爬滚到路边沙坑摔得鼻青脸肿。在内地省电视台工作，走基层，跑第一线，获取第一手资料予以报道，推动地方工作。返乡以后更是热衷于乡村振兴与家乡的文化事业、公益活动，拍摄纪录片《姐夫回乡记》，报道全国拥军模范"兵妈妈"，为常州抗战老兵留影，投身于龙城精神文明建设的洪流……多年来的辛勤耕耘硕果累累，她成了江苏省作家协会的一员，成为中国女摄影家协会会员。

意大利人夸西莫多说：“爱，以神奇的力量，使我出类拔萃。”顾锁英将对大地的爱，对他人的爱，对自己的爱，作为一种生命的底色、作品的底色，因而有了数以千计的优秀摄影、美术、文学作品问世，她用自己的相机、自己的笔，为我们这个时代的精神文明建设增光添彩。

与顾锁英多次在北京、河南唐庄等地作家研修班相遇，我并有幸留下与高洪波、梁晓声、王宗仁、阎连科等众多名家的合影，这些都出自顾锁英的镜头之下。文友要出书了，嘱我写序，我知道她多年来耕耘之不易，便写下以上文字，与文友共勉，并预祝顾锁英未来的日子阳光灿烂，顺心顺意，更加深入生活，磨炼文字，生活、艺术双丰收！

是为序。

韩树俊

2024 年 7 月 30 日于苏州寒山寺南

（序作者系中国作家协会会员，出版《靠近驿站的古街》《一条河的思念》等 6 部散文集，曾获吴伯箫散文奖、刘成章散文奖、奔流文学奖、苏州市精神文明建设“五个一工程”奖等多种奖项。）

一峰不释重负的骆驼

　　每到一年的六七月份，德令哈的空中就会纷纷扬扬地飘飞着满目的杨树花，看上去就像是天空洋洋洒洒地下着一场"六月雪"，让每个身临其中的人，都会激情涌动，禁不住伸手去空中抓一把柔情。

　　我和顾锁英女士就是在这样一个浪漫的季节里认识的。那是 1995 年，我刚到《瀚海潮》编辑部任职。当时，编辑部需要一个美术编辑，经人推荐，还处在风华正茂年华的顾女士从大漠戈壁的深处走出来应聘。那次，她虽然没能如愿以偿，但我们之间却结下了深厚的友情。相互之间以姐弟相称，直到现在，算来也有十几个年头了。在这十几年里，我们先是以书信的形式互通信息，互报平安；后来手机普及了，便常有电话和短信互致问候。

顾姐是个事业心很强的女人。她是从事教育工作的，除了努力干好自己的本职工作外，据说她所带班级学生的语文成绩，从来都是在同年级平行班中名列第一。她业余爱好也非常广泛，美术、摄影、写作等都是她的强项。戈壁沙漠本是男人们的世界，顾姐却能够在业余时间里足迹遍布瀚海，摄影、作画，并用文字记录下自己对脚下柴达木这片土地的热爱，作为一个女人，实属不易，难能可贵。

印象中的顾姐，始终像是一峰不释重负的骆驼。她总是工作—工作—再工作，对工作的狂热已到了极致。不身处柴达木，不生活在大漠戈壁的腹地，你不会理解一个柴达木人的"疯狂"，更读不懂柴达木人身上所体现出来的那种博大深邃的精神。记得十几年前我去西部采风，顺便去看望了一下顾姐。班车像一头伏枥的老骥，呼哧呼哧地喘着粗气，发出哼哧哼哧的声音，无怨无悔地行进在一条像搓板一样的石子路上。这条路从茫崖延伸出去，在茫茫无际的戈壁沙漠之中，伸向遥远而又遥远的地方。一车乘客被汽车颠簸得早已经筋疲力尽，一个个东倒西歪地靠在座椅上打起了瞌睡，而我的心中惦记着朋友，看着一路恶劣的环境，想象着朋友的生活境况，心中不免有一些酸楚。路况不好，车况更糟。一路上汽车不停地出现小故障，司机一边发牢骚一边将车修好，继续颠簸着赶路。就这样，汽车坏了修、修了走、走走停停、停停修修、修修走走……路，不知道有多长；车，不知道行走了多长的时间。终于，在遥远的路的尽头，在一个光秃秃的山窝窝里，依稀看到了一片灰茫茫的房屋。那，就是朋友生活和工作的地方；那，就是原国家建筑材料工业部，后更名为国家建材局的茫崖石棉矿！

见到了朋友，见到了常年生活和工作在这里的人群。他们每个人，无论是男人或者是女人，脸上都挂着幸福而满足的笑容。路途中，我在心中为朋友生出的那点儿酸楚感，就像是一个见不得人的小丑儿，不知什么时候逃遁了。这里虽然四下里荒无人烟，但茫崖石棉矿生活区却像是一片世外桃源。我惊奇于人的力量，世界上，只要哪里有了人，哪里就会产生奇迹。在柴达木，在戈壁沙漠的深处，柴达木人凭借着自己的力量和智慧，正在创造着一个又一个奇迹！

顾姐带我去看了昆仑山下隆起的一堆堆圆锥形的土坡，如雅丹地貌般，在这个荒凉的山窝里，显得雄奇而又悲壮！我是平生第一次真切地感受到了，为了建设祖国的大西北、为了开发柴达木深处矿山的无数先辈们的忠骨长眠于这苍茫雄浑的昆仑山下，有些是一家三代全部长眠于此……无私奉献、艰苦奋斗的柴达木人那种"献了青春献终身，献了终身献子孙"的崇高精神令人敬畏！这里真应该作为一处红色教育的"旅游景观"，让所有来到柴达木的人，来到茫崖的人，都能身临其境地感受一下这些奉献者的一腔热血！用身心来体会一番柴达木人的人生价值。我仿佛一下子读懂了朋友以及和她一起生活的那个人群的脸上的笑容，这也许就是顾姐带我来此的良苦用意吧。

为了追梦，顾姐办了长假，本该可以回到内地好好休息调整一下。可是这峰从大漠戈壁里走出来，仍不释重负的骆驼，却以更大的热情投入到了自己热爱的事业中。她端着照相机，扛着摄像机，投笔到了电视台记者队伍的行列。几年后，她又跻身于大学校园，用手中的画笔和青年学生们交流。如今，她又创办了文学、影视工作室……她是一个不知疲倦，永远停不下脚步的人。直至今日，她仍活跃、穿梭在公益活动现场，用手中的镜头和笔，拍摄、报道、讴歌、弘扬社会的真善美。她像柴达木的一峰双峰驼，驮着自己为之奋斗一生的事业，在人生的沙漠之上，不断地前行着，前行着。所到之处，都会留下辉煌的足迹；所经之处，都会响起美丽动听的驼铃声。这就如同著名湖湘作家、高级编辑、有"铁血记者"之称，曾在青海冷湖石油局报社、冷湖电视台工作过的，青海师大地理科学学院客座教授甘建华先生在编撰的柴达木大型文史巨著《盆地风雅》中收入的一段词条说的那样："如果要说'柴达木才女'，不能不提顾锁英，尽管我并不认识她，但她确实当得起这五个字。她曾任茫棉中学语文教师，网上图片端的是英姿飒爽。首先她是一个摄影家：中国女摄影家协会会员，青海、江苏两省摄影家协会会员，国家级高级摄影师。许多作品荣获省部级摄影奖，《青海资源系列折页》荣获中央外宣办、国务院新闻办颁发的'七个一工程'奖二等奖。其次她是中国散文学会会员、中国诗歌学会会员、中国报告文学学会会员、江苏省作家协会会员，诗文入辑多个选本，并荣获全国文学艺术大赛一等奖，连续三年荣获中国散文年会二等奖等。散文片段被中央电视台和青海电视台联合录制的专题片《戈壁魂》用作解说词，这个我也看过。再则她还擅长油画、国画、水粉画，并在全国获得过创作年会二等奖。"文化学者、青海德令哈作家协会名誉主席甘建华先生给予了朋友高度的肯定和广泛的揄扬。

又是一年一度德令哈白杨飘絮的季节。顾姐电话中说，她准备将自己发表在全国各大报纸杂志的作品结集出版，并邀请我为她的集子作个序，我欣然接受了。我本是个不愿为人作序的人，因为时下的社会，了解一个人太不容易。虽然"文如其人"，可以通过阅读作品集子来间接了解"其人"，可是自己又没有那么多时间和精力来认真研读一本厚厚的书，也许正因如此，会让一些朋友心怀怨气。可是，顾姐不同，多年的挚友和她坦坦荡荡做人的品行，整个人明明白白，清清楚楚，光明磊落得就像在我面前摊开的一张洁白的纸，或者说是晒在戈壁滩上的一枚圆圆的砾石，更或者说是晾在沙滩上的一个美丽的贝壳，不需要我去绞尽脑汁地做一番研究，遂写就如上的一些文字，权作为序。

子　夜

2011 年 7 月 6 日于德令哈

（*序作者系青海省海西州原文联副主席。*）

（说明：此序写于十多年前，朋友由于这十几年生活处于动荡、迁徙之中，耽搁了此书迟迟不能出版。因而，我的序在保留十多年前原有的文字语境中，极个别地方稍做补充。）

目录

CONTENTS

辑二　彼岸有星光

在那遥远的地方

辑一

在那遥远的地方、在八百里瀚海深处、在青新交界处的大风口、在飞沙扬砾的异乡，我用青春做了赌注。在洪荒中耕植等待收获，在远古的风尘中辨别方向，在无雨的空间期待春暖花开……

寻觅遗失的白杨花

初识白杨，是在西海的德令哈。

那年，为调杂志社当编辑之事，我在德令哈度过了三十八个日日夜夜。

那是一串长长的寂寞，长长的等待，长长的煎熬。夜不成寐，饭不甘味，心中悬吊一块沉重的石头。尽管有时也画点习作，看点书，但总无法静下心来打发时光。

为解决生存问题，一日三餐不得不跨进离旅店十几米的最近一家饭馆。老板是四川来的小两口。去的次数多了，也就混熟了。他们对我挺好，也很热情，常给我做些我爱吃的饭菜。

饭馆门前一米开外就是一排高高耸立的白杨，这时节恰逢白杨飘花的鼎盛时期。

常因等候用餐我临窗眺望：公路上穿梭的车辆、匆匆的脚步、大汗淋漓的三轮车夫……最引我注目的还是那纷纷扬扬的白杨花。她似漫天飞舞的雪花，飘落到行人们的头上、身上。这对于我这个南方长大，在柴达木最西部、最边陲、在"天上无飞鸟，地上不长草，风刮石头跑，六月穿棉袄"的大漠深处——茫崖戈壁生活了多年的人来讲，不能不说是一幅最壮丽、最动人的景观，装点着盛夏的高原之城。

一阵微风吹来，飘飞的白杨花不约而同聚集到一起，一团团、一簇簇地冲进饭店的大门。使饭店的地上、桌上，乃至食客的碗中均是。老板娘气得拿起笤帚，赶也赶不走，扫也扫不掉，无奈中只好将大门半掩着。顽皮的白杨花又从门缝往里挤……那一刻，我被白杨花的这股执着的韧劲给惊呆了，不由产生了一丝怜悯与敬意。

我小心翼翼地捡起一团，将她托在手心：她细细的、纤维状的，丝丝相连；她一瓣一瓣的、柔柔的，瓣瓣相依。她虽不及牡丹、菊花那样娇艳、那样芳香沁人，可她不惧风沙严寒，顽强地扎根于柴达木的土壤、盛开在高原小城。她将洁白纯朴的美展示给柴达木人，为高原人的生活增添新的希望和色彩，我们有什么理由拒她于大门之外呢？

我奔回旅店，打开所有的门窗，任白杨花涌满我的小屋、任白杨花涌满我的心。

一日黄昏，我沐浴着晚霞，漫步在宁静的古道。不知何时，白杨花又悄悄追随着我的脚步，缠绕在我的胸前，落满我的长发，飘满我的衣裳，一股喜爱之情袭上心头。

回到旅店，夜深凭窗独难眠，缕缕思乡之情油然而生。

明月皎洁，轻风习习，不知哪家窗口传来阵阵笛声。

笛声凄婉，如泣如诉，莫非那也是一位"独在异乡为异客"的漂泊游子么？

我折回床前，捡起被单上、地面上的所有白杨花，轻轻装进塑料袋，压在枕边。她陪伴着孤独者的灵魂，度过了漫长一段"峥嵘岁月"。

调动的希望破灭，编织的五彩梦境离我远去，我手捧白杨花，将她紧紧地、紧紧地贴在胸前，任泪水流淌、流淌……

拥着一帘破碎的梦，草草收拾行李，踏上西行的归程。

可我怎么也没想到，我在德令哈用心捡起，精心呵护装好的那袋白杨花，由于走得匆忙竟没带回！

离开德令哈已有好多个年头了，我无时不在思念着那一簇簇的白杨花。不管是白昼黑夜，不管走到哪里，也不管工作多么繁忙，她总是不停地飘扬在我的眼前，萦绕在我的心头，越飘越多，越绕越紧。剪不断，理还乱，别是一腔苦恋在心头。

我曾托司机到我住过的宿舍寻找过，曾给友人去信询问过，可是……

白杨花，我愿化作一片白云，乘风远去，追寻你的踪迹……

海鸥，海鸥

20世纪80年代初，我被分配到一家大型国有央企的中学任教。该单位地处青海柴达木盆地的最深处。那里，四周是巍峨的昆仑和连绵的阿尔金山；那里，到处是一望无垠的旷古大漠；那里，人们的一切生活所需都得从几千里外运去，因而，常被人称作"一片死亡之海"。就是在那样一个生活、工作环境都极其恶劣的艰辛情况下，"海鸥"来到了我的身边，走进了我的生活，成了我生活的主题。也是使我能在荒漠戈壁坚持生活、工作了多年的精神动力。

刚到学校不久，得知近万人的单位，却没一家像样的照相馆，每年学生照毕业照都得乘坐汽车到几百里外的一个小镇去拍，给学生的生活和学习带来极大的不便。目睹这一切，我心里萌生了一个强烈的愿望：要是我会摄影？要是我有台照相机？

"为伊消得人憔悴。"1986年回南方探亲，我终于实现了萦绕心头许久的梦。用同事托我带买衣服剩余的钱先买了一架海鸥4A型双镜头反光照相机，买了一台简易放大机和几本学摄影的书。为了能让海鸥跟随我飞越万水千山平安地回到亘古大漠，途中我着实费尽心机。那时从江苏返回青海柴达木，需乘坐三天两夜的火车和两天的汽车，而且汽车是在崎岖蜿蜒的山道中颠簸行驶。为了确保海鸥在途中不遭受任何损伤，我用衣服将海鸥包了一层又一层，两天的汽车行程中，我几乎是时时将海鸥拥在怀里。

带回了海鸥，仿佛带回了一个灿烂的春天。海鸥也给生活在大漠的人们增添了亮丽的生活色彩，为企业架起了与外界沟通的桥梁。

从那时起，我如痴如醉地沉浸在学摄影和摄影创作中，海鸥成了我唯一的知己。每天除了工作，我将所有的业余时间都倾注到她的身上。

因陋就简，我找来几根铁架，用纸壳做灯罩，用200瓦和60瓦的照明灯泡分别做主光和侧光的光源，用卫生间当暗室……在自己住家的客厅办起了业余摄影部，目的在于为学生服务，也为了自己学习摄影艺术。

艺海似苦海，既是苦海无边，又是其乐无穷。每当看到一张张天真无邪的小脸呈现在海鸥相机前，每当看到一张张片子经自己的手冲洗制作而成时，心中的那份喜悦是无法用语言来表达的。

随着自己不断地学习、摸索、总结，在很短时期内我就熟练掌握了从拍摄到冲洗、放大等一系列摄影操作过程，我的影响也在不断扩大。企业退休工人、新招工的、结婚用作登记的、学生毕业照等全来找我拍，我家更是门庭若市。每天不管是中午下班还是下午下班，我一跨进家门不是走进厨房，而是捧起了我心爱的海鸥相机。不停地耕耘，迎来了收获的季节。从1986年起，我的摄影作品就被省内外各级报纸杂志陆续刊用，摄影作品也在省内外大展中多次获奖。那时，我成了单位和地区小有名气的人物。《青海日报》《青海青年报》等也都相继聘请我为报社通讯员、特约记者。单位对我十分重视，曾几次送我外出深造、学习，并将我提拔到领导工作岗位。当然，不管是在外读书期间，还是后来走上领导岗位，海鸥相机始终在我的身边，我对海鸥相机的珍爱也在与日俱增。

记得有一次，我一人外出搞创作。高原的天，似孩子的脸，说变即变。上午还是晴空万里，中午天地就浑黄一体，如猛兽般狂奔呼啸而来的沙暴将我围困了近三小时。我连滚带爬地滚到了路边的沙坑，摔得鼻青脸肿。心想这次海鸥一定受伤了，我心疼得将海鸥拥得更紧。沙暴过后，我顾不得抖去身上的沙土，迫不及待地从怀中掏出相机。呀！海鸥，安然无恙！我欣慰地笑了。

岁月悄悄流逝，那时候我怀着一腔对西部高原风土人情的迷恋之情，捧着手中的海鸥追随着苍茫雄浑的大漠，追随着巍巍昆仑，奔波在茫茫沙海的每个角落。因为我坚信："一个人最可怕的不是满眼尽是沙漠，而是心中没有绿洲。"在海鸥的牵引下，也就是为了心中的那片绿洲，我不知疲倦地跋涉着。那几年，我先后加入了海西州摄影、美术、文学艺术学会，加入了青海省摄影家协会（现也是江苏省摄影家协会会员），加入了中国女摄影家协会。两年中，我读完了中国摄影函授学院的全部课程，并考取了国家级高级摄影师证。多年来，我在全国各级报纸杂志发表摄影、美术、文学作品万余幅（篇）。这些成绩的取得，我都将她归功于我心爱的海鸥。如果没有海鸥，也就没有我的今天，如果没有海鸥指引我前进的航向，我也许曾是一只荒漠中迷途的小羊羔……如今，无论是后来我在省级电视台从事记者工作，还是走进高等院校任教，抑或我又添置了新的相机，我对海鸥始终一往情深，我会让她永远守在我身边。

哦，海鸥！我与你，你与我之间的这份情丝，恐怕永远也剪不断哟！

冬日，又遇著名军旅作家王宗仁

2020 年岁末，我受中国散文年会组委会之邀，踩着冬的韵律，怀拥一腔对文学的执着追求，从南京坐三个多小时的高铁，踏上了北京的土地，参加"2020 年中国散文年会暨颁奖盛典"，收获了冬日里一抹最温暖的阳光。

一年一度的中国散文年会是全国散文界最隆重、最权威的年会盛典。中国作家协会副主席高洪波，作家梁晓声、阿成、王宗仁、刘庆邦、鲍尔吉·原野、张锐锋、蒋建伟、巴根、蒋殊、俞胜等都和与会作家们一起参加活动。就是在这样的散文年会上，我有机会结识了著名军旅作家王宗仁老师。记得 2019 年年会上，我就邂逅了王宗仁老先生并聆听了他的名家讲座——"新时代，我们向柳青学习什么"。2020 年的年会上，我又遇到了我崇敬的军旅作家王宗仁老先生，并聆听了他"有关金锐奖得主小七作品研讨会"的精彩演讲。

王宗仁老师，陕西扶风人。著名军旅作家，现任中国散文学会名誉主席，鲁迅文学奖得主；著有散文集《藏地兵书》《情断无人区》《雪山无雪》《藏羚羊跪拜》等150余部，现居北京。王老从1958年入伍走进军营，在青藏高原历任汽车兵、团政治处干事、书记、青藏兵部宣传处新闻干事等。青藏高原被称作为"世界屋脊"，他与海拔四千多米的雄伟的昆仑山、唐古拉山、喜马拉雅山为伍，与风暴、石头、冰川为伴，在青海格尔木青藏线上驻扎七年，后调北京中国人民解放军总后勤部政治部创作室任创作员、主任、专业作家，文学创作一级。

宁静、神秘、诡谲的青藏高原，蜿蜒崎岖的绵绵青藏线上，留下王宗仁老师多少青春的汗水，留下他不懈努力、多年坚持的文学梦想。王宗仁老师从小学毕业就喜欢写作，14岁开始在《陕西文艺》发表第一篇作品，从此就奠定了他想当作家的梦想。青藏高原的军旅生涯，面对苍茫雄浑的高原、巍巍昆仑、严寒冰冻、极度艰辛的生活环境，都是他创作的源泉，也使他的文学梦、作家梦扬起了远行的风帆。青藏高原有他取之不尽用之不竭的创作素材，青藏高原恶劣的环境和戍边艰辛的汽车兵生活，赋予了王宗仁老师生命的坚强和创作的灵感。乃至他后来调离了青藏高原，写出的作品很多仍是以高原为主。因为他将他的心、他的爱、他的情都留在了青藏高原。雪山的倒影、圣洁的冰湖、高远的蓝天……他将青藏高原视作第二故乡，在离开青藏高原的年月里，他只要一有可能就会扑向高原。曾一百二十次翻越唐古拉山，创造了一个文人、军官、一个作家的最高纪录。其中有上百次是自费进藏深入生活，用手中的笔，心中的情，抒写、歌颂青藏高原改革开放以来的巨大变化及典型的人和事。

　　和王宗仁老师的相识应该说是在 90 年代中期。虽说相识，但那时我们还未见过一面，只是我和王老师的作品相遇。我曾兼任《青海日报》和《青海青年报》的通讯员、特约记者。被誉为"昆仑之子"的王宗仁老师的散文《感悟唐古拉》《喜忧楚玛尔河》等和我的散文作品、写意国画、摄影作品，常在《青海青年报》副刊相遇，至今我还完好无损地珍藏着。也许正由于我们都曾是来自青藏高原，有着共同的情结：痴爱高原、情系高原。是青藏高原极其艰辛严峻的生存环境磨砺了我们，是巍巍昆仑、辽阔无边的旷古大漠迷恋着我们，我对王宗仁老师也更多了一份亲切崇敬感。

　　年会上，王宗仁老师不厌其烦地给与会作家签名留言。名家讲座课间时刻，我将收藏在手机里二十几年前王老师作品和我作品相遇的图片给他看。突兀，深感王老师的目光如两把尖锐的箭一般射向我的手机屏幕，他惊讶不已，用带有一点陕西口音的语调连连称道：不易、不易，这么久了你还留着……忽而，他抬起头来，目光仿佛越过北京散文年会的现场，飞向、停落在那个遥远的青藏高原。他又忆起了什么……片刻，他收回放飞的思绪和目光，随即拿起笔来，给我留下了他的电话号码……

从北京返回后，我的心情久久不能平静。在文学的道路中不断跋涉、奉献了大半辈子的王老已经八十多岁高龄，仍在孜孜不倦地潜心创作。几十年来，王宗仁老师将他的笔触、情感，交给了巍巍雪山、荒原大漠和那些顽强战斗的高原官兵……时光，染白了他的鬓发，也记录下他奉献的点点滴滴。青藏高原不会忘记他！青藏高原广袤无垠、深沉凝重的大地更会镌刻下他高原人的脊梁。2018 年，由湖南作家、高级编辑、青海师范大学地理科学学院客座教授甘建华老师组稿主编的大型柴达木文史巨献《盆地风雅》一书，卷一第 32 页和卷六第 282 页都写到了王宗仁老师。写到他对青藏高原、对柴达木这片诡谲神奇土地的热爱和奉献。有幸我的个人词条也被甘建华老师收入此文献的第二卷第 80 页中。最近，由甘建华老师主编，张珍连老师策划的《名家笔下的柴达木》大型文史巨著，由中国文联出版社出版发行，全国多家权威、主流媒体相继进行了报道。王宗仁老师也是该书编委会的顾问。老骥伏枥，已耄耋之年的王宗仁老师仍笔耕不辍，在文学的道路中跋涉、攀登。

春节前寒潮来袭的那些日子，我惦记着崇敬的王老师。我拿起了手机，拨通了王老的电话。他精神矍铄，侃侃而谈，声音高亢激昂。他问我 2020 年荣获中国散文年会二等奖的散文刊发在哪一期。我说是刊发在 2020 年《散文选刊·下半月》第九期，标题是《窗外，飞来一只远方的斑鸠》时，王老师几乎是"拍案叫绝"，连连称赞："这个标题取得好！这个标题取得好。"他并谦虚地说有空会好好读一下。王老师谈到他 60 年代在青藏线上当汽车兵的经历，透过无线电话，我仿佛感觉到阵阵雪域高原之风拂过我的脸颊，仿佛我们面对面坐着交谈。他说 60 年代终年驾车奔驰在青藏线上，每日只有大山、风雪、严寒做伴。要想学习看书很难，没有时间没有书。一次，他在长江源头的楚玛尔河兵站食堂发现有本《可爱的柴达木》之书，他兴奋不已，如饥似渴地捧读了起来，以致耽误、延误了出发的时间。他还用随身携带的小笔记本做了摘抄。时隔几十年，王老师说虽然笔记本中的墨迹都已经淡化了，可他还是保存着……王老正兴致勃勃、绘声绘色地讲述着，从电话中传来他家有人敲门的声音，我主动提出改天再聊，我们便匆匆相约，争取 2021 年中国散文年会再相逢。

搁笔之际，窗外已是春色满园、莺歌燕舞。祝愿我敬仰的王老先生辛丑年身体康健，创作丰收……

茫崖的风

茫崖的风似千军万马齐头并进咆哮而来。

茫崖的风似酒醉的猛狮狂奔怒吼而来，手持笔鞭的我难以驾驭。

咆哮过、奔腾过、肆虐过，她，累了，缓缓地、缓缓地停歇在我的笔下——

从小就怕风的我，偏偏在多风的青海柴达木生活了近二十年。记得初来乍到茫崖时，迎接我的，给我的见面礼就是一场劈头盖脸的沙暴。

窑洞外天地一色，浑黄一体。风卷起地面的沙石、纸屑，冲向高空，盘旋、飞舞，我惊呆了，这是我在江南不曾见到的景象。踮起脚，伏在窑洞壁唯一通向外界的窗孔边，眼巴巴目睹整个茫崖矿区被无情的沙暴笼罩，吞没，我真欲钻到床下！

十几年前的一个下午，肆无忌惮的狂风吼叫了一个昼夜仍不知疲倦，放学时，风冲散了低年级的学生，将其中一个卷走，抛到五公里外的沙窝。

一对上海籍的恋人，等待了三年的简单婚礼正在进行中，被这旷古的、粗野的风暴毫不留情地卷走了屋顶……

茫崖的三月没有春天，没有新绿，没有潮涌，甩给人们一张蜡黄、严肃的面孔和天天几乎是定时定点的风暴，任人去读、去经历、去承受。真可谓"飞沙走石满穹塞，万里嗖嗖西北风"！

提起茫崖的风，凡踏上过茫崖土地的人们都领教过。省里一位老干部回忆起 80 年代初来茫崖的情景时说："……车子一进入大戈壁，就置身于一片荒凉的孤岛。所有的路，路面又差，路程又长，路两边怪石嶙峋，暮色中龇牙咧嘴。风沙骤起，弥漫一片，分不清哪是天空，哪是地面，找不到前行的方向。车子在漫无边际的大漠中上蹿下跳，东倒西歪，常碰得头生疼生疼……那时真想跳车呀！听说现在路面好多了，我欲在退休前再去趟茫崖，再领教领教那里的风。"

风，锻炼了茫崖人坚韧的品性，磨砺了茫崖人坚强的意志！

遥远的风又横冲直撞而至，一刮就是数月。

风，卷起地面的沙石，穿越两层玻璃窗缝，潇潇洒洒地落在我的稿纸上……

今年的风季来得格外早，茫崖人又将迎接严峻的考验。

为了这片"绿洲"

　　有人说，大漠是寸草不生的不毛之地，是白骨横野的死亡之海。是的，那是很久很久以前了。而今，这里有一片"绿洲"，这，就是我们的校园——国家建材局青海茫棉中学。她在东方跃起的旭日沐浴之下，显得格外辉煌。我不禁蓦然回首，寻觅哟，寻觅那条崎岖的小路，寻觅那一串串坚实的脚印……

　　哦，三十年了，悠远的情思托出一幅永远的画：

　　嗖嗖的朔风裹着漫天大雪，肆虐地袭击着矿山下的一间土窑洞。土窑洞的门，仅是几块粗糙的木板钉成的，门沿上悬挂着一条破旧发黑的麻袋。此麻袋在风雪中不断地卷起拍打着窑洞壁。沙砾，沙沙地流淌到地上，还未形成"锥形"，便被狂风吹得不知去向了。窑洞内，灯光昏黄，弥漫着呛人的草根烟味。在一堆骆驼刺根燃烧的火堆旁，一位面庞白皙的女青年，拥着一个男孩的双手轻轻地揉搓着。墙角，另一个男孩趴在几块板子钉成的小桌上，全神贯注地用铅笔写下了"我爱青海，我爱茫崖"几个歪歪扭扭的小字……

这，就是我们矿山的第一所学校，第一间教室，第一位老师，第一批学生！尽管学生只有两三个蒙昧无知的儿童，但这位姑娘却用那母性的爱、教师的爱去滋润着孩子们的心田！

冬去春来……从此，这块土地与蛮荒愚昧告别！

人们把教师比作红烛，从事"太阳底下最光辉的职业"。但，生活毕竟是具体的，创业毕竟是艰难的。岁月流逝，我们有的教师渐渐老了，但他们的梦，他们的歌，难道还会老吗？

老师，从没想过个人的荣耀得失，两袖清风，为了开拓一片片"绿洲"，把那有限的生命随着三寸粉笔延伸……

老师，尽管有很多艰辛，受到许多委屈，但仍然用全部的生命在尽情地渲染茫崖这片"绿洲"！

为了这片"绿洲"，有的老师在矿山小学擦擦写写二十多年，粉笔染白了她的双鬓，在不得已超龄退休时热泪纵横，依依不舍；

为了这片"绿洲"，有的老师对学生嘘寒问暖、体贴入微，诲人不倦，春风化雨，不是父母，胜似父母；

为了这片"绿洲"，有的老师拖着孱弱瘦小的身躯坚持上课，多次昏倒在讲台上；

为了这片"绿洲"，我们年轻而富有开拓精神的校领导班子，为组织教学，月考、中专预选……熬过多少个不眠之夜啊！几代教师前赴后继，含辛茹苦，开拓了这片大漠上的"绿洲"，为石棉矿山及全国各个行业输送着一批批合格的建设大军！这一切，是一部可歌可泣的历史，是一支难以忘怀的动人之歌！

几十年来，长大的不管长到多大，走远的不管走到多远，当回首在茫崖苦读的岁月时，都会在脑海浮现出那些培育他们的辛勤园丁，将会洒下缅怀的热泪。

老师，茫崖的老师！在荒原中用语言播种，用粉笔耕耘，用汗水浇灌，用心血滋润，精心开拓、培育了一片片沙漠中的"绿洲"。

阳光下，我深情地凝望着，百感交集。

此时，我情不自禁地唱起了自己新写的歌——为了这片"绿洲"……

顾锁英写意水粉画《牧羊女》

举头遥见潇湘雁

没有到过西部之西的人，怎能体会到它的雄浑与苍茫?

没有到过西部之西的人，怎能体会到它的悲壮与神奇?

没有到过西部之西的人，怎能体会到它的博大与辉煌?

没有到过西部之西的人，怎能体会到它的格局与开张?

西部之西（The West of China's West），这个独特的地理学名词，最早是湘籍作家甘建华提出来的。2018 年 11 月 1 日，他在接受母校青海师范大学地理科学学院客座教授聘书时，做了一场精彩的学术讲座《地理学让我们拥有诗和远方》，其中谈到："我的'西部之西'有着地理学上的明确界限，与《青海石油志》扉页'柴达木盆地油气田分布图'大体一致。在阿尔金山、祁连山和昆仑山之间，从盆地中部北缘的大柴旦出发，沿 G315（西宁—喀什）茶卡—茫崖段，从鱼卡、南八仙北上冷湖，再折而往西，直指老茫崖、油砂山、花土沟和阿拉尔草地，最终到达与新疆接壤的依吞布拉格。再返回从尕斯库勒湖、茫崖大坂，沿 S303（格尔木—花土沟）东行，穿过甘森、那棱格勒河、乌图美仁，到达戈壁新城格尔木，从 G3011（原 G215，甘肃柳园—格尔木）经盆地腹心达布逊湖，回到原点大柴旦镇，整整一个大圈绕下来，约为 1500 公里。"

其实，"西部之西"也是甘建华举起的一面文学旗帜，曾在青藏高原产生过轰动效应，并为海西文坛、青海油田文苑增添了些许生气。所以，著名文学评论家胡宗健教授在《一代人的情歌》中说："在中国西部文学的河流上，他（甘建华）是一棵被称为'西部之西的风景树'。"中国作协副主席谭谈在《西部之西》序言中说："甘建华把他美好的青春岁月留给了西部之西，但有了《蓝色玫瑰舞池》《黄金戈壁》《眺望似水流年》这样近乎精美的爱情故事，夫复何憾！"

我虽然痴长甘建华十岁，他也一直以"大姐"称呼我，我却始终以老师视之，不仅因为他的博学多识与亲切随和，更主要的是他对我的真诚关怀与大力提携。尽管三十多年前，在西部之西工作时，我就久仰他的大名，在报刊上经常读到他的文章和媒体对他的报道。然而与其相识，纯粹是一次偶然的机缘，说是相识却又至今缘悭一面。

那是七八年前的一天下午，我完成拍摄任务返家途中，接到一个来自千里之外的电话。当对方介绍他是甘建华时，我的惊喜兴奋全都涌上心头，仿佛一位迷失多年的孩童找到了"家"，竟有无数的话儿欲待述说。甘建华老师，您可是我多年来崇拜的偶像啊！也许是离开西部之西太久，也许繁忙的工作和快节奏的生活压抑得太累，我从未有过空暇与他人谈起深深眷恋的柴达木。而甘老师的突然出现，让我有一种相见恨晚之感，因为他是从花土沟考出去的第一代大学生，我们拥有一个共同的第二故乡——茫崖！他说正在编撰有关柴达木、茫崖、花土沟的诗文选本，通过我原单位其他人找到我的电话号码，意在打听核实我的个人信息。从此，我与心中久仰的甘老师有了联系。

虽然我们各自都在忙碌，尤其是甘老师更加繁忙，既要打理公司业务，又要从事文学创作和编撰文学读本，还要参加各种社会文化活动，经常接受邀请参加讲座。他有时发来描写高原的佳作让我欣赏学习，有时传来一些茫崖花土沟方面的信息，虽然寥寥数语，却足够温暖我心。尤其是茫崖在 2018 年底设立县级市那段时间，我们虽然都离开了青海高原，离开了柴达木盆地西部的茫崖，但都情系高原、情系柴达木、情系茫崖。那段日子里，我们的心仿佛都飞向了大漠深处，时刻关注着茫崖设市的喜讯。尤其听说之前曾有专家建议并已上报"嘎斯浩特市"，幸亏海西州委、州政府领导为了慎重起见，特地又征求地理学教授、柴达木文史专家的甘老师意见，都被他予以坚决否决，再三强调一定要用蒙古语意为"额头"的这个地名。在诗歌选本《云彩里悬挂着昆仑山》序言中，他如是解释说："因为'茫崖'蒙古语发音 mangnai，维吾尔语、哈萨克语发音也差不多，汉语发音 mángái（而不是 mángyá），音韵奇特，朗朗上口，不但全国独一无二，而且具有历史渊源和民族特色，最主要的是已经被当地人民认同并接受了几十年。就像国际大导演李安说的那样，文化也是一种斗争，最终我站在了赢的这一边。"

许多人好奇甘老师在西部之西时期，为何会用"潇湘雁"这个笔名，其实这与他的出生地有关。唐代刘禹锡说："潇湘间无土山，无浊水，民秉是气，往往清慧而文。"南宋陆游则说："挥毫当得江山助，不到潇湘岂有诗？"衡阳人称"寰中佳丽"，相传"北雁南飞，至此歇翅停回"，故衡阳雅称雁城。"衡阳雁"是中国文学的一个经典意象，历代关于"衡阳雁"的吟咏实在太多了。南朝梁刘孝绰就有"洞庭春水绿，衡阳旅雁归"；唐代李峤"春晖满朔方，归雁发衡阳"；宋之问"北去衡阳二千里，无因雁足系书还"；王昌龄"莫道蓟门书信少，雁飞犹得到衡阳"；杜甫"万里衡阳雁，今年又北归"；王安石"万里衡阳雁，寻常到此回"；黄庭坚"夜阑乡梦破，一雁度衡阳"，不胜枚举，皆能说明雁翔南天、地灵人杰。而甘老师乃衡阳官民公认的当代人杰，湖湘文化知名学者、衡阳市社科联老主席肖起来研究员甚至在一次会议上说："甘公是我们衡阳天空中最亮的一颗文星。"

对于我来说，甘老师则是一位治学特别严谨的良师益友。他信奉"落笔即作千秋之想"，不但自己身体力行，每当看到我发的稿子文末个人简介较长，总是善意地提醒我尽量精简字数，还亲自指点我具体怎么缩短求精。看到我的诗词篇幅拉扯得比较长，表达的诗意忧郁沉闷，他也会及时赐教。

在我们尚未取得联系之前，甘老师的文史专著《盆地风雅》中，即已收录关于我的一则笔记，评点我的文学、摄影、绘画方面的小小成就，对我来说可谓极大的鼓励与鞭策，也让我找到了前进的动力和方向。

《盆地风雅》是一本打捞历史沉船之作，许多学者揄扬为"天水或兰州以西，青藏高原上的第一部文史笔记"。书中收录了曾在柴达木生活、工作，或者到过柴达木的前辈文人数百则轶闻趣事。他们当中有我非常敬仰的李季、李若冰、昌耀先生，有我比较熟悉的王宗仁、石英、朱奇先生，还有曾在茫崖与我有过一面之缘的肖云儒先生。这本书与前后出版的《冷湖那个地方》《柴达木文事》，都被《中国现当代纪实文学发展史（1898—2022）》一书所关注，著名学者章罗生教授在书中说道："如果说，甘建华与余秋雨、章诒和一样，其创作也表现出'文'与'理'、'虚'与'实'等方面的有机融合，那么，余秋雨是'文''理'参半、'虚''实'相生，章诒和是'情'重于'理'、'实'大于'虚'，而甘建华则是'理'胜于'文'、

'实' 重于 '虚'。当然, 在 '理' 的内涵中, 相对而言, 余秋雨更多 '文化感悟', 章诒和侧重 '历史反思', 甘建华则立足 '学术考评'。"

甘建华的父亲曾是抗美援朝志愿军排长, 1956 年毅然辞去家乡舒适的教师工作, 投入到开发柴达木石油的大军行列, 成为一名英雄的地质勘探队长。1982 年春天, 甘建华追随父亲的足迹, 来到青海高原, 前后待了 11 个年头。甘家当时就在尕斯库勒湖畔的西部器材总库, 他曾见过青藏高原上特有的精灵黑颈鹤, 嘹亮的啼叫声划破了西部之西天空的宁静。三十多年前, 我就在《青海石油报》聚宝盆文艺副刊, 拜读过他的散文名篇《湖浪摇荡的大荒》, 此文时空之悠远、气势之宏大、文字之脱俗、语言之清新, 令人为之情迷倾倒。又过多少年, 甘老师向世人捧出中国第一个同题文化地理散文选本《天边的尕斯库勒湖》, 名家之云集、文风之浩荡、开本之大气、装帧之精美, 更是令人拍案叫绝。这本为西部之西神山圣湖作传的大书, 费尽了甘老师的十年精力。书前的长篇序文尤其让人感叹, 有历史, 有地理, 有人文, 有变迁, 上下几千年, 纵横数万里, 春秋笔法, 气象非凡, 真是应了那句古话: "盖世必有非常之人, 然后有非常之事; 有非常之事, 然后有非常之功。非常者, 固常人之所异也。"

拙作《走! 咱们去看尕斯湖》有幸入选《天边的尕斯库勒湖》, 组诗《青新交界处》也得以入选甘老师主编出版的茫崖诗歌选本《云彩里悬挂着昆仑山》。尽管他已经回到家乡衡岳湘水多年，可他从多方面、多角度、多形式、多文体描摹歌颂青海，挖掘柴达木盆地的文学宝藏，常与人言"那儿的风景是天上的风景"。所以，在我们大家的心里，他犹如一峰负重的沙漠之舟，行走在漫漫无垠的大漠之中，留下了一串响亮、清脆、悦耳、隽永的驼铃声。

青海有我们的诗和远方。2022 年中国诗坛的一个标志性事件，便是《金银滩文学》第 1 期推出了"在那遥远的地方——离开青海情系高原海内外诗人 36 家专号"。之前的 2020 年秋天，甘老师忽然心念一动，想起从未有人做过我们这些离开青海多年，却依然魂牵梦萦高原风光风情的诗人联展。于是，他打定主意，将散居在国内外曾与青海有关的诗人集结起来，包括吉狄马加、车延高、燎原、李南、凌须斌、周秀玲、王威廉、马文秀等人，共同回眸往昔韶华峥嵘岁月，在北京中诗网连做十期推广，并在中国大陆、中国台湾和美国报刊集体亮相，引起了海内外的广泛关注和赞叹。由于他与青海高原的各种渊源，更由于他的高尚人品与"耐得烦""霸得蛮"，所以能在较短的时间内，完成他人看来不可能完成的任务，从而留下了高原上难得的文化印记和诗歌谱系。本人虽然才疏学浅，但诗意尚在，得以被其青眼相看忝列其中，因而心存万分感激。

写到这里，我想起年近九旬的青海省作协老主席朱奇先生曾经说过的话："是那昆仑的云彩，是那祁连的罡风，是那阿尔金的雪峰，是那柴达木的盐湖，招引来了湖湘奇才甘建华，以其精妙绝伦的文字描述，轻轻地唤醒了我们的高原生活记忆，让人们看到了完全不一样的青海表情。"青藏线军旅文学的旗帜、鲁迅文学奖得主王宗仁先生，得知甘建华迄今为第二故乡写过编过16部书刊后，感叹地说："甘建华对柴达木文学的贡献是可以载入文学史的！"

岁月不居，时节如流。举头遥见潇湘雁，举头又见衡阳雁。

看那，一群美丽高贵的大雁，正在尕斯库勒湖上空，在西部之西的万里云天，骄傲地翱翔，高高地翱翔……

顾锁英写意水粉画《暴风雨来临之前》

编 辑 梦

常听人说，人到中年无梦。我的中年不但有梦，且梦多。梦得最长的还是前些年的编辑梦。

那年五月的一天，突然接到老师从千里之外打来的长途电话，某编辑部需要一位美术编辑，让我不妨速去一试。老师再三叮嘱，从搞业余创作到从事专业工作，机会难得。

拥着这个诱人的梦，我请了假，风尘仆仆赶往编辑部。

一路"绿灯"，面试全部通过，并让我单位发了商调函，只等最后一关领导签字。

世上很多事，成功与否，也许早已注定。恰在我需要签字的前一天，有关领导外出视察，一去就是一月有余。等待中的我，仿佛过了几个世纪。一连串揪心的等盼，却等来了大中专院校学生的分配，上面给编辑部分来两名学生，我的调动只好搁浅。

拾起这个破碎的梦，重踏回归的旅程。

回来后曾有一段日子，我的心情无法平静下来，被这个破碎的梦紧紧纠缠，纠缠得生疼、生疼。

冬去春来，花开花落虽已一年，在这三百六十五个日子里，我的编辑梦仍在继续。

一年暑假，我受邀赴省会西宁参加全省摄影界活动，恰巧落住的宾馆同房间的一位是北京某机关杂志社主任。交谈中，我知道她是来西宁采访的。她知道我除了在中学任教，还兼职省报社的通讯员、特约记者。我们一见如故，仿佛有谈不完的话题。她得知我周日休息，专门邀请我陪她一起前往郊区采访，我欣然应允了，正好自己可以趁机出去走走。

盛夏的风，本该热乎乎的，可高原的郊外，风，却是凉丝丝的。

一个多小时的行程，我们风尘仆仆地赶到了采访单位，宣传科领导热情接待了我们，并将我们带进了总经理办公室。从杂志社主任和总经理的对话交流中，我听出了总经理说话的口音应该是我的同乡人。果不其然，后经玩笑似的求证，我们确实是老乡。在离别故土几千里的异乡遇到同乡人，那份亲切感不亚于亲人及家人。所以，交流的话题就更多、更近了一层。整个采访过程、收集资料等等，我都协助北京记者一起完成。采访基本完成后，总经理再三挽留，盛邀我们共进午餐。饭后，同乡总经理安排宣传科科长陪同我们参观他们单位的全貌和主要厂房等。一天时间如此紧凑匆匆，却收获满满。

返程后，怎么也没料到北京记者肯定了我采访过程中的睿智和娴熟，使她能很顺利地完成了这次难度较大的采访任务。她说过两天还要去郊区几个单位采访，试探性地提出希望我有空还能陪她一同前往。我由于时间紧，实在无暇陪她外出。晚上入睡时，她辗转反侧，再三感谢我的协助。突然，她问我愿不愿意调北京去，我猛地一惊。她看我如此惊讶不解。她说她们杂志采编部目前正需要人，如若我愿意，她可以帮我、协助我调北京，我连声说好好好。怎么也没想到，北京主任随即拨通了她单位领导电话，汇报采访事宜，同时谈到欲推荐我调北京杂志社之事。杂志社领导那边听主任一说，爽脆回复：只要我及单位愿意，他同意接收。心急的北京主任立马让我明天找我单位领导谈，并让我准备个人资料、简介及一英寸照片先通过传真传过去。可当我第二天请示领导时，领导的一句绝对不可能，就将我的梦想堵住了。无奈，我也只好将该实情告诉了北京这位热心的记者主任。记得那天我在西宁市闹市区的天桥上给校领导打的电话。北京记者深感遗憾。她说她已经看上了我，说我是难得的人选。两天后她要去郊区采访，十分遗憾、不舍地拥抱了我，给我留下了名片……

岁月，在不经意间急速地流淌。转瞬又是一年，同样是五月的一天，我又接到另一家杂志社老师的长途电话，他说编辑部缺一位文字编辑。

这一信息犹如一针兴奋剂，使我的编辑梦做到了高潮。打开通讯录，急切地寻找有关人士、相关领导的电话号码，一天中打出好几个长途电话，回答都很满意。我又将我的个人简历、资料整理了一份寄往编辑部。他们的回答是只要我单位同意，随时可以前往面试、办理手续。我激动、我兴奋。我想，这次也许领导会同意我外调。为此，我抱着侥幸心理，利用下班后的时间，直接到领导家中去找，一是便于交谈，二是出于礼貌。结果，我所有美好的想象和做法都是徒劳。领导说无论如何都不会同意我调走，并肯定了我为学校做出的成绩和贡献。看着领导如此信任的目光和恳切的挽留，我还能说什么呢？

走出领导家，夜幕开始重重地垂下，挡住了我的视线。我觉得腿仿佛有千斤重，这天虽然没有风，没有雨，可晚霞却早已收起最后一抹余晖。茫然四顾，不知何时回到的家中，也不知何时倒在了沙发上。室内无灯，只有湿漉漉的泪水浸泡着我的长发。

我用心托起的编辑梦又消失了。

窗外，月色迷蒙。朦胧的月光挤进窗缝，抚摸着我的脸颊，抚摸着我的全身……

远方的友人来电宽慰我：原有的希望破灭了，还会萌生新的希望。

我，正在寻找……

高原风尘记

多年前的一个八月，难忘的"行路难"。

那年，我从大漠深处的茫崖到省会西宁参加一个省摄影界的会议。会议结束后，归心似箭。当日傍晚，即乘上了西行的货车，开始了1300多公里的归程。

车，伴随着一曲"天上飘下毛毛细雨，淋湿了我的头发，滋润着大地的胸怀……"疾驶在蜿蜒起伏的公路上，我的心也随同音乐一起飘荡、飞扬，完全陶醉、沉浸在会议结束后的那份轻松感中。可谁也不曾料到，车驶过湟源没多久，发出异样的响声，接连坏了两次。为了赶上同行的车辆，小朱司机只有咬咬牙又慢慢启动了车。

货车，似一头身患重疾疲惫的老牛，发出凄惨的痛苦呻吟。走走停停，停停走走，喘着粗气，好不容易爬上了日月山山顶。

同行车子上的司乘人员也全部拥了过来，似急救一位垂危的病人，拧开手电，打开引擎盖，进行全面"会诊"。车，再也无法挪动一步，瓦彻底磨损、烧坏，它已吐出最后一口白气，此时已是深夜一点多钟。

漆黑的夜空，似一张无形的大网，笼罩着整个山头，笼罩着我们的心。偶有挖金子的拖拉机路过，那些挖金人个个拱着手，将头蜷缩进衣领里，似睡非睡。破旧的车斗，载着他们妻儿老小的期待，载着他们几乎全部的家产，载着他们黄灿灿的金子梦，摇来摇去，车前的光柱萤火虫般若隐若现……

我们面对自己瀚海之舟的搁浅，一筹莫展。

屋漏更逢连夜雨。黑压压的日月山山顶，乌云翻滚，狂风呼啸，倾盆大雨劈头盖脸地扑过来，我们分别钻进驾驶室。雨水，又趁着风势追随着我们从玻璃窗缝往里冲，打湿了我们的鞋裤。那雨，那风，大有掀翻货车、吞没整个日月山之势。另辆车上的吴师傅当机立断，几乎是命令似的，让留下两人看守坏车，其余的人跟随好车下山到倒淌河避雨。

被他们视为"秀才"的我，自然是下山者。我钻进了小李的驾驶室。

顶着漫天的雨幕，拨开狂吼的朔风。车行下去约两公里，突然熄火！伸手不见五指的日月山山坡上，我乘坐的这辆车又坏了。小李边检查边从坐垫下翻出手电，冲出驾驶室。经检查是线路断了。我们干着急，却是帮不上忙。只见雨水从小李的头上、脸上、颈脖往下流。等线路接通钻进驾驶室时，小李已是落汤鸡一般。他没顾上脱去湿漉漉的衣服，又发动了车，我们的车行至倒淌河时，已是深夜三点。

倒淌河呀倒淌河，积满的雨水真的汇成了"倒淌河"。我们踏着满地的积水，经多处打听，唯有湖畔旅社还有两间空房。心里暗喜，我们有了"避难"的场所。

搞招待的老汉很热情地给我们打开了走廊拐角处的一间屋门，一股浓重的霉湿味迎面扑来，想必此屋已很久没人光临过了。借着昏暗的灯光，我们走进一看，满床的鸽粪、满地的羊粪。早已饥肠辘辘的我们，冻得瑟瑟发抖，竟没了睡意。无奈抖落床上的鸽粪，将头发塞进帽子，和衣倒了下去，两眼紧紧盯着天窗，盼着天边的"鱼肚白"，心，却牵挂着日月山上的同路人。

三个多小时的顾盼，一万多秒的心的煎熬，仿佛过了三个多世纪。天，终于渐渐亮了，外面的雨仍不知疲倦地下着。我叩响了司机的房门。大家开了个紧急会议，决定派人先去商店买瓦，其余的去吃点东西。

我们兴致勃勃地提着饼子，拿上刚买的瓦，匆匆坐上车。倒行车，赶往日月山。

雨，停了。风，却更大。无遮无挡的日月山山顶，胡师傅钻到车下，几位小伙也爬上车头。一个个手冻得不听使唤，揉一揉，搓一搓，继续干。经过几小时的突击抢修，傍晚时分，车能行了。大家松了口气，压在心底的石头落了。小伙们顾不得擦去满身、满手的泥巴、油垢，抓起饼子、火腿肠就咬。

车，飞一般向山下冲去。

透过两边的窗玻璃，展现眼前的一幅巨幅画卷使我惊呆了——山坡上古老的帐篷，袅袅的炊烟，青青的草地，肥壮的牛羊。有的在奔跑、有的在嬉戏、有的在徜徉、有的在互诉衷肠。金色的晚霞深情地抚摸着碧绿的草地，一切美景尽收眼底。激动得我几欲跳出车窗，扑向大自然的怀抱。或立于坡上向着远方高歌一曲，或骑马奔驰一程，或打开手中的相机咔咔几张，让这美妙绝伦的画幅永驻。

我曾饱览过西湖、太湖、玄武湖的风景；曾漫步于湘江、嘉陵江、金沙江畔；曾游览过南山、乐山、昆明西山……她们的秀美、妩媚、庄严、辽阔，都给我留下过难忘的印象。可今天呈现在眼前的这幅高原壮锦却是那样迷人、质朴、粗犷、雄浑、深沉！她震慑着我的心扉！

我开始怀疑，怀疑自己的眼睛，怀疑自己由于一夜的疲劳而产生了幻觉，怀疑自己冒昧地闯进了画家笔下的胜景……可当我定睛再看时，我的一切疑惑都是多余的。此刻的我，正乘车行进在日月山山下，紧靠路边绿色的草丛中，一簇簇烂漫的小野花正挤挤挨挨地竞相探出笑脸哩！

当晚，我们住在黑马河。

翌日清晨，车子加足了油，添满了水，扑向海西德令哈的怀抱。我的脑海里，仍浮现着日月山山下的那幅画。

谁知，晚上十点多钟，离海西还有三十多公里，我们的车又坏了。另两辆车车况好，早已跑得无影无踪。我们和车都被搁置在路边的沙滩上。司机小朱气得没了脾气，跑到路边挡车去德令哈（石棉矿转运站）求援，车上只剩下我和同路的女伴。我们乘坐的这辆货车，返程时除了装载着给单位购买的食品，还有私人托买的电视机、录音机、洗衣机等高档商品。我俩不敢离开车一步，唯恐有劫车的。我们既害怕，又要做好防御的准备，只好找出车上仅有的防身武器——铁棒、水果刀。

盯着马路上来往穿梭的车灯，盼着小朱求救的汽车快点到来。时虽已初秋，最后挣扎的蚊虫却是那样猖獗、肆虐、残忍、无情。它们没有放过这次美餐一顿的机会，召集了沙滩中所有的兵力围攻我们，袭击得我们坐立不安，逼得我们无处藏身。折腾了大约两小时，近十二点，我们盼来了小朱求救的车，将我们这辆破旧的车拉到德令哈又是深夜一点多。

小朱随即给单位报了救急。恰逢全矿车辆在接受一年一度的"年检"，无一辆车放行，没车来给我们解围。

五天后的一个深夜，矿上发出的第一辆车拉来了两位修理工及一些汽车配件等。

为了在开学前赶回学校，我不能待在德令哈等我乘坐的那辆坏车修好，只得坐上了送修理工来的小陈的车先返矿了。

司机小陈是个"夜猫子"，偏偏喜欢夜行车。晚上九点多从德令哈出发，空车放行，车速很快。行至南八仙过去约一百公里处，进入了沙窝地带行驶，小陈边谨慎驾驶边喃喃自语："这儿一不小心车就会陷进沙坑。"我也提心吊胆地注视着那窄窄的路面。车拐来拐去，似一条硬汉扭动着不听使唤的粗壮的腰杆。猛然间，为了拐过一片流沙，小陈将方向盘一打，前车轮滑向路边的沙窝。几个回合的力和气打过了，车不但爬不上路面，而且越陷越深，我们束手无策，看看时间，深夜三点不到。

我们蜷缩在驾驶室。

初秋的夜，高原的夜，好冷啊！一身牛仔服已不能御寒。我将车坐垫翻上来，盖住了双腿。

听听车后，无声息，无来车；看看车前，无车灯，无车来。真是"前不见故人，后不见来者"，欲哭无泪。

好静的夜呀！静得使人发窘，静得能听到彼此的心跳。此刻如真有劫车的，我们已不堪一击。

我精神高度紧张，心跳到了嗓门。两眼紧盯着旷野。突然，一群张着血盆大口，手持铁棍、钢叉的家伙向我们冲过来了！"看，那是什么？"我失声惊呼起来。小陈也探起身子警觉地朝我手指的方向看去……他，舒了口气，说那是荒漠中自然形成的形状各异的风化石，似人、似鬼，盯得久了就会产生幻觉。他嘱我什么也别看，闭上眼休息。我心跳得厉害，眼倒是闭上了，脑海中又浮现书中写到的那些惨不忍睹的种种场面——一位地质队员就在这一带迷失了方向，深夜和饿狼搏斗、用尽最后力气，饿狼将他撕咬得肢离体散。第二天同事找到他时，只剩下一个头颅和几根骨头；一位司机路遇劫车的，人被打昏，值钱的东西抢走，这位司机再也没有醒过来……脑子里越想越多，越想越恐怖，几乎使人要发疯！

看看身边睡着的小陈，心又稍稍平静些。他，太累，太累了。

从日月山山顶风雨交加的夜晚的守车人小朱，到日月山山坡上冒雨抢修车灯的小李，到此刻身边寒夜中熟睡的小陈，深感司机们太辛苦。他们长年在荒原上奔驰，不管是酷热的盛夏，还是风雨弥漫的严冬，他们通常一口气得跑一天一夜不吃不喝，胃病、关节炎，是他们的职业病。

这广袤的大漠，是一张铺开的白纸，这延伸的公路，是一支无须蘸水的笔，时时记录着司机们奉献的业绩，记录着他们酸甜苦辣的历程，记录着他们的昨天、今天和明天。想想他们，我受点委屈又算什么呢？

东方，有了一丝亮光。我推醒了小陈。他跳下车，挽起袖子，伏下身子就用双手去扒车轮周围的沙土。一双粗壮的手，似两只小铁耙。我也帮着一起干，两支烟工夫，轮胎全露出来了。小陈又脱下外衣斜铺在细沙上，又跳上车，加足马力，几个回合，车，终于爬上了公路。

他，看着我；我，看着他，我们会心地笑了。

太阳出来了，车启动了。

金灿灿的霞光洒满大漠，我们的车旁，留下了一条长长的投影……

茫崖的夏天

茫崖的夏天悄然离去了，可留给人们多少美好的遐想和记忆啊！

茫崖的夏天，是海拔三千多米的高原之夏。它不同于内地那严酷的夏天。它没有烈火般的阳光，没有使人感到窒息的闷热，它带给人们的是怡人的景色。

茫崖没有春天，而夏天正是天公对人们渴望春天的一种补偿。

青年湖畔的草地苏醒了，似一片片绿色的狂潮涌向路边、涌向山头、涌向远方、涌向云际、涌向茫崖人的心中；

西面山坡上的小羊羔，悠闲自在地徜徉在绿色的草地上，它们纵情地享受着大自然赐予它们的恩惠。一忽儿上，一忽儿下；一忽儿追逐嬉戏，一忽儿伫立不动。走到哪里，就像给哪里的绿色地毯镶上了白色的花朵；

南面山洼里的红柳，落落大方地扭动着修长的腰肢。它们载歌载舞，挤进这高原夏天里的春天盛会。

好一派诱人的景色哟！

远眺昆仑，横空出世。它身披银铠，恰似一位老当益壮的将军。阿尔金山呢？恰似一位眉清目秀、俊俏英武、年轻有为的士兵。茫崖人生活在这一老一少的"军人"身边，感到无比温馨，格外祥和。

哦，又一个茫崖的黄昏。晚霞把西边的天际涂抹得如火如荼。一会儿红彤彤的，一会儿金灿灿的。一会儿天空出现一个顽皮的少年手牵一只猎犬，奔跑着，追逐着。跑着跑着猎犬的头不见了，身子也不见了。少年呢？我正欲寻觅，天空又出现了一只大象……多么壮美的景象哟！我奔回家中，取出相机，正待摄下这奇特的瞬间，可快门还未按下，大象又不见了，留下一片迷茫的天空。

阿尔金山山脚下，牧归的老人长鞭一响，高亢一曲，山羊胡须在晚风中摇曳。

姑娘小伙们，依依呢喃，漫步在宁静的沙滩上。他们踏着黄昏的梦，拥着夕阳的情，颗颗沙砾，汇成一声声永久的祝福……

夏天，茫崖人怎能辜负这黄金般的季节。

此时节，常有来自京城或祖国各地的客人、朋友。他们只要到茫崖矿生产一线漫步一遭，心灵深处就会受到强烈的震撼！有的甚至感动得淌下热泪。

在矿山工作面上，一位年近半百的挖掘机工人，不惧沙尘扑面、蚊虫叮咬，可以一连干十六个小时不下机舱；炮工班的小伙们为穿爆一个大炮，可以一两个月不下矿山，不分昼夜，轮班开掘；选矿厂的岗位，姑娘们身披飞雪般的尘衣，依旧无怨无悔地坚守在不停息的皮带机边；柴油机工们，为了给全矿输送动力和光明，他们全神贯注地操作在噪声轰鸣的机器旁……

茫崖的夏天虽然这么美好，很多人却无暇去欣赏。他们把火一般的热情倾注在自己热爱的岗位上，倾注在自己为之奋斗的事业中了。

我想，即使将来离开茫崖回到江南故里，我也难以淡忘茫崖，难以淡忘那些为了这片神奇土地的腾飞而忘我拼搏的茫棉人。

啊，茫崖迷人的夏天……

走！咱们去看尕斯湖

没有到过西部之西的人，怎能知道祖国大西北的雄浑与苍茫！

没有涉足过柴达木最深处茫崖尕斯库勒湖的人，怎能知道她究竟有多美！

夜阑人静时，我打开西部微信群品赏着老师、学生、摄友发的绝美图片。那图中的景、图中的湖、图中的水，犹如海浪般冲击着我的心扉，将我带回到那个遥远的地方——天边的尕斯库勒湖。

20年前，我曾在原国家建材局青海茫崖石棉矿中学任教。那年暑假，友人的孩子从内地来茫崖探亲。我总想尽一份心意，陪着他们出去走走，领略一下西北高原特有的风光。

虽然这儿没有江南的小桥流水，也没有钱塘江大潮壮观的景象，可这儿有巍峨的群山、无垠的大漠、远古的风尘。茫崖本就坐落在群山环抱之中，踏上阳台或凭窗眺望，一切尽收眼底。广袤的大漠，跨出家门或一下楼便是，那么到哪儿去游玩呢？

小车司机刘浩挠了挠头皮，兴奋地吼道："有了！有了！到花土沟那边的尕斯湖去玩吧！"

尕斯库勒湖简称尕斯湖，在茫崖花土沟西南五六公里处，东西两端分别是切克里克和阿拉尔草地，南面是终年积雪巍峨雄峻的昆仑山，北面是黄沙弥漫逶迤千里的阿尔金山山脉。小刘曾经去过那儿，那儿有奇峰怪石，周边湿地有水草、芦苇，还有会飞的水鸭子。仅仅这些就足够吸引得我们心痒痒！恨不得马上插上双翅，飞向那尕斯库勒湖。

翌日清晨，我们带足了干粮：大饼、火腿肠、啤酒、卤鸡爪等，还抱了两个大西瓜，兴致勃勃地上了车。

高原的天，孩子的脸，说变即变。晨起还是阳光普照，瞬间阴风怒号，乌云压顶，大有下阵雨的势头。通往尕斯湖的路况当时还很差，稍不留神，车子就会陷进沙窝或沼泽地。小车司机因急着要返回花土沟办事，快到尕斯湖时，让我们提前下车，顺便看看周围的景致。说是再步行一会儿，前面就到了，下午他再来接我们。

看着远去的车子，再看眼前这一方灰蒙蒙的天，觉着身上冷飕飕的。都说茫崖是个天然的大空调，这话一点不假，退休回到内地的老人，每到夏天又返回茫崖避暑。出发前，我们穿的毛衣已不能御寒，仿佛来到了鲁滨孙的孤岛上，心中一片茫然。

提着干粮，抱着西瓜，踏着带刺的骆驼草，寻觅着通往尕斯湖的小路。

翻过一座座土坡，一阵湿润的风吹来，清爽宜人，浓郁的青草气息直往鼻孔里钻。我们张大了嘴巴，深深地、狠狠地猛吸几口，像痛饮甘露似的，感到无比轻松和满足。

尕斯湖快到了！

翻过最后一座高坡，我们惊呆了：眼前是一片茫茫的湖水，翠绿的浪花欢笑着，翻滚着，一层赶着一层，一浪接着一浪，直向岸边涌来。我们丢下手中的干粮、西瓜，冲下高坡，冲向湖边。

瞧那浪花，近处的呈淡绿色，远点的呈翠绿色，再远点的呈墨绿色，一排排、一浪浪地向前涌去。这哪儿是湖，分明是海；这哪儿是海，分明是一幅巨大绝妙的流动水墨画。我开始怀疑自己由于步行一阵产生了幻觉，可揉揉眼睛再看时，一切怀疑竟是多余的。此刻的我，不就在尕斯湖畔，双腿正踩在湖边的水泡子中么！我们顾不得腿上被坚硬的草尖扎出血，心儿已被陶醉了。难怪有人将尕斯湖美称为"天空之镜"，是"额头"上的一块璞玉，散发着石油勘探和西部之西文化的气息。

我们沿着湖岸向前走，头顶的乌云不知躲到哪儿去了。莽莽昆仑、绵绵阿尔金山清晰可见，寒风也收起了一时的狂暴，脚下是青青的草滩，骆驼刺一团团、一簇簇，生机勃勃。晶莹透明的湖水边，有形状各异的鹅卵石，小郝捡起几枚爱不释手，藏进怀里的口袋。深绿色的水草，各自扭动着自己的腰肢，随波起舞。

茫崖竟有如此人间仙境！

我们的到来，惊飞了草丛中窃窃私语的小鸟，它们叽叽喳喳，似在抗议，又似在欢迎，盘旋在我们的头顶。放眼周围，不远处的抽油机正在有节奏地工作着，它们似在叩首问安。身处其中，怎不让人惊叹陶醉？怎不让人既想伫立四望，又想坐下低吟几首绮丽的小诗？

越过一个水泡子，向着湖的西北角走去，大的湖泊旁紧紧依傍着多个小的盐碱湖泊。它们乖乖地卧在"母亲"的身边，没有怨言，没有乞求。上苍何时将它们赐予茫崖？"母亲湖"尕斯湖拖儿携女，在这荒漠中安家落户，它们不正象征了在此奋斗几十年的茫崖人？当年他们从祖国的四面八方会聚荒无人迹的茫崖，开发矿山，开发油田，一干就是二十年、三十年，献了青春又献子孙。昆仑山下隆起的一个个土包，便是强有力的见证。一位老工人一家四代全部安息在昆仑山下，这使昆仑低垂、阿尔金山哭泣的悲壮历史，茫崖人是断然不会忘记的！

尕斯湖，你伴随着无私奉献的茫崖人，在这一望无际的大漠中，寻找着自己的位置。虽然没有过多的人来光顾你、观赏你、发掘你，但你却默默地、坚贞不渝地躺在这块既古老又神奇的土地上，守在依吞布拉克山脚下，守在茫崖人的身旁。茫崖人为了将这块土地建设成为西部一颗璀璨的明珠，付出了无数智慧和精力，也一定会与你同生存。

嘟嘟的汽车喇叭声响了，我们只能一步一回首。我深深地依恋着这里的山、这里的水、这里的草滩、这里的芦苇、这里的小盐湖，这里的一切的一切。

从此，我有了梦中之湖——尕斯库勒湖，我多想再去看一看啊！

顾锁英写意水粉画《晨牧》

茫崖情思

新年将至，我收到了数封千里之外的学生来信。

"老师，随父母离开茫崖已经几年了，我无时不在思念着老师您……永远也忘不了我茫崖的母校。"

有什么比得到学生由衷的爱戴更欣慰呢？

我的学生眷恋茫崖，我也眷恋着这片奇异的土地。这里，虽然没有泰山的日出，却有月华千里的良宵；虽然没有巧夺天工的苏州园林，却有横空出世的莽莽昆仑；虽然没有南京路的繁华，却有一望无垠的大漠！在这举世罕见的环境中生活的茫崖人，具有博大的胸怀和顽强的意志！在粗砺的狂风中，在呼啸的飞雪中，在透骨的酷寒中，刚强剽悍的茫崖人与大自然抗争，向大自然索取，30 年拼搏，创造了石棉矿的今天！

那黑油油的沥青公路，像黑色的缎带随着戈壁的起伏越谷穿浪，连系着矿区、福区；一座座新耸立的厂房、住宅楼，深情地俯瞰着茫崖人；一包包银色的石棉，像一只只天鹅飞向大江南北，飞向五洲四海……

我把深沉的爱献给了这块土地，传给了我的学生。一个学生在中考作文中写道："我是茫崖人的后代，我爱石棉矿像爱我的母亲！"啊！第三代茫崖人站起来了，他们没有忘记艰苦创业的前辈们！

每当夕阳西下，我总看见有那么一位老人，向昆仑山方向眺望，待那轮鲜红的落日化作一声呜咽时，她才蹒跚离去。昆仑山下，埋着她老伴的忠骨！她的老伴，是首批开进茫崖的创业者，在一次排除哑炮中以身殉职。多年来，她守在石棉矿，又把几个子女从南方接来，继承父辈的遗志，把青春的汗水抛洒在矿山上。

夜阑人静，我又打开了另一封信，那既熟悉又娟秀的字迹跳入我的眼帘："老师，在您的教育和影响下，我立志要当一名教师，现在终于考上了师范学校。临行前同学们送我的珍贵礼物——一包石棉，我把它挂在了床头。看到石棉，就会想起石棉矿，想起满怀期望的老师。这一小包石棉天天激励我勤奋学习！我要像您一样，把学到的知识，全部奉献给我们的茫崖……"

读着这火一般的语言，我的眼睛湿润了。我仿佛看到了一个灿烂辉煌的茫崖新城正矗立在中国的西部。

一场难忘的考试

——现场抓拍

　　提起这场难忘的考试，我的思绪又被拽回到那个遥远的省会城市——西宁。

　　准备、复习了两年的考试终于在那个初冬时节拉开了帷幕。

　　第一场室内理论笔试结束后，紧接着就是第二天上午的室外考试——现场抓拍。

　　那是一场极具挑战、考验摄影人基本功的"实战"。来自全省各大彩扩公司、影楼、老牌照相馆及长期从事新闻、宣传、通讯员等工作的五十多名考生严阵以待。

　　考生都明白：所谓的现场，也就是摄影师所处的位置和环境；

　　所谓的抓拍，其中的一个"抓"字，就道出了动作的快速、急速、瞬间之举……

顾名思义，"现场抓拍"就是摄影师在极短的时间内，用极快、急速的动作，拍下你自己认为最生动、最满意理想的画幅。

回顾自己多年的创作生涯，曾经有些外拍场景又浮现眼前。

那还是在青海国家央企工作时。我除了在一所中学任教，担任班主任工作，还兼任《青海日报》和《青海青年报》的通讯员、特邀记者。主要是将基层，包括我所在学校的一些突发新发事件，用图片新闻的形式寄到报社发稿。一次，我和中央人民广播电台驻青海记者站的站长宁吉祥奔赴一个山区，拟拍摄报道青海省杂技团文化三下乡的演出情况。由于我们得到通知晚了点，当我们乘车赶往演出地时已时近十点钟了。在山区一座村子中央的空地上，里三层，外三层，围满了观看演出的村民。因陋就简，在村民围成圈的中央一块空地就是演员的"舞台"，观众席地而坐，有些从家中搬出高矮不一的凳子站着观看，如一堵参差不齐的城墙，演出正在精彩进行着。

我们来不及多加思考，我蹿出车子眼睛就急速地寻找着拍摄点。我看在围观的人群中左前方有一个稍稍可以挤下一个人的位置，我毫不犹豫地踩上了老乡站着的凳子的一角，那时照相机已经紧握在手，快门如待发的子弹。说时迟，那时快，正当我举着相机对焦，将拍摄焦点对着一位倒立演员表演时，突然，从围观的人群中蹿出一位三岁左右的小男孩，歪着脑袋定格在距倒立杂技演员二三米的地方，一动不动，神情专注且痴痴地注视着这位倒立演员的演出。我立即将相机绕过一位老乡的肩部往左略微移动了一点，将小孩框进了我的画幅，按下了快门……随即，小男孩就被维持秩序的工作人员和他的父母拉着抱走了。

回来后，我将所拍片子冲洗了出来。

画面中，倒立的演员正在竭尽全力尽心精彩表演着。斜射的投影静静地落在演员表演梯台右侧方的黄沙地面上；一位懵懂的幼童，鼻涕口水似乎糊了一脸却神情专注地痴痴地观看着表演……

妙！好一幅生动感人的画幅！

《青海日报》在头版用了半版画幅登载了此次我拍的这幅"文化三下乡活动"场景的图片，并配了几十个字的文字说明。小男孩的出现，更深层次地衬托出此次活动的精彩和成功！后来，我将这幅作品的焦点就落在这位小孩身上，取名曰：《特殊观众》。不但在省展中获奖，也在一些其他的展览中获胜并集结出了摄影画册。

一位摄影者，能用自己平时掌握的技巧和经验，在万变的环境中捕捉到满意的瞬间，就如同完成了一项"伟大的工程"。

十几年前考国家级高级摄影师证的紧张难忘时刻，仿佛就在昨日。

那天上午，为了便于考生们选景、取景和抓拍，组委会安排了几位女模特在公园的各条小径上来回走动。考生们有的跟踪，有的追随，有的在不停地走动选择自己最佳的抢拍抓拍位置。我避开了簇拥和追随的考生，独自首选了一条 S 形小路的拐弯处，估计模特途经此地时可以用侧逆光抓拍到模特的形体和面部轮廓，我平常也喜欢用侧逆光塑造人物的形象。

此时正值上午十点多钟。高原的气候，又是在初冬，虽已经是十点多钟了，太阳仍然是淡淡地斜照着公园，各条小径上留下树枝斑驳的投影，显得有点冬日萧条的感觉，不觉心头掠过一丝凉意……

我手持相机，注视着模特的走向和动态，如一支弦上待发的箭。一位红衣女模特从我的左侧前方飘然而至，虽然此时她们不像在舞台 T 台那样表演，可模特的身材形体和神态还是可以捕捉的。我迅即调整了相机的光圈和速度，又不停地移动变换着自己原先站好的位置，咔咔两张，抓拍下了模特的面部表情。传情的眼神，浅浅的笑容，白色打底毛衣，红色风衣，红色长围脖，微风轻轻撩起她风衣的一角，如浮云般从我的身旁眼前掠过……随即我又赶往其他的抢拍地。在一处公园拱门一侧我停下了脚步。这儿，拱门的墙壁随着岁月的流逝和风吹日晒已经斑驳，凸显岁月的沧桑感，墙壁的中央悬吊着几经坚持却已枯萎凋零的花草藤蔓，仿佛它们也在给我们讲述着曾经的辉煌……

女模特过来了！刚刚穿越了拱门。她将红色外衣脱下半搭在胸前，露出上半身白色的毛衣，猛一转身，甜甜的会心一笑，我用侧面半身特写抓拍下她此刻的形象和神态！斑驳的墙壁，发黄枯萎的藤蔓，身后右上角一棵树干上的几片即将凋零的叶片洒下了片片投影，映衬在女模特的胸前，使画面的影调多了一层层次感……后来也在不同地段，用不同角度、不同光圈速度抓拍了一些。

现场抓拍结束后，全部考生集合，集体到照相馆冲洗，因为当时都是用胶卷拍摄的。主考官们全场跟着监督。每人自己选交三张作品，由组委会成员统一放大，铺设在考试大厅，考生不准用真实姓名，只用考号，无记名。考生回避，然后由聘请的北京国家级摄影专家考评组成员对每幅作品现场评判投票。最后将每个专家对每幅作品投票的票数加起来的总和，就是考生现场抓拍的分数。整个考试过程认真而严谨，紧张而有序……

令我怎么也没想到的是：现场抓拍，我上交的三幅作品，后经考官专家技术鉴定组评判投票，我的竟然在全省五十几位考生中获得第一名！加上理论笔试分数，我的总分也是第一名。

任激动的泪水流淌……

那次，我当之无愧地考上了国家级高级摄影师。

一切考试工作结束后，省摄协老师和省电视台老师专门祝贺我，邀我共进午餐，祝贺我这个来自大漠深处的女"状元"。

我想，我交的一幅半身和两幅全身作品，主要是突出了女模特的神态。"神态"是一幅作品的灵魂！再加上我用的是侧逆光造型，女模特身穿枣红色风衣，和背景斑驳的墙壁、悬吊的枯藤，形成了一种古香古色典雅的色调和氛围，彰显女模特的内在气质，使作品画面有了深度和力量。

一位有经验的现场抓拍摄影师，除了要有良好的心理素质和身体素质外，更要具备敏锐的洞察力和对周边环境事件或画面的预判能力；能随机应变地、快速地、果断地，在瞬间抓拍下最有说服力、见证力，有力量的满意画面。这就需要我们行摄人在实践中不断地磨炼，不断地总结经验，从而达到不断地提高自己……

摄影之路和文学之路，同样任重而道远。我将不畏困苦，执着远行……

顾锁英写意水粉画《大漠夕照》

窗外，有条通往远方的路

每每伏案工作疲惫之余，我总要伫立窗前，眺望窗外连绵起伏的阿尔金山，眺望着窗下那条通往远方的路。

那是一条沙砾、搓板式的崎岖小径，也是进出茫棉的必经之路。

多年前的一个冬日，远方的友人踏上了茫崖的土地，他说千里迢迢专为看我而来，我十分感动。他寒假不曾回家探望家人，却来到我的身边。

交谈中，我劝他收起那个小小的梦。梦虽斑斓，却不能也不好实现。

他正在大学深造，他应该有他的事业，有他的前途，更应该有他宁静、温馨的港湾。

临离茫崖的前一日，我为他买好车票。翌日凌晨，我却未能去送他。上班后，我也就是倚立在这个窗前，目送窗下这条通往远方的路许久、许久……

认识他是在古城西宁的郊外。

纷纷扬扬的大雪下了整整一个昼夜，古城西宁银装素裹。家住西宁和西宁附近的同学都回家过周末了，唯有我来自距离1300多公里的荒漠戈壁。每到周末，当我趴在窗前眼巴巴看着同学们欢快离校的背影，泪水就模糊了眼睛。缕缕思家之情、"失群孤雁"之感紧紧地、紧紧地挤压心头。

雪后的高原是多么静谧、安详啊！同时也是摄影创作的好机会。

星期天一大早，我就踏上了去郊外的车。

呵，好一派迷人的景色哟！厚厚的雪层，犹如一条洁白的地毯，将远山、小溪、沟壑、旷野，严严覆盖。展现眼前的是一个纯洁无瑕的世界！我不想让这绝伦美景从眼底溜走，我情不自禁地举起相机咔咔两张。可当我第二次按下快门的一刹那，一个雪团般的东西滚进了我的画幅。

好奇心牵引，走近一看，原来那也是一个摄影"发烧友"，滚爬得满身是雪，正端着相机瞄准前方，退、退、退，退进了我的画面。我似笑非笑，正欲转身离开，他叫住了我。先是一笑，而后愣愣地注视了我好半天。他想和这美妙的大自然合个影，求我帮个忙，我接过了他的相机。

从那以后，他来学校找过我。我们沐浴着漫天飘飞的雨丝漫步在古城的小巷，我们冒着隆冬的严寒来到塔尔寺进行摄影创作……

学习结束，我要回江南故里探亲，他赶来车站送我。暮色中，长长的站台上，只见他追逐列车奔跑的身影。

我又回到了大漠深处，我们常有书信往来，谈学习、理想、创作。他谈得最多的还是对我所发表摄影、美术、文学作品的欣赏，深深敬慕我在瀚海深处苦苦孤航的韧劲。共同的爱好，使我们的交流多了一层话题，可我怎么也没想到他几经艰辛突然出现在我的面前。

返校后，他曾来过信，洋洋洒洒七八页，依然是火一般炽热的语言，真切感人地又一次倾吐着他的心声……

为了不影响他的学习，为了使他完成学业后有一片更能翱翔的南天，我明智地选择站在自己的风景……

哦，时光飞逝，转瞬已好多个年头了。朋友，穿越时空跟你握个手，道声："珍重！"

风的季节，思绪如风飘荡。远古的风尘中，窗外这条迷蒙的小径，似漫漫人生之路，弯弯曲曲一直通向远方……

人在旅途中

提起笔来，一辆辆奔驰的列车从眼前疾驰而过，如同匆匆岁月、匆匆人生。唯独多年前的那趟列车，却永远定格在我的心中，停留在我的笔下……

那年春节前，我在青海省教育学院学习结束后，踏上了南归的列车——西宁—上海的 178 次直快。

车，载着我对阔别数年故乡、亲人的深深眷恋之情，伴随着莽莽高原深沉而雄浑的节奏声，进入了夜间行驶。喇叭中传出列车播音员亲切和蔼的声音："旅客同志们，卧铺车厢还有几个空床位，哪位旅客需登记，请到 8 号车厢办理手续。"

半夜时分，一觉醒来，昏暗的灯光中，斜对面的三铺上坐着一位黑黝黝的近四十岁的男人，正探着脑袋向着窗外东张西望。戒备心立即提醒我：我的提包，里面装着相机！我一骨碌翻身下床。哦，提包仍静静地躺在那儿，我舒了口气，又回到床上。那人似乎觉察到什么，朝我笑笑，随即又转过头去，目光，仍注视着漆黑的窗外。

为了避开晨起洗漱的高峰，我五点就起床洗漱完毕了。后来从对铺同乡口中得知，我斜对面三床的也是从西宁上的车，刚从青海都兰监狱释放的，我心中仿佛明白了什么。

也许出于一种文学创作的本能，不一会儿，我便和他攀谈起来。他十五年前因犯流氓罪被判有期徒刑五年，入狱后又因打群架加刑十年。十几年西北高原的劳教生活，已使他的思想有了新的认识和转变。只听他喋喋不休："这次回去了得重新做人，好好生活，好好干一番事业！要么经商，要么承包几十亩农田……"像是自言自语，又像是在对人发誓。每每重复时，目光总是那样坚定，充满着希望和向往。我的脑海不免跳出陶渊明的"……误落尘网中，一去三十年……久在樊笼里，复得返自然"的诗句。虽然生活的时代、背景、事情的性质不一样，但那份渴望自由和向往幸福生活的心情是相同的。

列车，带着一千多人的酸甜苦辣，不停歇地奔驰着。他，很少静静地坐下来。他似一位不知疲倦的初次出门的孩童，这儿走走，那儿瞧瞧，满脸喜色，一切都感到新奇！他一会儿打开红塔山递到男同胞手中，一会儿拿出橘子、苹果塞到我们手里，一会儿又从包底掏出在劳改农场图书室照的相片。一张照片一个故事，讲得眉飞色舞、绘声绘色，犹如放开闸门的水，势不可挡！仿佛要讲完他牢狱生活的全过程。我的目光刚想离开，只见他又翻出一套崭新的西服穿上，领带系上，对着窗玻璃左照照，右看看，犹如待嫁的新娘，喜滋滋地问我们合不合身，他说那是他姐姐寄来的。他穿上，脱下；又穿上，再脱下，反复几次，说是等到下车之前再穿，好干干净净见家人！

车，经过一个昼夜的行驶，已发出疲惫而沉重的喘息声，而车厢里的他，却还在不停地忙碌着，穿梭着：谁的缸子没水了，他赶紧倒上；暖瓶空了，他连忙去打；地上有瓜果皮壳，他立即清扫；中转车站一到，谁想吃什么，他抢着去买……目睹着这一切，我的心里酸酸的。这是一种什么样的东西在喷涌？这是一种来自他内心深处的一种人的本性的情感在狂泻！此刻的他，仿佛浑身每个细胞都张开了大大的嘴巴，尽情地吮吸着大自然的阳光，在吸入的同时又在全方位地释放！他这分明是在用自己的行动追回曾逝去的时光啊！他一边在帮着别人，口中却不停地问我们上海车站何时能到。他说从办释放证的前几天就没睡着过觉，夜夜盼天明，也没给家人去电话，为的是给全家人来个突然的惊喜！他归心似箭，一路的旅途，都处在重获新生与自由的那份极度亢奋、喜悦中。我想：如果当初他就知道自己一失足就将成为千古恨，在大西北的深处一待就是十几年，他还会去触犯法律吗？值得欣喜的是浪子回头金不换啊！

翌日，晨曦未露，我还没有起床。他就把我的缸子洗净，穿越七八节车厢到餐车给我打来了热腾腾的稀饭，双手端到我的面前，我激动得热泪盈眶。也许是感激我途中对他的信任、鼓励；也许是他是浙江人，我是江苏人，都是近邻；抑或是十几年西北劳改农场生活的改造、磨炼、学习、反思，他真正懂得了人生的价值，懂得一个人来到世上不仅仅只考虑自己，只为了自己，也要为别人，为社会做点什么，应该懂得怎样去生活……我记下了他犯罪的前因后果，他要求我别写出他的真实名字，我应允了。他再三嘱托我转达：告诫那些徘徊在、行走在犯罪边缘的青年朋友，切莫像他那样，一定要做个懂法守法、对社会有用的人……

南京车站到了。他帮我收拾行李，执意送我下车。

冬日的江南水乡，明媚的暖阳已毫不吝啬地伸出了双手，深情地抚摸着站台上的每个人。长长的南京站台，拥挤的人流中，他紧紧握住我的手。我伫立站台许久、许久。目送着东去的飞驰列车，我仿佛看到了，看到了他奔波商海忙碌的身影，看到了他辛勤耕耘在田间地头，播撒着希望的种子……

心中的野菊

岁月迷茫，往事如烟。人生中许多记忆都模糊了，唯有柴达木盆地那锡铁山上的野菊花，不时在我的脑海中摇曳，撞击着我的心扉。

多年前的今天，我带着满身心的伤痕，拖着疲惫的双腿，似一只暴风雨中不幸触礁即将沉没的小舟，漂到了锡铁山。

举目四望，黄沙无际，群山似黛，寂寞的大风呜咽地吹过。夕阳把沙漠涂抹成血色黄昏，凄凉恐怖，心中一片诗意的苍凉。

一天的辛劳之余，从单位回到宿舍。孤独忧伤，矛盾困惑，重重叠叠，紧紧地挤压在心头……

一日，友人陪我到山中散心。蓦然回首，碎石边的小野菊牵引了我的视线。黄色的、红色的、白色的……我伫立许久、许久。它的娇艳，它的姿态，它的容貌，它内在的美质，把我的一怀愁绪涤荡得荡然无存。

它虽不及牡丹、梅花那样让迁客骚人诗兴大发，然而，它不择土壤不择气候，抗严寒，斗风沙，一株一株悄悄地生长在青海高原，盛开在乱石荒野之外，盛开在柴达木人的心中。它将最美的风采和季节无条件地展示给人们，奉献给大地，不求回报，不求索取。它，不正象征着高原人那种不屈不挠、顽强拼搏的精神？不也正象征了柴达木的芸芸众生？

一天，我无意中发现一株野菊花被人踏倒，我蹲下小心地将它扶起。半夜忽然狂风大作，我惦记着山中受伤的小野菊可无恙？

翌日清晨，我又来到了山中。我惊愕了：受伤的小野菊非但没有病态的憔悴，没有痛苦的哀号发抖，它反倒打起了精神，抵抗着劲风的撕拽，自卫着纤弱的身子，挣扎着站了起来！七色阳光下，那花瓣似梦幻轻颤，如音符跳跃，涌动在我的心中。

我轻轻掐回一支，插在罐头瓶中。它伴随着孤独者的灵魂，吮吸着瓶中的"乳汁"，几日后，竟也奇迹般地生根、开花了。

啊！江河急逝！风风雨雨一别十度春秋。当春之姑娘的脚步悄悄叩响之际，当窗台上的花儿又一次撩拨我记忆的心扉之时，我倍加思念那锡铁山上的野菊花。

行走中的风景

凭窗而立，思绪如潮。

遥看天色，一片迷茫。

不知何时，天空飘起了雪花。雪，纷纷扬扬，飞舞盘旋，在我的眼前尽情炫耀着她洁白无瑕的身姿。拉开窗子，"地白风色寒，雪花大如手"！一阵风儿裹挟着雪片纷纷涌入阳台，掠过我的脸颊，好凉好凉啊！突然惊觉：又到一年岁末了。

我孤身只影地穿梭在冬的街头，迎着翻飞飘舞的雪片，匆匆上了一路车，我奔向何方？望着车窗外向后移动的风景，我不禁感慨万千！漫天的雪花飘荡盘旋后静静地着陆了，坦坦荡荡地投入大地的怀抱融化着，抑或堆积成如雪白的地毯，整个大地银装素裹。雪花一路飞来终于有了归宿，可我？哪儿才是我的精神归宿？

　　岁月匆匆，匆匆的岁月又将我赶进新一年的大门。很久无暇动画笔的我，为了赶作一幅油画挂在客厅的墙上，我打开了记忆的闸门，认真翻腾着、仔细搜寻着、精心构思着……契诃夫写小说，总是写那些普通寒微的人物和简朴而平凡的乡野；出身贫寒的犹太人画家列维坦不画那些声震古今的名山大川，他从不在华丽的景致中点缀上历史或什么神话般的英雄人物……他画柳荫覆盖的《荒塘》，使人看了之后就会引起无限的联想，就会回忆起儿时捞鱼捕虾的水塘；他画暮色苍茫中的牛圈，静静地敞开了木门，让人想到农夫们就要赶着牲口回来了。他就是这样，从极平凡的自然角落中发现着诗意般的美，同时唤醒着普通人、读画人对生活的回忆和热爱！我也将自己选材创作的焦点投向了我曾生活、工作过的那个遥远的地方——柴达木深处。一望无垠的亘古荒漠、连绵起伏的山脉……虽然这些在我的眼前、在我现在的生活中是一道逝去的微不足道的风景，可她却永远驻足在我的心间。那毕竟是我曾来来回回无数次亲自历经的地方，我要用手中的画笔将她搬回我的小屋！我虽非他们那样的大画家、大名人，我同样意在表达一种思想、一种寄托、一种精神和一种情怀！

　　我画荒原中绵延不绝、光秃秃雄伟壮观的山脉。也许有人会疑惑：在那样荒无人烟、被称作"一片死亡之海"的戈壁深处，怎会有人生存？其实，那儿不光有人可以生存，更是有一大批祖国的建设者、创业者、奉献者，他们为了建设祖国的大西北、为了柴达木的建设，常年奋战在冰天雪地中，与天斗、与地斗，与大自然抗争！这种铮铮铁骨，这种无私奉献的情怀是一部可歌可泣的历史，是一首无法吟唱的歌，是一幅无法展尽、撼动心魄的画！他们当中很多人都是献了青春又献子孙，一家几代人，祖祖辈辈扎根在那儿；我画两边群山中，一条蜿蜒盘旋的小径伸向远方，不禁令人想到：当年祖国的建设大军就是通过这条崎岖的小路，坐着解放牌汽车一路颠簸，冒着砭人肌肤的寒风，在黄沙漫漫，坎坷不平，沟壑横呈的戈壁小道上艰难爬行。车子上窜下跳地开进荒漠深处，已是红日衔山，血霞浣天；我画山涧小溪旁的枯草泛青了，山坡上点点的帐篷沐浴在金色的晚霞中，牧归的羊群缓缓而来。牧人将奔跑了一天的马儿牢牢地拴在木桩上；水沟对面的土坡上，一只无拘无束自由自在的小山羊仰着头，迟迟不愿回归，深情地注视着对面，仿佛用它们自己的语言进行着交流、沟通、倾诉，相约……人与自然、动物，构成一幅和谐安详的画幅，荒原的春天来了！我给它取名曰《行走中的风景》，一幅震撼我心灵的画诞生了！创作此幅油画，也意在时时唤醒自己，走出广袤浩瀚的大漠这么些年来，我也奔波、跋涉、辗转过几个省份几座城市，包括西南大都市，等等。现在能回到风景秀丽的江南故里，还有什么困难能够难倒我的呢？

电视里传来一首"大雪在纷飞，寒风刺骨吹……我是冬天里孤单、坚强、绽放的白玫瑰……"的歌曲。抬腕看表，已是凌晨一点三十；环顾四周，屋里除了我，还有身旁海尔取暖器在悄悄地散发着暖暖的温。我孤单吗？我寂寞么？不！我有手下的画做伴，我有桌上的书做伴，我有摄像机照相机做伴，我更有心中的那份希冀做伴！记得叶曼女士生前在 98 岁高龄时曾说："命是我们的本命，运是时运。'命自我立'。我们完全可以依靠自己来转变。生命是一座玫瑰园抑或是尘世的地狱，完全取决于自己的心灵。"

放下画笔，夜，真的很深很深了。我独自品赏着自己创作的这幅画，百般回肠，千般凝思……"行走中的风景"。哦！这不就如同人生一样吗？人的一生其实就是一幅行走中的风景！人，要经历四季轮回，要体味春夏秋冬给人体带来的不同感受，就如同人生经历酸甜苦辣风霜雨雪一样。已到中年的我，也就是在经历或者正在经历着人生的秋天。我常想：是不是可以停下跋涉的脚步？是不是可以放下手边的工作和爱好让自己疲惫的心稍稍歇一歇？我可以用一颗包容的心去观世间万象；我可以用一颗平常的心去接纳秋的到来；我可以很坦然地面对曾经的绚烂慢慢归于平淡。然而，我的内心依然充满着激情，依然充满着追求和梦想！哪怕追求的路再漫长，哪怕彼岸的星光转瞬即逝，我也会一如既往地扬帆远航……

走出画室，已是凌晨两点多了。我忽然想起，明天就是大年除夕了，我还什么都没准备哩……

《青海青年报》，曾引领我前行的航向

为了缓解紧张的工作压力，我利用周末的时间又提起了画笔，创作了几幅青海高原的美术作品，欲寄往青海的相关报纸杂志。我首先想到了我挚爱的《青海青年报》，想到了李永明编辑。

我拨通了报社的电话……

可当我惊闻李永明老师后来调到青海省团委工作，已被病魔永远夺去了年轻的生命时，我愕然了！我木讷地愣在电话机旁许久、许久，一种深深的缅怀之情油然而生。

和李永明老师相识，是在十几年前一个冬日的上午。天空下着鹅毛大雪，纷纷扬扬。纷飞的雪幕，如同一块洁白的纱帐，笼罩着整个西宁古城。我那时在青海柴达木深处的一所中学任教，也是《青海青年报》的一名通讯员。由于赶到西宁参加省里一个摄影界的活动，带去一摞稿子，有摄影、美术、文学。雪幕中我风尘仆仆地闯进了《青海青年报》，接待我的便是李永明编辑。他一脸的朴实、真诚和热情，又是给我让座，又是端来热茶。其他编辑也都围了过来，我有种回到家的感觉，心里热乎乎的，周身涌动着一股暖流。

李永明老师那时也许刚参加工作不久，似乎觉着脸上仍挂着学生的气息。尤其他那带点腼腆的笑容，至今仍印在我的脑海。当他听我说明来意后，立即放下手中的工作，仔细、认真、专注地审阅我带去的稿子，一遍又一遍直到中午，连下班都延迟了一小时，他还诚恳地给我提了一些宝贵意见。在我带去的作品中他精选了一部分留下陆续刊用，其余的又寄回我单位。此后的日子，因约稿又有过几次接触。他给我的印象始终是待人热情，工作勤勤恳恳、兢兢业业。他严谨的、一丝不苟的、雷厉风行的工作作风令我感动。也许他能理解，理解我身居大漠深处，生活、工作的环境又那么艰辛，气候条件又十分恶劣，却能挤出时间坚持不懈地搞创作的那份执着和韧劲。再加之我的作品是展现偏远的八百里瀚海深处的风土人情，李老师和编辑老师们都格外关注。在编辑老师的鼓励下，我的创作激情也很高。我深知：激情是一种动力，是一种强烈的内心涌动，可以推动我不断向前，点燃无穷的创造力。所以，那些年，我的作品不仅在省内《青海日报》《青海青年报》《青海经济报》等一些报纸杂志发表，省外报纸杂志也相继跟我约稿，使我的创作热情达到了巅峰。记得曾经的《中外企业报》等就用了我大量的摄影作品作为刊头和文化副刊的插图。

从那后，我对《青海青年报》又多了一份了解和认识。我不光自己每年订阅，也建议身边的老师和同学都订了。《青海青年报》成了我生活中不可缺少的精神食粮。那些年代，由于交通的不便，等盼每期《青海青年报》的到来，如同祈盼久别重逢的亲人。有时途中延误了，我会有种寝食不香的感觉。

记得一次收到《青海青年报》时刚好是中午下班，我迫不及待地展开，如饥似渴地读着，边走边看，竟走过自己住家的几幢房子全然不知；还有一次，我一边做饭、炒菜，一边阅读，结果当满屋子弥漫着刺鼻的怪味时，我才恍然大悟。猛地冲进厨房，饭菜全烧焦了。

有时，我也会选出副刊中的优美散文，让学生在自习课或者阅读课上朗读，从而提高学生的阅读、欣赏、写作水平。

悠悠岁月中，《青海青年报》如同我心中的一盏灯，指引着我前行的航向，我无论走到哪里都将她带在身边。

记得 1998 年暑假，我回内地探亲，正碰上全国很多地方洪灾肆虐。我在湖南长沙小住十几天后，准备转回成都。结果火车到了株洲后无法前行了，前面的铁路被洪水冲毁，最快也要七八个小时才能通车，无奈，我又折回长沙，改乘飞机。

乘坐飞机随身携带物品的重量有限制，我只能将两个旅行包精减，压缩成一个。我舍弃了一些也算是喜爱的书刊和物件，留下了一大沓《青海青年报》，小心翼翼地装进了随身的手提箱。就这样，《青海青年报》跟随着我，飞越千山万水，跨越大江南北，从青海到长沙，从长沙到成都、重庆，又从重庆乘船途经三峡等地回到了我的故乡江苏南京。

我爱《青海青年报》，不仅因为我曾是报社的一名通讯员，也不仅仅因为《青海青年报》曾有我一方耕耘的园地，更不仅仅是因为报社有像李永明那样任劳任怨的编辑、记者，而是因为她有一种感召力，有一种催人向上、激励人向前的精神动力。这种精神，不也正是青海人、高原人那种坚忍不拔、与天地抗争，用勤劳、智慧的双手建设、开发美好家园的拼搏精神么！

蓦然回首，1956 年由共青团青海省委领导创刊的这份《青海青年报》，已走过她漫漫五十多年的风雨历程，从无到有，从小到大，不断发展。由最初的对开四版发展到对开八版，由最初的周一刊扩增为周二刊。版面内容日益丰富，更加紧密地贴近青年人和读者的生活、紧跟时代的步伐。

深信《青海青年报》在上级部门及相关领导的支持关怀下，在全体编辑、记者的共同努力下，有众多读者的鼎力支持，定像一朵绽放的美丽奇葩，盛开在高原人民心中。

回望古城

思古城，恋古城，算起来已有好多个年头了。

那年，我被单位派送去古城西宁学习。三天汽车的颠簸，到了古城已疲惫不堪。然而，当我拖着无力的双腿迈进省教育学院时，我的一路风尘却被涤荡得荡然无存——老师们的热情接待，如阵阵暖潮冲击着我的心扉，使我深深感到：远行的小舟有了暂泊的港湾。

我被安置在公寓楼二楼宿舍，失去多年的大学校园生活又重现到眼前。

学习期间，虽然学习、生活的节奏都很紧张，但我尽量挤出时间或利用周末涉足古城的每个角落，聆听岁月的回声。

啊，古城！自从踏上您诡谲、坚实的胸膛，读着您博大精深的故事，聆听您遥远美丽的传说，感受您深沉凝重的呼吸，我对您更多了一份深深的敬仰。您沧桑多变的历史，只西宁一名的由来和演变，就历经多少辛酸！你从西汉时期的"西海郡"——隋统一中国后的"西平郡"——唐代的"鄯州"——宋朝的"西宁州"——元朝的"西宁卫"——清朝雍正初年的"西宁府"——清末，到1928年国民党进入青海，建立青海省，才治设西宁。但当时青海仍在马家军军阀的统治之下，直到1949年9月5日，中国人民解放军将红旗插上西宁古城，我们西部高原才冉冉升起一颗璀璨的明珠。

几十年来，勤劳剽悍的古城人用大山般的魂魄，用树根般的执着，用一腔腔沸腾的热血唤醒了这片曾僵冷的土地。如今的建设和发展，便是古城人筚路蓝缕的印证。古城这片谜一样的土地，留给我谜一样的情丝。此刻的我，虽然身居大漠瀚海深处，但古城人的粗犷、豪放、憨厚、耿直的品性，古城人纯朴诚挚的心灵使我至今无法忘怀：

怎能忘，怎能忘隆冬之夜，静谧的校园，班主任老师、校领导曾多次来到我们的宿舍，嘘寒问暖。不是父母胜似父母，不是姊妹胜似姊妹；

怎能忘，怎能忘食堂小师傅见我刚到还未买饭盒，主动拿出他自己的给我用。待学习结束我买了巧克力糖去奉还饭盒及道谢时，他却因家中有事辞了职；

怎能忘，怎能忘每每遇到晚上停电时，我们正为无法完成当天的作业焦虑时，班主任老师总是雪中送炭，准时出现在我们面前。摇曳的烛光，似我们人生道路中的灯盏长明心头；

怎能忘，怎能忘结业离校的前一日，我们来自州县的学员都已上床休息，老师们又叩响我们宿舍之门，将我们请到办公室，特意买了糖果，再次为我们辞别，直到夜很深、很深……

我对古城一见钟情便爱得永恒。我拍了古城的街景、校园风景，也拍了土乡的民宅、黄河石、塔尔寺的和尚等，将这些片子带回了戈壁。我常取出珍藏的片子仔细地端详、品赏、抚摸着，任思绪越过手中的画幅如脱缰的野马狂奔飞驰……

我想，不管今后我是回到江南故里还是走到天涯海角，古城的山、古城的水、古城的阳光、古城的人、古城的小巷、古城那淅淅沥沥飘洒的雨丝、古城那纷纷扬扬飞舞的雪片……都将令我深深地苦恋！

我将对古城的一片真情化作一幅最纯美、最绝妙的油画永挂心房；我将对古城的思恋化作阵阵雀语啁啾在西城的柳树枝头，祝愿古城：更加繁荣昌盛！

哦，古城！今夜又将梦回你怀抱……

新年遐想

凌晨五点多，我从爆竹声中惊醒！原来，今天是大年初一！

我翻身跃起，连忙洗漱，家中稍作收拾。想想昨晚一个人竟忙到凌晨一点半才将对联贴上，一整天均无暇下楼，我就感到好笑。奔波、忙碌了一年，终于在年初一可以歇歇了。

看着窗外，晨曦已把我的梦织成五彩的霞，正冉冉升起。一束束明媚的光洒进屋子，只觉得浑身还是暖融融的。虽然昨夜老晚才睡，晨起却收获了一份好心情！

这是新年的第一天。新的一年，是否一切都有新的开始？

我打开电脑，从百度中搜索了一首德德玛的《下马酒之歌》："远方的朋友一路辛苦，请你喝杯下马酒，洗去一路风尘，来看看这美丽的草原……"让那浑厚、高亢、激昂的歌声陪伴着我，飘满我整个小屋的每个角落。锅里煮着红枣，蒸着小嫂子送来的馒头。想必，今天小辈子亲戚是不会来拜年的。因为凭着老习惯，他们要先去远处的长辈家，然后再来我这儿的。可别忘了，今年是我走出大漠，回到故乡这些年来，有了属于自己的家的第一个年头哟！那么，今天我就自己安排自己的生活，让一度疲惫、奔波、劳碌的心稍作休整。

门外，窗下，不知何时传来人们相互走动、拜年、喧哗的声音。越是在这样热闹的背景下，我越发觉得心的静！

我一边吃着红枣，一边吃着馒头，目睹着客厅正墙上悬挂着的自己创作的那幅《行走中的风景》油画，思绪似乎又像脱缰的野马奔向了那遥远的大西北：

记得那时在大漠深处过年，年味十足。单位每到过节前，就早早安排生活车拉来了各类、各种生活所需品。老师们有课的上课，没课的就到后勤分发物品，吃的、用的全都有。人们忙碌着，大包小包地往回拿。高原的冬天本身就是一个天然的大冰箱，我们把分发的各类食品用麻袋或纸箱装好，用一根带子或绳子将食品箱悬挂到窗外，什么时候想吃就取些回来，很方便。那时屋子里已经用上了暖气，温暖如春。而屋外，却是零下三四十度，屋内、屋外两个截然不同的气温。单位分发的鸡鸭鱼都是冰冻的，很多年我们都是吃那些水产品。以至我到今日都不会也不敢杀鱼。后来在成都重庆生活，即使吃鱼，都是卖鱼人将鱼杀好洗净的。再者，走出大漠很多年，也由于工作的性质和繁忙，我

漠风吻过南飞雁

基本都是吃食堂，即便现在生活、奔波在故乡龙城亦是如此。

　　大漠深处的春节，气氛也十分浓烈。那时每到过节前几个月，各单位就在积极准备各种文体节目：有篮球、乒乓球比赛；摄影、书画比赛；文娱节目比赛，等等。我不但每项都参加了，而且有些活动的项目我还是主要组织者和负责人。那时，倒也忙得不亦乐乎，生活非常充实。尤其每到年三十，除夕之夜，我们几乎是通宵不眠。十二点钟声一响，各家各户将早已放在楼顶的烟花爆竹一齐点燃。顷刻，大漠的上空火光冲天！爆竹声声，整个大漠沸腾了！顽皮的小沙粒儿雀跃着，欢呼着。真可谓"爆竹声中一岁除，春风送暖入屠苏。千门万户瞳瞳日，总把新桃换旧符"啊！那是大漠人放飞的新年希望！他们用青春和热血撼动着沉睡的大漠，开垦着人类的荒原，谱写着一曲曲动人的乐章！当爆竹弥漫的烟雾还在大漠的上空久久徘徊时，大家就开始了走家串户的拜年。单位同事、领导、邻居、同学、老乡等等，相互走动，互送祝福，一直拜到天亮才各自回去睡觉，这就是大漠人区别于内地人的一种过年方式。可自从走出大漠十多年来，在心中过年的意识似乎就越来越淡了，也由于回到内地平时工作的节奏太紧张，难得休息，一到节假日反倒哪儿也不想去了，只想待在家好好调整一下。这不，今年这个春节我就将自己反锁在家中彻彻底底地放松了整整三天都未下楼。当然，说是彻底放松，其实思绪从未停止过遐想。

076

我想：假如有一天我重返大漠，我能携江南的雨，捎和煦的风，穿越万水千山，翱翔在大漠的上空，为大漠人播撒霏霏细雨，滋润大漠人干涸的心田，那该多好！

　　隔壁阵阵敲门声和"新年好！新年好"的祝贺声又一次淹没了我的思绪。

　　哦！现在是年初一！正月初一的上午十点，正是拜年的高峰哩！

顾锁英写意水粉画《高原牧歌》

寻找思思

思思，非人也。它是我在大西北工作时喂养的一只小狗狗。

七八十年代，远离故乡的我格外思念家乡和亲人，故给小狗取名曰"思思"。

记得那时每天我外出或上班，思思都将我送出门外，然后它就痴痴地匍匐在家门口，乖乖地等候着我的归来。

殊不知，有一天晚上九点多钟这样，我从电影院回来，未曾见到思思向我迎面扑来。我心中咯噔一下，预感到了什么。随即，我没有进家门，到处奔跑着、呼喊着寻找思思。屋外、周围，大漠深处，并叩开邻居家的门，询问可曾见到我家思思，直至深夜……

未见到思思的身影，我万般失落地返回家中。目睹着给它泡在盆里的肉皮，就是打算电影散场后回来给它吃的，没想到……

难道思思是因为肚子饿，为了寻找吃的走失了？还是？

我控制不住地泪流满面……

那时我们生活、工作在大漠深处，虽说我的单位属于中央直属单位，可由于地处交通不便的柴达木深处，除了气候条件非常恶劣，生活还异常艰辛，人们的一切生活所需物品全是单位用长途生活车从几千里外运过去的。一个月一人只供应2斤大米，吃的青稞面也是限量供应。为此，母亲经常寄去粮票以作为口粮补贴。那些岁月里，如若我们到了谁家做客能吃一顿大米饭就是最上乘的招待，心中的喜悦犹如过节。

清晰地记得我生下女儿的那个月子里，所有的营养只有45只冻鸡蛋和两个肉罐头。本来托人代买100只鸡蛋的，由于长途驾驶员途经甘肃敦煌时天都快黑了，只买到50个，用纸箱和麦草装垫好，途中冻裂破损5个，最后只有45个鸡蛋可以食用。那个年代，生活在遥远的大漠深处，有钱买不到吃的东西，连奶粉都买不到。女儿五十多天就学会了吃面条，一顿一小瓷碗。由于高原缺氧，空气稀薄，再加上没有足够的营养，我也没什么母乳喂养孩子，女儿全靠喂大的。我们只有将一人一月供应的2斤大米留给女儿熬米汤喝。每次稀饭煮好，我们先将最上面的米汤倒出来灌进瓶子给女儿当奶水喝。第二次再将稀饭倒入纱布挤压，把从米渣中流出的米汤让孩子再喝一顿。为此，只要我们有假期回家乡探亲，返回时总是要身背几十斤大米及咸鱼咸肉带回单位。

　　思思的出走，常使我心头隐隐作痛，所以多年来，不愿提起"旧犬喜我归，低回入衣裾"之景。

　　二十几年来，无论我转辗到哪个省份哪座城市，途经什么场所，都尽量避免与人家的狗狗相遇，甚至见到别人家的狗狗我都绕道而行……

　　世上有很多事，往往出乎人的意料。

　　一天，我到女儿家去，被蜷缩在她们客厅的一只小黄狗吸引。滴溜溜乌黑的圆眼睛，用似乎陌生胆怯的眼神注视着我。一身棕黄色的毛，软软的，亮得像刚涂抹过油似的。听女儿说，这是朋友送来的一只泰迪小黄狗，还未满月。说是外孙属狗的，给外孙做个伴。

　　说也怪，从见到这只小黄狗的一刹那，尤其是和它目光对视的一瞬间，一种怜悯、喜爱之情就袭上了心头。尽管我嘴里再三嘱咐女儿最好不要喂养小狗，一是住楼房不方便喂养；二是时间忙碌，无暇顾及；三是养久了有感情又不忍心送人，还不如一开始就不要养为好。

　　女儿说她们也将此小狗送过人，由于小狗在人家不习惯、不吃不喝，女儿舍不得，又将小狗抱了回来。我知道女儿从小就是位有仁爱之心的女孩，并喜欢、呵护所有的小动物。女儿一边说着一边蹲下给小黄狗喂着牛奶。

　　从此，女儿家仿佛多了一名"新成员"。每天，女儿都要给小狗煮一只鸡蛋，早晚带它下楼方便两次，回来都要给它洗脚擦嘴擦脸等等。并给小狗上了户口，取名曰"蛋黄"。还经常带它到宠物医院去洗澡、打预防针、吃打虫药。天冷时，给蛋黄买了连衣帽的卫衣，给它买了雨衣，下雨带蛋黄外出都要穿着，恰如自己的孩子一般在百般呵护。尤其一有空暇，她就会带着蛋黄来到风景秀丽的小溪边、绿草茵茵的大草坪，让蛋黄尽情地奔跑玩耍。可谓"犬吠水声中，桃花带露浓"啊……

有人说，狗狗最让人欣赏的品质是忠诚。没有什么动物能像狗狗那样，无论贫穷富贵，始终对主人不离不弃。这也许就是人类把它作为朋友及最宠的宠物来喂养的原因之一吧。

女儿家的这只小蛋黄，不但机灵、聪明，而且辨识力特别强。虽然我和蛋黄接触不多，有时几个月我才去女儿家一趟，但，蛋黄却记住了我，能听出我的声音。只要听到我在女儿楼下说话，它会迫不及待地冲下楼迎接我。先是扑向我，然后欢快地在我的身边眼前蹦跳转圈，以表示热情欢迎的那份喜悦之情。随即它会先上一层楼梯台阶，回头看着我，示意、引领我上楼。有时我手上提的东西多了上楼稍慢些，它会上几个台阶又回头看一下，又折回头下几个台阶等我，带领着我一路攀爬到女儿家。看到小蛋黄如此热情好客，我百感交集。每次，无论我怎样忙碌，只要到女儿家，总免不了要给蛋黄买上几根王中王火腿肠或是带些红烧肉及肉圆给它。

不知不觉中，这只泰迪小蛋黄，在我的心中已经有了一份深深的牵挂。

一次女儿出差，将蛋黄放到我这里一天。我虽然不会照料，还是答应了。蛋黄很乖，很听话。晚上，它蹲在门口静静地等候，等候女儿回来接它。当夜已深沉，感觉女儿可能不会来接它时，我让它睡觉。它四处张望一下，感觉不是它自己的家，但也乖乖地蹲在它的那块布垫子上休息了。

蛋黄警觉性很高，只要一有动静，它就会起身观望。夜里，它也会悄悄地跑进我的房间，如一位可怜无依的小孩，将小脑袋趴在我的床边，呆呆地望着我。我深知，此时的小蛋黄肯定是想家了。我就心疼地抚摸一下它的头，让它去睡觉，它又默默地跑到客厅匍匐在那张垫子上……

也许，动物和人之间，就是缺少一种语言的交流。我们说的什么话，时间久了，动物，尤其是狗狗似乎都能听懂，也能感应到。

每当看到女儿夸耀起她的蛋黄时那般眉飞色舞的神情，仿佛就是在夸耀一件心爱的宝物。不过，小蛋黄还确实是不但听话聪明，也很干净、勤快。每次，只要女儿带它下过楼，接触过地面上楼后，它首先直奔卫生间，等待女儿给它冲洗、擦洗爪子、面部、身体等；它只要看到女儿打扫屋子，准备擦拭家具，它都会兴奋、积极参与帮忙。女儿手掌无法握住的多余毛巾，它会用嘴咬着、衔着，小头随着女儿的手来回晃动擦拭家具。看到那个样子，还真是令人更增加了一份对蛋黄的喜爱。

蛋黄是温顺的，但有时也会撒娇耍个小性子。据女儿说，有时她下班回来忙着做饭，无暇和它亲热互动，蛋黄会觉得受到了冷落，它会生气自己蜷缩到窝里，喊它也不理会。有时它想下楼玩，女儿外出不方便带着它时，它会在家发个小脾气，将女儿鞋子里的鞋垫拉出来放到沙发上，或将女儿拖鞋藏起来，等女儿回来到处找拖鞋换时，让它将拖鞋拿过来，它才会从沙发下衔来拖鞋……

时间匆匆，转瞬，蛋黄来到女儿家已经快八个月了。

一次，女儿外出有事将它暂放在邻居家，后来听邻居小孩说小狗屁股后面流血了，吓得女儿以为它不注意被何种物体扎着受伤了，打算回来后立即带着蛋黄去宠物医院检查。女儿随即打听、又在网上查找才得知：蛋黄是只雌性的动物，它犹如一位"美丽的公主"，长大了，成熟了，青春生理期来了，女儿悬着的心才算放下。并立马给蛋黄买了生理裤卫生巾等等物件，倍加关心呵护它的饮食，买了鸡脯肉等煮熟切细搅拌着狗粮一起给蛋黄吃。我长这么大，也还是第一次听说动物小狗也有生理期，而且经期长，要半个月左右才结束。一年两次，半年一次生理期。以前我在大西北喂养的思思是只雄性小狗，所以没有涉及这个问题。

蛋黄的到来，给女儿一家增加了很大的工作量，同时也给她们带来了很多欢乐和愉悦。包括我，如果很长时间没有见到蛋黄，在给女儿的电话中，我总会问起……

窗外，秋雨绵绵。瞅着书桌旁前几日就为蛋黄准备的火腿肠，一阵暖意袭上心头。

哦……

原来思思并未走远，它一直在我的记忆深处……

顾锁英写意国画《土乡七月》

东 18 栋 18 号

昨夜一梦，梦见自己回到了青海柴达木深处茫崖的住宅楼。二十几年前，我的住家在三楼，门牌号码就是东18栋18号。

提起茫崖，也许有人会毛骨悚然，那可是茫茫无涯的边际！是"天上无飞鸟，地上不长草，风刮石头跑，六月穿棉袄"的蛮荒之地！曾有人说，人类如若可以在那儿生存下来简直是天方夜谭，是奇迹！

然而，我们这些来自全国各地的建设者、奉献者、勇士，不但在那种恶劣的环境中生存了下来，建设、创造、改变着那片土地，还不断地在挑战生命极限中创造着人生新的课题……

现在柴达木深处的茫崖，曾经的石油、石棉老基地，已成为全国网红打卡地！成了青海海西州红色教育基地。飞机、高铁直通那座遥远、诡谲、震慑心魄的茫崖新城……

　　清晰地记得，当时国家建材局为了改善奉献偏远高原大漠职工的生存居住环境，在南邻白雪皑皑的巍巍昆仑，北靠群峰叠呈的绵绵阿尔金山，位于依吞布拉格脚下，紧依阿拉尔草原，尕斯库勒湖的一片坦坦荡荡的千里大漠中，新建了福利区。一栋栋新耸立的住宅楼、办公楼、新校区、体育馆拔地而起。室内全部安装了暖气，室外是统一用白色和淡绿色涂料粉刷的，给这片亘古瀚海大漠，增添了一道最亮丽的色彩和景观。校领导考虑到我们工作的方便，将我的住家安排在新校区对面，和学校仅一条马路之隔。打开窗子，就能听到上课的铃声。

　　想到初来乍到茫崖时曾居住过地窝子、半截窑洞、老校区的砖瓦平房，现在能住上如此惬意舒适的新房，心中有份深深的满足感。

　　虽然我们生活的地方海拔三千多米，常年无雨，高原缺氧，交通不便，对人类的生存是一种最严峻、最残酷的挑战，但是，我们心中始终有梦。炽热的梦，冲破高原的风霜严寒，划破黎明的沉寂，在荒原上燃烧。恰如一段段插曲，在生命的华章里熠熠激荡迸溅起璀璨的激昂。工作之余，我们还利用业余时间不断地提高、完善自己各方面的文化素养。每逢过年过节，或平时，单位为了丰富职工的文化娱乐生活，提高广大职工各方面素质，都要组织各类各种文体活动比赛，创办多种学习班、培训班，并邀请省内外乃至全国的知名专家、学者、艺术家到单位和基层与学员交流、互动。我除了自己的本职工作以外，还要参加单位举办的各类活动比赛，自己还挤出时间创办了摄影工作室，旨在为学生服务，也为自己学习摄影艺术打好基础。同时也在从事文学、美术创作。

我将单位分配的东 18 栋 18 号两室一厅一厨一卫住房，做了足够的安排。除了一间卧室用来睡觉，厨房用来做饭以外，我将卫生间作为摄影冲洗胶卷、放大照片的暗室；我将客厅用作摄影室，用纸壳做灯罩，用照明灯泡作主光和侧光的光源，用铁棒作为灯柱，背景则是自己创作的一幅油画，学生拍登记照时再换用单一色的背景；另一间房间既用作书房又用作画室，墙上挂满了书画，几个不大不小、不新不旧、不高不矮的书柜，一张不算新的抽屉桌上堆满了各种书籍、报刊，用一张三合板挑起作为画案，剩余的几乎只能容纳一个人通过的"一线天"。看上去十分拥挤，可那却是我的世界、我的乐园，是我跨上知识的神骏纵横驰骋的原野，是我整装待发奔向人生新里程的港湾……

我的住宅，似乎有种奇特的魅力，只要下班跨进家门，我就不由自主地忙碌起来。那种求知若渴的劲头、状态，到了如痴如醉发狂的程度。或是端起相机给学生拍照，或是冲洗胶卷，放大照片，或是钻进书房画室，又写又画，直至夜阑人静。我曾戏称我的这个东 18 栋 18 号住宅为"魔力住宅"。

朝朝暮暮，暮鼓晨钟。多少个风的季节，雨的长夜，我在尽情地创作、耕耘。常常忙得连饭都无暇顾及吃，一个昼夜 24 小时，最多也只能休息三四个小时，其余全部用在工作、学习上，创作中。那时我担任学校语文教师、班主任。十几年一直保持我所任科目无论是期中考试还是期末考试学生成绩在全年级名列第一，同时也要兼顾自己的业余爱好和创作，还要不定期地给省日报社和省青年报社发稿，那时我也是省日报社的通讯员。我用手中的相机、用自己的业余爱好，架起了单位和外界沟通的桥梁。虽然人累瘦了，但心里是充实愉悦的。每当看到自己的摄影、美术和文学作品变成铅印的作品如欢乐的白鸽飞到手中时，每当看到自己的作品获奖时，心中的那份喜悦，怎能用语言诉说？我常怀拥发表、获奖的作品，任感喟的热泪流淌、流淌……

岁月流逝五载、十载，我的东18栋18号住房，虽然房子我无法带走，可我持之以恒所学、所沉淀积累的知识，却成了我的精神财富。这个楼栋，也成了我挚爱的天地，成了我神秘、绚烂多姿的世界，她已和外面的大千世界连成浩然一片。

忘不了，忘不了省摄协蔡主席利用赴西部摄影文学采风的机会，将中国女摄影家协会的申请表亲自送到我家，虽然由于当时我拟调编辑部工作外出面试，心中依然深深感激；

忘不了，忘不了我感冒了，情同手足的苏女友炖好鸡汤让她的侄子送到我家；楼下教英语的李老师丈夫是位跑长途的驾驶员，他们经常给我带回一些新鲜菜类，给了我很多生活上的方便；

忘不了，忘不了单位领导对我的关心和激励，凡有外出参观、交流、学习、深造的机会，总能安排我前往；

忘不了，忘不了单位来自北京、上海、湖南等地的文学爱好者，热血青年，我们作协会员，书法美术爱好者，常常聚集到我家，畅谈文学、摄影、美术创作，有时竟是通宵达旦；

忘不了，忘不了每次下班回到东 18 栋 18 号，学生和家长挤满我的门前、楼道，正可谓门庭若市。看着他们那一双双祈盼、信赖的眼睛，即使我再忙、再苦、再累也是值得的。因为那时我们居住的区域没有照相馆。岂料，后来包括招工的、结婚的、退休的等等都来找我拍登记照，给了我最大的支持和动力。

高原的风，冶炼了我坚强不屈、勇往直前的意志，使我在走出大漠这些年来，跋涉、奔波在几个省份几座城市之间，能从容地面对各种挑战和压力。坐落在广袤浩瀚大漠深处的东 18 栋 18 号，是我人生旅途中停留、途经最长的驿站。"斯是陋室，惟吾德馨"……

当我的长假手续办完，一切收拾完毕，行李装车临别时，目睹着流下我多少辛勤耕耘汗水，刻下我多少忙碌身影的住宅，我泪如雨下……

我轻轻抚摸了屋子所有的墙面，亲吻了我的这个门牌号码：东 18 栋 18 号。

她不仅在我的心里，也在我的梦里……

在那遥远的地方

　　捧起这本珍爱的《金银滩文学》，我的耳畔就响起世界名曲"西部歌王"王洛宾创作的《在那遥远的地方》。

　　这首歌的诞生地就在青海金银滩草原。

　　据说 1939 年 7 月，王洛宾跟随导演到青海海北金银滩草原拍摄电影和采风，巧遇一位当地被选为演员的萨耶卓玛姑娘，在同台演出过程中王洛宾灼热的眼神被卓玛察觉到，卓玛就用牧羊鞭轻轻地抽打了他一鞭子，使王洛宾彻底爱上了她。返回途中，王洛宾在骆驼背上想起卓玛姑娘美丽动人的形象，产生了创作此歌的激情和欲望。他用了三个晚上的时间，创作了这首名曲《在那遥远的地方》……

　　怎么也没想到若干年后的今天，由湖南著名作家、诗人、高级编辑、中国作家协会会员、中国散文学会理事、青海师范大学地理科学学院客座教授、德令哈市作协荣誉主席甘建华老师亲自策划、组稿、总编的《在那遥远的地方——离开青海情系高原海内外诗人36家专辑》几经辗转，最后恰巧也扎根、落户在青海优秀期刊《金银滩文学》。这是海内外36家诗人用文字共同演奏的一曲无声的协奏曲——《在那遥远的地方》，同样响彻大江南北、响彻海内外，响彻青海海北金银滩草原……

王洛宾创作的世界名曲《在那遥远的地方》，表达着王洛宾先生对青海这片土地，对金银滩无垠的戈壁、辽阔的草原的热爱，同时也表达了他对青海各族民众的热爱，也是他为青海人民乃至世界人民奉献的一份宝贵文化遗产……

从策划、组稿、编审、推送，到最后成刊的整个艰辛过程，同样表达了甘建华先生对青海这片土地一份深深的痴爱之情，也为青海高原留下了弥足珍贵、难得的文化印记和诗歌谱系。

"为什么我的眼里常含泪水？因为我对这土地爱得深沉"……

1982年初，甘建华老师追随曾从军父亲的足迹，踏上了柴达木这片土地生活、学习、工作。1983年在青海师范大学就读地理学专业的他，就深爱着文学。19岁的他就主持创办了青藏高原历史上第一个大学生文学社团——湟水河文学社，并创办了同名诗刊，汇入了当时大学生文学创作的汹涌浪潮。他还担任青海师范大学广播站站长，参与编辑《青海师大报》。临近毕业，他又主编印行了青藏高原第一本大学生文学作品选集《这里也是一片沃土》。他放弃留在省城工作的机会，毅然决然地奔赴柴达木油田，曾先后担任《青海石油报》记者、青海冷湖电视台总编室主任，直至 1992 年调回故乡湖南衡阳，在《衡阳日报》任首席记者。

多年来，甘建华先生在创作上取得辉煌成就，因此他也屡屡获得诸多殊荣：曾先后获得首届昆仑文学艺术奖和第七届冰心散文奖及首届丝路散文奖、"青海省首届青年文学奖""第二届中华铁人文学奖""衡阳市首届杰出记者""湖南省首届十佳青年记者""湖南省第三届十佳新闻工作者""中国第四届范长江新闻提名奖"等。他先后出版了多部青海题材的文学、文史巨著《西部之西》《冷湖那个地方》《柴达木文事》《盆地风雅》等，主编出版了散文选本《名家笔下的柴达木》《我们的柴达木就像画一般》《天边的尕斯库勒湖》，诗歌选本《云彩里悬挂着昆仑山》《在那遥远的地方——离开青海情系高原海内外诗人 36 家专辑》等。他虽身居衡阳，却情系高原。他除了撰写、主编了多部有关他家乡衡阳的文史书籍以外，他还将笔触一直伸向他曾生活、工作过的青海柴达木。

青海，确实是个被称作中国风光最极致的地方！她既野性、荒凉又圣洁。中国最大的盐湖，天空之境，茶卡盐湖；散落人间的美玉、翡翠湖、世界唯一的水上雅丹……只要你踏上她的土地走一遭，就会震撼你的心魄，就会让你怀想一生！那里的美，是任何地方无法比拟的。有人说，那里是苍凉与大美的共存，是荒寂与宝藏的同生，是黄沙与碧湖的辉映，也是草原与雪山的相连。闻名遐迩的中国四大盆地之一，神奇的聚宝盆柴达木盆地雅丹地貌群，是世界上延伸最长的雅丹地貌群，每每汽车穿行其中，穿过她的腹地，就会有种恍若隔世、穿越原始星球之感！那种感觉，是在内陆城市或边城风景中永远都无法体味和找到的……

沉寂了近 40 年，坐落在柴达木海西州深处青甘新三省区交界处的石油工业遗址冷湖石油小镇，我们见证了她曾经的辉煌，目前该石油小镇已成为网红打卡地；茫崖石棉老矿区，也在 2020 年 12 月 31 日成为青海首个国家级工业遗产项目，并被列入"青海省海西州红色教育基地"，已完成挂牌。未来，还将打造驻地"石棉工业特色小镇"。那里，同样也见证、记录了 62 年来中国石棉工业的壮大和中国早期工业起步与发展的艰辛、成长与辉煌，见证了几代茫棉人为之努力、奋斗、拼搏的历程，现在也成了网红打卡地；2018 年 12 月 17 日才被挂牌设市的号称我国最孤独、最美丽年轻的茫崖市，随着互联网的发达，目前也成了世界网红打卡地。茫崖拥有悠久的历史、拥有极其丰厚的自然文化旅游资源。除了石油工业遗址、石棉矿区遗址，另外还有著名的外星人遗址、张骞丝路、翡翠湖、千佛崖等。

曾在如此大美青海、柴达木、柴达木深处的茫崖生活、工作十余年的甘建华先生，从 2020 年深秋开始，尽管他当时身任董事长等职非常忙碌，还要兼顾写作、编撰、出书，但他还是继续尽心做着歌颂青海、歌颂柴达木、歌颂茫崖的具有伟大文化功德之事。他才华四溢、知识渊博、文采斐然、激情澎湃，文化视野不但宽广且独到独特。他投入了所有的时间与精力，着手通过各种关系和线索，寻找、打听曾在青海工作、生活过的作家诗人，拟策划、组稿，编撰一本《在那遥远的地方——离开青海情系高原海内外诗人诗歌专辑》。

起初，经多方联系，寻找到近百家，他们中间有教师、专家、作协主席、记者、教授、工程师、高级编辑、文学博士、校长、退役军人等，最终遴选成刊 36 家，星散中国 22 座城市和海外 3 个国家的三代诗人，总计 148 页，上刊 291 首，有幸我也入选海内外 36 家之一。

每次约稿，甘建华老师都要一一通知、耐心交代、细心审阅。尤其第二版校对时，甘老师再三叮嘱我们：请注意诗歌标题大小是否统一、文字和标点符号是否有差错，尽量争取不出差错。

从此，这海内外 36 家倾情抒写自己离开青海，情系高原，对青海那片热土的眷恋、深爱之作，便被甘建华老师一组一组推送到北京中诗网首页头条刊发，累计推送了 10 余次，获得国内外读者的广泛关注和好评。几个帖子的阅读量都达到了 7 万至 10 万人次，电子诗集接近 20 万。这期间，甘建华老师还尽量将大家的诗作多渠道地展示发表。他利用他的人脉优势，又将部分诗作推送刊发到《台客诗刊》《青海日报》《格尔木日报》，等等。他又受聘于青海优秀期刊《巴音河》主编了诗歌专刊号。为了海内外诗人36家成刊出版，他多次电话、微信、书信找过相关单位、领导。据主编甘建华老师透露，后来经青海诗人刘大伟牵线，得海北州作协主席、《金银滩文学》主编原上草（赵元文）的慨然允诺鼎力相助，经请示海北州委领导同意，2021年末，才最后落实邀请由甘建华老师主编在青海优秀文学期刊《金银滩文学》杂志2022年第1期专号刊发出版。甘建华老师深深感言："心中悬吊的一块石头终于落地。令人感佩的是，与我素不相识的原上草，年前因病已经提前退休，却主动坚持站好最后一班岗，硬是在新年伊始将本期诗歌专号编定。"

是啊，此诗歌专辑一路走来，甘建华主编付出了多少的心血！为了这本诗集，他废寝忘食、通宵达旦。这部诗集犹如甘建华主编精心孕育的新生儿，带着她，呵护着她，给她寻找完满的落户定居地……

深冬的一天，在主编甘建华老师发的朋友圈欣喜地读到：

岁末惊喜！收到《金银滩文学》2022年第1期样刊两本，《在那遥远的地方——离开青海情系高原海内外诗人36家专号》。原上草主编，本人特邀主编组稿，西宁德隆公司印制，真是令人喜不自禁爱不释手。希望各位文友关注查收《金银滩文学》编辑部发出的样刊和稿费。

分享着甘建华老师心中的喜悦和轻松，体会着甘建华老师这一年半时间为大家、为这本诗歌专辑的付出与辛劳，点点滴滴感恩于心！

为了让青海《金银滩文学》这本诗集专号得到更广泛的传颂，3月9日，甘建华老师又组织、号召在湖南衡阳著名旅游景区岐山国家森林公园山麓，与衡阳县岐山联合学校800余名师生成功举办了青海《金银滩文学》诗歌专号朗诵会，衡阳数十位知名文化人士及当地党政领导共同品尝了这台丰盛的现代新诗大餐，架起了青海与湖南两地之间文化交流的桥梁。其间，青海海北藏族自治州文联发来贺信。至目前为止，已有学习强国平台、人民网湖南要闻、人民日报金台资讯、新浪网、网易、中诗网、香港大公网、湖南作家网、《衡阳日报》、掌上衡阳客户端、衡阳新闻网、今日头条、财经头条等官媒大网报道。

春意漫过，初夏来临……

雄伟的昆仑山下，绿草茵茵。牧羊人赶着羊群，徜徉在无边的草原……

我们散居在海内外的36家诗人，在总策划、总编导、总指挥及大提琴手甘建华先生的号召带领下，用心、用情，用手中的笔，共同演奏着一曲来自高原的天籁之音——在那遥远的地方……

辑二

彼岸有星光

穿越大漠，绕过高山。我似茫茫人海
中一个虔诚的舵手，向着彼岸那一抹星光，
奋力划行……

走出大漠的日子

1

终于有了走出大漠的机会，是喜是忧，难以道清。

捧着一颗忐忑不安的心，挤进了西南大都市——蓉城的土地。

蜀都，以霏霏的细雨迎接了我。这对于我这个江南长大，却又久居大漠的人，不能不说是一份最大的恩赐。

从亘古荒漠，来到喧闹的都市，我似一只远行的小舟驶进了澎湃的大海寻找着停泊的码头。有幸走进一家省属电视台干上了记者工作，接下来的生活便没了规律。随着成都新闻媒体的迅猛发展，在电视台工作已不再是一件轻松的事。每天，要为节目捕捉信息，寻找素材，搜集资料，预约采访，采访，编稿……从早上六七点跨出家门，傍晚六七点回到家中，一天的时间全被占用，有时连星期天也搭上。遇到下乡采访、拍片，披星戴月回到屋子时浑身如同散了架一般，人虽躺到床上，可脑海还在翻腾，思考着第二天的片源。

当然，不管工作怎样忙碌，也不管生活节奏如何紧张，只要一想起那遥远的地方——青海柴达木，我的眼前，我的脑海，我的心幕上便会清晰重叠映放着那些难忘的岁月。那里，是我跨进社会的第一步；那里，布满我跋涉的足迹；那里，流淌着我耕耘的汗水；那里，更有我牵念的老师、学生、朋友。哦，高原的阳光，湛蓝的天空，广阔的地平线，都将令我深深地苦恋！

记得身居大漠时，生活的环境虽不算好，但内心艺术的天空是晴朗的。如今，生活的环境应该说有所改变，但内心艺术的天空却常常布满阴霾。我爱读"我重新踏上过去的小径，突然产生了久违的诗兴，望着黄昏渐渐降临，羞涩的新月躲进棕榈树茂密的叶林……"这样的诗。虽也在《分忧》《海外文摘》《四川画报》《中国摄影报》《散文选刊》等报刊发表作品，但常因有灵感撞击心扉却无暇记录下来而深感不安。也许，生活从来就是这样具体和现实，得与失，如同苦与甜永远相伴。

又到华灯初上时，大街、小巷、车轮、人流，汇合成一幅永远也无法展尽的画面，流动在我的眼前。想必，我住宅楼旁的别墅群里，女士先生小姐们已悠闲地漫步在杨柳依依的清水河畔，他们的小保姆们也陆陆续续牵拥着主人的宠物徜徉在幽静的花池边。而我，却还在赶往回家的途中。

<h2 style="text-align:center">2</h2>

走出大漠，算算已有八个年头了。在这两千多个日日夜夜里，我无时不在牵念着高原的阳光，牵念着那片神奇诡谲的土地……

记得长假手续刚刚办下来的那一刻，我的心情却十分复杂。本该高兴的事，这十几年中为了走出大漠，在出色地干好本职工作的同时，也在寻寻觅觅，失去多次、放弃多次调动的机会。曾为了调杂志社当编辑之事，用了三十八天的时间等待。正当一切调动手续都办好，只等最后一道手续须相关领导签字时，恰逢领导外出考察尚未归来。等待的过程中，却等来了大中专院校学生的毕业分配，上级部门直接分来了两名大学生，我的调动只能搁浅；欲调重庆市某外资企业和调四川攀枝花工作，也都已通过对方单位面试，同样是我的单位不放；尤其是一次欲调北京某机关刊物工作的机会，对方领导一再要我，可惜我单位领导表态绝对不会同意，最终只有作罢。其后又有过几次调内地工作的机会，全都失去了。这次办长假，可是我找领导找了整整一年才批下来的，这也是我自己祈盼已久的，可心头却隐隐掠过一丝忧愁。我想，离开了单位，从此就会像一位失去母亲的孩子，天涯孤旅。虽然怀揣着希望与憧憬，可面对每月那一份微薄的工资，着实让人心头的压力不小。

单位领导、学校同事向我赠送了珍贵的礼品。尤其是临别前，老师们为我在电视台点歌，并准备了丰盛的晚餐。大家围坐在桌旁，回想着曾一起生活、工作的点点滴滴，老师们含泪的嘱托、叮咛……那一幕幕依依惜别的感人画面，至今仍让我深深眷恋！

那是唯有柴达木深处的茫棉人才会有的一份真情道别！

走出茫崖，我一头扎进了四川成都的怀抱。

从僻静的大漠深处，来到繁华的闹市，无论是思想上还是精神上，都是一个很大的跨越。为寻找一份较理想的工作，每天，我身挎肩包，包里盛满我在全国各大报纸杂志发表的摄影、美术、文学作品及我的国家级、省级相关证书，走遍了省、市各大人才交流中心，在众多用人单位中，我首选了一家省属电视台。

记得第一次面试，我的沉着、冷静，我的叙述与表达，让在场的主考官们投来默许的目光。第二次笔试，我又以优异的成绩通过了。几天后，我接到了录用的通知，试用期三个月。

挤进了媒体的队伍，一切都是全新的开始。

时光匆匆，经过两个月忘我的工作，我不但被电视台继续留用，还被提拔为专题部主任。

走进电视台，工作的节奏和在茫崖是天壤之别。那是一种全身心的投入，那是一种可以说是丢失了自我的工作。当然，忙碌起来倒也罢，可只要稍有空闲，我的眼前就会浮现出大漠茫崖雄伟的矿山，橄榄色的办公大楼，乳白间夹铁锈红的体育馆、工人俱乐部，粉绿色的校园，还有，依傍着阿尔金山那条通往远方的路……

在很长的岁月里，我的心被这种思念牵扯着。怀念越深，孤独寂寞就越重，那些岁月，孤独对于我已成为一种亲切和形影相随。

曾听人说："孤独寂寞是一种修养，在物欲人欲横冲直撞时，唯有她坐怀不乱。"又有人称："孤独寂寞是一块清静之地，情感和灵魂无家可归时，她会在不惹眼的地方等你……"我守着这份思念与孤独，将所有的精力都投放到了工作上。几年中，别人觉得采访难度大的工作不去我去干，别人嫌远不去采访的地方我先去。我带着摄制组，带着中外主持人，出现在全国性的、省市级的大会会场，穿梭在成都的大街小巷，奔波于四川偏远的市县、乡镇，采访回来多部系列性的、大型连续专题节目，赢得了领导和同事的一致认可。一时间，我被誉为电视台完成采访任务最多、最具魅力和气质的记者。

人，有时在专注地投入某项自己热爱的工作时，往往会忽略周围的一切，包括自己的身体。

几年中，我只知道拼命地工作，忘了自己是一个已到中年的女性，忘却了身体已处在极度的透支状态，我几欲累倒！高强度的工作压力、奔波、劳累，常常引起肠胃功能紊乱。虽然体检下来身体一切正常，但医生多次提示我，说我快接近女性生理上的更年期了，电视台工作压力大，建议我换一份工作。考虑再三，无奈，为了身体健康，忍痛割爱辞去了电视台的工作，回到了江南故里，也想趁机稍作休整，除了给两个单位完成一些拍摄任务外，自己可以有较多的时间搞些创作。

也许是命运的安排，抑或是天注的机缘。一日，我在翻阅报纸时，被一则招聘启事所吸引。我又经历两次面试，走进了江苏某高等艺校。时光飞逝，转瞬又两年了。两年的大学校园生活是丰富、充实的。因为，那里有我热爱的艺术，有我追求的梦想。

2007年初秋，秋意姗姗来迟。我带着班里学生到安徽黄山脚下的古村落写生，身上被蚊虫叮咬得隆起了很多包块，疼痛难忍，但还是坚持完成了15天的写生任务。当学校领导迎接我们写生归来时，当看到学生们绘下的一幅幅作品时，当我自己捧着一摞创作素材和资料时，心中的那份喜悦和收获感是无法用语言来表达的。这些年来，走过多少风风雨雨已无法记载！我就是凭着一股执着、一股坚韧、一股勇气和自信，走了过来。我想：如果我没有在柴达木深处的锤炼，没有与大山、严寒、风沙为伍，也许就不可能有我今天这种坚强的品性！我将这些都归功于青海柴达木，因为我是从海西州大漠中走来的女性，有大漠般的情怀和韧劲！我是茫棉人，是茫棉的精神铸就了我，支撑着我。虽然前面山很高，路很远，风很冷，但，我仍将大漠深处的柴达木当作我的第二故乡。因为，那里有我太多的回忆，那里是我的精神家园！

风，不知何时撩起我的窗帘。窗外，已是暮色苍茫。星星点点的路灯已布满校园，我径直冲下楼去，狂奔到演艺大厅，端坐在钢琴旁。我的身后、左右围满了人。此时，我仿佛看到了，看到了茫崖中学的老师、学生，随着我悠扬的琴声，正轻轻唱起："有一条来自大漠的船，漂泊过东南西北，西北东南，盛载着多少憧憬与梦幻，经历过多少风暴和雨雪；盛满着时光和生活的酸甜苦辣，穿越海洋，渡过河川，在茫茫人海中执着地远航……"

3

我永远也忘不了在高等艺校的最后一堂主题班会课。

2010 年初夏，暑假前的 5 月底，为了校外的影视拍摄，我只能辞去高等艺校的工作。记得在最后一堂主题班会课上，当我透露了我要辞职的信息后，所有学生都惊愕了，前几排的女生更是啜泣声一片，以至我的班会课几乎无法继续，我自己也几度哽咽……

因为在申请要求辞职的过程中，我从未对任何一位学生提起过。我想，学生们跟着我整整四年，恰巧第五年他们走向社会实习了，我也就是考虑这个当口辞职会不会影响学校教学的整体安排。不知是谁说过："每一条走上来的路，都有它不得不那样跋涉的理由；每一条走下去的路，都有它不得不那样选择的方向。"

这，不是一堂平常的班会课，这是一堂有主题的公开班会课。为了这堂班会课的成功进行，学生们也做了充分的准备。主题班会的大致内容主要是学生回顾四年的校园生活和学习；感恩学校、感恩老师；临近毕业的钟声已经敲响，用诗歌、朗诵、演唱等多种形式来表现……全校各年级各班级都派了学生代表前来参加，学校老师凡没有课的也都来参加了。学工处领导、设计系主任分别做了发言和总结，我也借此机会给学生做了不舍的告别。播音系、音乐舞蹈系的老师和学生代表也参加了此次班会。班会结束后，校团委专门将这堂班会课的内容做了整理，发到校园网头条，肯定了这堂主题班会课的成功与新颖别致。

是啊，学生们和我在一起朝夕相处已经整整四个年头，他们要走上社会，走上工作岗位实习了。我至今仍珍藏着学生们送给我的纪念相册和深深的祝福及最后一堂班会课的图片视频资料，想到学生，就会翻出来看看，回味回味和学生们在一起的时光和岁月。

值得欣慰的是，在高等艺校的几年中，我的工作得到校领导、校学工处、设计系各级领导及家长的鼎力支持和肯定。记得有些家长在开学第二个学期选择专业时，毫不犹豫地选择了我所带班级的专业。有几位昆山和南通的家长，他们的孩子已经分到了其他专业班级，然又专程跑来找我要求调到我的班。家长对我的肯定、信任，至今仍温暖着我的心。为此，我也尽我的所能，培养和教育好每一位学生。四年中，我班的学生没有一位因违反校纪校规受处分的。我班也是建校以来学生最多的班级。我的一个大班竟然有多达72位学生，教室里挤得满满的。至今，我都心存感激。感激学校、家长、学生……

　　走出学校一个学期后，我又接到学工处处长打来的电话，再次邀请我返回学校。实因校外影视拍摄任务繁重，只有婉言谢绝了。

　　走出高等艺校，自己支配的时间稍稍灵活了些。每天除了摄像、审核片子，有时也要拍摄一些图片补充画面。

　　专业从事影视拍摄的过程是辛苦的，需要有一定的耐力。往往十几斤重的大摄像机扛在肩头一整天，还要不停地来回前后追跑着寻找、抢拍最佳画面和镜头，一天下来，浑身都是酥软的。有时遇到雨雪天气，亦是艰辛。记得有一年，一场多年罕见的大雪覆盖了整个江南水乡。那段时间前往南京、苏州、无锡、镇江等地的拍摄任务重。有一天正好赶上下乡拍摄，凌晨三点多起床，整装出发，带好所有需配备的摄像器材，踏着厚厚的积雪，到约定的地点等待乘车。可当我一跨出家门，齐小腿肚的积雪淹没了我的鞋袜。脚下踩着没小腿深的积雪，身上抵御着凛冽寒风的侵袭，车子在冰冻的路面跳跃，不时发出咯嘣咯嘣炒豆子般的响声。到了目的地，顾不得休息，冲出车门，顶着漫天的雪幕，分不清哪儿是路面，哪儿是田地、沟壑，深一脚浅一脚地跋涉着。一手撑着伞，一手扶着扛在右肩的摄像机按着摄录快门。那一刻，我心里确实怀疑过：我是男人还是女人？是女人还是男人？而当我确认自己非但是女人，而且还是一个人到中年的女人时，自己深感惊叹……

时光飞逝，十几年来，我抽出一定时间外出就读相关课程，给自己充电，到北京参加文学、摄影等高研班。我参加了中央文化管理干部学院的中国女摄影家高研班，聆听了著名摄影家谢海龙、朱宪民、郝远征等老师的授课；走进河南奔流文学院作家研修班，聆听王剑冰、葛一敏等著名散文家讲授如何写好散文等；多次受邀参加北京相关的中国散文年会颁奖活动暨文学讲座，聆听中国作家协会副主席高洪波及著名作家梁晓声、石英、军旅作家王宗仁等老师的研讨课；受邀参加北京及全国的文学、摄影采风活动，挤出时间参加公益活动的拍摄和报道；跟踪拍摄抗战老兵的公益活动、全国爱国拥军模范等报道活动；也受邀参加常州抗战老兵义务宣讲团，走进山东电视台接受采访报道。发表摄影、美术、文学作品万余幅（篇）。近些年，我硬是挤出时间整理了跨越三十多年来发表在全国省级以上报纸杂志的文学作品，先后加入了江苏省作家协会、中国散文学会、中国报告文学学会、中国诗歌学会、中国林业文联·林业生态作家协会等。

一路走来，我像一条弯弯的小河，虽然没有大海的波澜壮阔、没有大江的气势磅礴，但流经的岁月却常常会激起小小的浪花。我曾绕过高山，穿越大漠，静静地流淌在几座城市几个省份中。不停地奔波、跋涉，所有的酸甜苦辣，此刻都成了飘落在心底一首首激荡的歌……

路漫漫其修远兮，吾将上下而求索。

执一支笔，抒写社会、抒写真善美、抒写人生、抒写风雨与阳光……

又回基地

在阳春三月，万物复苏，大地一派生机盎然的时节，我又踏上了我的原单位——国家建材局滁州建材基地。

我们的建材基地坐落在安徽省滁州市近郊，总占地面积 2860 亩。那里花红柳绿，那里绿树成荫。

走进基地，仿佛置身于一个偌大的原始森林公园。沿着崎岖的山间小道，爬上一个小山坡，放眼望去，呈现眼前的便是一片花的海洋，绿的世界。这里因属丘陵地带，属北亚热带向暖温带过渡的气候，风景旖旎，暖热怡人。基地有自然生态林和经济林 1800 亩，有果园、茶园、林业苗圃园。基地距南京市 80 公里，距合肥市 120 公里，南面是琅琊山国家森林公园，西面是白甫山自然保护区。距京沪铁路 500 米，104 国道从基地境界直穿而过。这里早年是安徽省农业大学旧址，当初国家建材局中国非金属矿工业总公司买下后就拨给了我们原单位，如今增加了投资开创企业，新建了厂房和职工住宅楼，把基地办成了转移原国家建材局青海茫棉单位部分职工和家属安置就业的承接地。

记得以往到基地都是来去匆匆，最多两三天，晒晒衣物，拿点东西或给房子通通风等，而且也都是在夏季或秋季。而这次又回基地，恰逢烟花三月，一年中最好的季节，如同人生中最艳丽最迷人最辉煌最鼎盛的时节，让我能重新认识基地，重新领略基地特有的自然风光，实属一件乐事！

踏上沙河通往基地的小吊桥，两边是清清的小溪水，身旁是苍郁的树林，倾斜的垂柳覆盖在小吊桥的上空，掩映在行人的头顶。春风挟着泥土散发出的阵阵芳香，把片片树林吹得犹如涟波荡漾。树头的云雀叽叽喳喳叫个不停，声音清脆悦耳，像是在参加激烈的歌咏比赛。行走在通往基地的这条丘陵小径上，脚旁是碧油油的嫩草地。一片片、一朵朵五颜六色、千姿百态的无名小野花，一个个精神抖擞地探出小脑袋，朝着温和的太阳和行人发出咯咯的笑声。来到基地，处处飘忽着浓浓的春意。那春色，在欢乐地震慑着我的心扉！同时，她又把小溪、河流、树林、基地住宅楼以及所有的一切全都拥抱了起来。身处其中，就仿佛置身于一幅巨大的流动山水画之间。我不禁惊叹：大自然真是位能工巧匠，选择、雕刻了这样优美起伏的地形；大自然真是位大画师，精心描绘了这样激动人心的巨幅画卷！基地的全景、全貌，不夸张地讲，就是一幅不用绿色渲染、不用墨线勾勒的明丽山水画：蓝天绿野，画面辽阔，一直伸向视线的远方。

基地的办公大楼，坐落在东区的中央。大楼四周翠柏挺拔葱郁，大楼门前花团锦簇，新修的水泥公路随着丘陵地势的起伏蜿蜒盘旋，一直延伸到通往滁州市区的路面。基地分东、南、西、北四个区域，东区为中心区。前几年，我在这里也要了两间宿舍，那是原农业大学的师生居住过的。我要的两间宿舍在东区，是早期建造的筒子楼二楼，可我却很少有时间光顾，基本一年中难得来一次。我将曾在原单位用过的一些衣物、书籍，包括我初学摄影的课本、灯具、放大机和各种器材，作画的颜料等托运至此。那些看起来是些废弃的物品，如今却成了我的宝贝。因为那些东西记载着我流逝的岁月，记载着我曾奋斗的历程，记载着我那份沉甸甸的爱！她是我的精神家园和精神财富！

我历来就是个很怀旧的人，以至现在的这些年中，我的怀旧情结依然不减当年：我将在高等艺术学校我班里学生用过的旧画板珍爱地保存在身边，每每看到旧画板上堆积的各种干涸斑驳的颜料，我就会想起同学们在课堂上和课余时间在教室里、校园里精心作画的场景。每一块旧画板上都凝聚着同学们宏伟的目标和心愿，即便他们无法或没有实现，也说明他们曾经努力过、奋斗过；每一块旧画板上都曾缀满同学们一个个色彩斑斓的梦；每一块旧画板上都凝聚着同学们一段不可磨灭的人生经历，那是他们过去的写照，也是他们今天的开始……

记得有一年我在省电视台工作时到四川雅安采访，途经一条拆迁的老街，那一幕也同样深深地震撼着我的心魄：一条古老的街道，几十年前的木门老店面，伴随着西部大开发的脚步和钟声就要化为灰烬。老居民们个个痛彻心扉！他们面对一堆堆已被拆开堆积在一起的废旧瓦砾，面对一块块发黄发黑的木头店面墙，面对自己曾居住了几十年并盛载着他们风风雨雨的老屋，一个个老泪纵横，不忍离去。他们有的依恋地瘫坐在老色竹椅中长叹不已，有的面对一堆堆废弃的砖瓦抹着泪痕，有的则是不停地向行人们倾诉着心中的依依惜别之情……我用手中的相机记录下了那一幕，后用"老人、老街、老屋"为标题，以图文并茂的新闻形式发表在《四川政协报》等，引起了不小的轰动。

回到基地，也就是走进了大自然的怀抱。

清晨，金色的霞光似一只神奇的大手徐徐拉开了柔软的雾帷，眼前豁然开朗。我漫步走进基地的白米茶场和林场，不自觉中却惊醒了林中的鸟儿。它们在头顶盘旋，飞跃，竞相齐鸣，汇合成一曲和谐动听的原生态乐曲，回荡在茂密的柏林深处。穿过一条弯弯的泥土小路，路旁的各种花草挤挤挨挨，抖落身上的露珠，像列队的士兵齐齐地伫立在我的眼前，远处山涧哗哗的流水声时远时近地充斥在耳旁，更显得林中的寂静、空旷和幽深！我这是名副其实地扑入了大自然的怀抱，这是我多年来不曾有过的愉悦啊！这里空山鸟语，这里幽谷深深！记得俄国散文家普里什文曾说过："大自然中确实存在着同人的血缘关系。"是的，要不，走进了大自然，人怎么就会觉得如此宁静和惬意？大自然是位胸怀温暖宽广的母亲，只要投入她的怀抱，冥冥之中她就会抚平我们的伤痛，抚慰我们疲惫的心灵，什么忧愁烦恼都会抛到九霄云外。这不禁又使我想起了在哪里读到的故事，出身贫寒的犹太人画家列维坦曾写信给契诃夫，叙述他对南方克里木自然美景的神往时说："……昨天黄昏，我爬上了悬崖，从峰顶俯览大海。你知道吗？我竟然哭了，而且是放声大哭，在这永恒优美的地方……"一个人独坐悬崖，看到美丽的海景，竟然会感动得放声大哭。这不但说明列维坦对大自然美的敏感和热爱，同时也说明他在面对大海母亲时心灵的那份激动！我虽非列维坦，虽未达到他那种境界，可每次只要走进这久违了的大自然，就如同投入母亲的怀抱，也着实感到那种坦坦荡荡、彻彻底底、实实在在的放松啊！

回到基地，其次也是一份情谊的收获。

这里，人们的生活方式和为人都还保留着一种至纯至美的品性：他们对人坦诚、耿直、豪爽、朴实。这里人与人的交往不需过多设防和戒备。人们彼此相互了解，相互信任，人人以心相待，家家安居乐业。虽然我在那儿匆匆几天，均是曾经的朋友同事请到家中吃住。女朋友更是热情有加，每天一早就将洗脸水打好，早饭做好端到我的床前，晚上亦是将洗脚水倒好，搞得我确实有些盛情难却！这是我走出大漠，来到内地城市工作这么多年不曾有过也不曾遇到的一种情谊！

几天中，又遇到了原来我们一起在校女子篮球队和乒乓球队的队员，遇到了象棋比赛中的竞争对手，又较量了几盘。我已很多年无暇触及象棋，棋路很生，可当年我曾是校女子象棋冠军哩！我们几个拥抱在一起，好不亲热！大家合影留念。十多年的岁月沧桑，还好，竟没过快地吹老我们的容颜！

临离开基地的那天早上，天空飘着毛毛细雨，女朋友送我上车。又听说两位原学校的老师昨晚刚到，也来基地探亲了，实乃无暇见面，匆匆赶车了。路上，接到她们打来的电话，听说我回过基地，心里一阵温暖，泪水竟夺眶而出……遗憾，没能见上一面！

返回途中，我的心情久久无法平静。我的眼前，我的心幕上，不断重复叠放着基地的人和事，叠放着曾经的岁月，叠放着那里的山山水水，叠放着那些当今社会已缺失了的人与人之间的一份真诚和信任，可在我原单位的基地还保存着、沿袭着。但愿若干年以后，那里仍是一片净土，那里仍是我心中的一片世外桃源……

走进安岳

那年炎炎夏日，因接到采访任务，我走进了四川安岳。

安岳，古称普州，隶属于四川省资阳市，位于四川盆地中部，与重庆市、内江市、遂宁市接壤，辖区面积 2690.13 平方公里，总人口 154 万。

安岳县历史悠久，境内文物古迹众多，是全国商品粮基地、水产大县，更是世界著名的柠檬故乡和石刻之乡。

我们摄制组一行五人，中午后从成都出发，下午三四点钟到达。程县长早已让县委宣传部部长等候接待我们，给我们安排好了食宿。晚餐后，我们没顾得上休息，马上和县委安排给我们的随行工作人员商量，确定了第二天的采访路线。我则连夜赶写、拟定了采访话题和拟采访的相关领导及其他人物。

第二天一大早，天气十分闷热。蝉早早地就躲在窗外的枝头放声鸣叫，仿佛在告诉我们：又一个火热的日子开始了！我们上午要拍摄安岳的柠檬基地。

安岳气候温和，日照充足，土地肥沃，是柠檬生产的最佳家园，柠檬已成为安岳县农村经济的一大支柱产业。因而，安岳被国家计委命名为"全国唯一的柠檬生产基地"，被国家授牌为"中国的柠檬之乡"。

安岳柠檬基地的生产建设，得到了国家和各级领导的关心与支持。省委相关领导也经常亲临柠檬基地视察和指导工作。

驱车前往。走进清香的柠檬果园，我们的特邀嘉宾外籍主持人斯蒂夫先生已抑制不住心中的激动。他不顾一切地扑进这一片偌大的柠檬果园，双手托起青青的柠檬果，放于鼻翼，轻轻地嗅着，微闭着双眼，故作深呼吸，很久、很久。我们当时那档节目是"老外走四川"，即用外国人的眼光看待中国四川的发展和变化。斯蒂夫高兴的神情和举动也感染着大家，震撼着我们的心魄。我们似乎全陶醉了，陶醉在眼前这片青青的柠檬果园，陶醉在这片淡淡的醇香中……

我们在柠檬果园做完了节目的片头，中间又插播了采访，等这一切都完成，已是接近中午了。看到果农们赶来给柠檬树施肥，斯蒂夫先生不顾自己已是汗如雨下，接过果农的水桶和舀子，学着果农的姿势和方法，亲自体验了一把给柠檬树施肥的经历。目睹着烈日下晒得黝黑的果农们汗流浃背、弓着腰给柠檬树施肥的情景，我不禁想到了白居易的诗句："力尽不知热，但惜夏日长!"

七月，时值盛夏，43℃的多年难遇的高温恰恰给我们赶上了。热辣辣的太阳炙烤着大地。头顶是一个偌大的火球，脚下是一片茫茫的火炉，人仿佛置身于蒸笼之上，我们满脸满身尽是汗水。汗水湿透了我们的衣衫，太阳炙烤着我们的肌肤，虽然我那时身着红色条纹上衣，牛仔裤束缚在衬衫外，还戴着帽子，可我的前胸后背及裤腰从未有过干处。我们的摄像师连帽子也没戴，身着的白色汗衫湿漉漉的，如同刚从河里捞上来似的。斯蒂夫先生更是如此，微卷的头发，高高的鼻梁，深陷且炯炯有神的眼睛，黝黑的肌肤，从头顶到裤子，没一处是干的。我们都随时有中暑倒下的可能。县委书记、县长程启贵亲自给我们送来了柠檬茶消暑。当斯蒂夫先生采访程县长，问他何时能在国外吃到中国四川安岳的柠檬时，程县长机智、风趣、诙谐、幽默地围绕四个问题做了回答。斯蒂夫先生满意地连连点头称赞，并放声开怀大笑了起来。

在安岳，柠檬是农村经济发展的支柱产业，安岳的通贤柚也是一大支柱产业。下午，我们又驱车前往安岳的通贤镇。远远的、一望无垠的通贤柚种植地，如一片绿色的波涛在眼前漂浮。走近一看，又恰似一条翠绿色的地毯轻轻地铺在山坡上。置身其中，就仿佛置身于绿色的海洋。瓦灰色的路，蜿蜒起伏，如一根纽带，将安岳和全国各地牵系在一起，伸向茂密的柚子林深处，构成一条绿色的长廊，给安岳又增添了一道亮丽的风景。每年到十月中旬，就是柚子成熟的季节。穿梭于柚子果园，阵阵清香扑鼻。我们又采访了通贤镇四方村的种植技术员蔡同志……拍摄和采访一直持续到火热的太阳收起最后一抹余晖才结束。看着自己一身汗漉漉的衣服，手捧未成熟的柚子，大伙儿会心地笑了。

安岳，不但是全国的农业生产大县，还是四川旅游南环线上一颗耀眼的明珠，是中国民间艺术石刻艺术之乡。它以悠久的历史，灿烂的文化，幽静的自然风光，独特的生态环境，构成了内容丰富、特色鲜明的人文景观和自然景观。安岳石刻景区是资阳市主要旅游区之一，分布于县内部分乡镇的摩崖石刻造像有保护价值的就有 143 处。其中保存较好且具有一定规模和旅游参观价值的石刻有 50 余处 10 万尊。卧佛院、千佛寨、华严洞、毗卢洞、茗山寺、玄妙观等处的规模最大，内容丰富，艺术精湛。如将全部造像石刻排列起来可达 10 余华里，浩大的规模使安岳被誉为"石刻之乡""我国古代雕塑的伟大宝库"。安岳整个景区以岳阳镇及其附近的圆觉洞和千佛寨为中心，共有 105 个景点，总面积 120 平方公里。

第三天，骄阳似火。我们扛着摄像机和三脚架，又配备了两块大电池。在县委宣传部、县旅游局的随行工作人员陪同下，请了当地的村民带路，爬上了石羊镇的塔子山。毗卢洞位于距安岳县城 45 公里的石羊镇塔子山上。据说毗卢洞就是由这儿的毗卢佛而得名的。传说中毗卢佛为了普度众生而来到了凡间，死后又灵魂归位，回到了这座佛像。毗卢洞里除了毗卢佛以外，还有很多小的佛像林立其中，他们一个个神态各异，栩栩如生。毗卢洞四周绿色环抱，竹影婆娑。毗卢佛占地 320 亩，有唐宋摩崖石刻造像 446 尊，被命名为东方维纳斯的举世闻名的紫竹观音也坐落在此。她高 3 米，悬坐于一块凸露的峭岩石窟之中。她上身左侧，左手抚撑叶面，右手放在膝盖，左脚悬于莲台，右脚弯曲上翘，故人们又称之为"翘脚观音"。仔细观赏，她仿佛不但具有少女的妩媚，又具有女神的仪容，世俗风味很浓，故人们又爱称她为"风流观音"。她璎珞满身，曼妙绝伦，装点着岳城的妖娆……

蜚声中外的安岳石刻始刻于公元 521 年的南北朝时期，有着丰厚的历史文化底蕴。位于城北 39 公里处的八庙乡卧佛沟的卧佛院，有唐宋石刻造像 1613 尊。卧佛全长 23 米，面南背北，侧身横卧在岩壁之间，曲眉丰颐，袒胸露肌，形态端庄，头东脚西，构图奇特，立意新颖，雕刻精绝，为世界全身左侧卧佛之最，是全国现存最早、最完整的全身卧佛像。早在 2002 年安岳就被国家文化部命名为"中国民间艺术""石刻艺术之乡"。已故中国艺术研究院副院长，由雕塑走向美学的美学家王朝闻先生来安岳考察时，称安岳石刻具有"古美"的风格。当时安岳的石刻只有十多处对外开放，其余的还正待开发和招商引资中。县委、县政府就是想通过我们的镜头，将安岳的石刻艺术进一步宣传出去，使海内外宾客前来投资兴业，开发旅游。摄制组一行几人虽然很热，很累，但一走进石刻境地，一切疲惫均烟消云散。我们被眼前的石刻艺术惊呆了，大家赞叹不已！斯蒂夫先生更是惊讶得几乎要叫出声来。我们只感到自己仿佛回到了远古时代，置身于石刻的世界……

在接下来的几天中，又拍摄了安岳的红薯基地，记录了红薯的生产、加工等一系列工艺；拍摄了安岳的丝绸、纺织、食品、医药、机械加工、建工建材等产业。随后又专题采访了安岳县文物管理局、安岳县旅游局、安岳县委书记等相关领导。本计划十天完成的采访拍摄任务，在安岳县委、县政府、县委宣传部、县旅游局多方领导和随行人员的鼎力支持和配合下，只用了六天的时间就完成了。不能忘怀这六天中随行工作人员的艰辛与付出：他们一直紧随身旁引路开道，帮着扛摄像机和三脚架，提矿泉水、柠檬茶，甚至还带着抗暑消暑的药；不能忘怀这六天中，程启贵县长白天上班，晚上开会，散了会以后还到我们的住处嘘寒问暖，关心我们的身体，关心我们的采访拍摄进程……程县长朴实、严谨的工作作风，雷厉风行的工作态度，一直深深地感染着我们。他虽然个子不高，身体不算强壮，但他心中装着 154 万安岳人。他经常带着县委招商引资的同志四处奔波，为了154万安岳人的脱贫致富，为了安岳的发展，他连续几个星期，乃至几个月不休息也是常有的事。安岳人称他为人民的好县长，人民的好书记。

采访结束了，虽然人累瘦了，可心情是愉悦的，收获是颇丰的。我们肩负着安岳县委、县政府的重托，盛载着154万安岳人民的深情与厚望即将返程。不知怎的，心里却有一份依依惜别之情……

安岳，这是一片土地的称谓，念她，是那样亲切；喊她，又是如此深情。相信古老而年轻的安岳，勤劳而朴实的安岳人，在县委、县政府的带领下将携手共进，共创灿烂美好的明天！在不久的将来，中国四川盆地的中部，定会冉冉升起一颗璀璨的明珠——安岳。

附画外音：

此文整理修改完毕正欲搁笔，惊闻安岳县原县长、县委书记，后提拔到资阳市副市长岗位的程启贵同志，2012年3月24日下午在四川大学华西医院因病逝世了，享年才53岁。我简直不敢相信！可这又是事实！附写此段文字，以聊表我对程县长的深深缅怀之情。

顾锁英原创摄影作品《三月的小雨》

　　我拿出曾在中国西部招商引资洽谈会上拍下的程县长的照片展于眼前；拿出赴安岳采访、拍摄已在省电视台播放过的原版资料输于电脑上……夜，很深很深了。窗外的雨，却越下越大……

　　此刻，纵有千言万语，只能凝聚成一句：程县长、程书记、程副市长，安岳人民，资阳人民，包括我，都会深深地怀念您！

窗外，飞来一只远方的斑鸠

我的窗外，飞来一只远方的斑鸠。

无意中发现时，我大吃一惊！那时正好听说禽流感还在流行，我唯恐这只斑鸠体内也带有禽流感病毒，只不过暂时没有暴发而已。那一刻，我脑海中曾一时闪过将它转移的念头。可看到它静静地栖息在我住家窗外铝合金花台一角，身下还有两只小蛋在滚动，我的心又软了。这分明是在繁衍后代！它何时飞来？来自何方？女儿似乎察觉出我内心的矛盾，不加思索地说斑鸠是传统的吉祥鸟，斑鸠能在住家周围或阳台筑巢，不但说明这儿的风水好，还预示着天赋吉运，富贵久长。它肯定是盘旋、徘徊、选择考察了很久，认为我这个住户不会对它构成威胁，有安全感，适合它筑巢栖息繁衍后代它才决定在这儿"安营扎寨"的，万万不可将它赶走或让它转移！是啊！女儿是那样疼爱和呵护这些小生命、小精灵。

记得就在女儿三四岁时，我们还在西北的大漠深处工作和生活，家中喂养的一只小花猫冻死了。下班回来只听到女儿嘟哝着，我也没过多注意，只顾自己忙着烧饭。可当饭好了盛到桌上时，怎么也找不到女儿的身影。她会去哪儿呢？大冷的天。我一边往外奔跑一边呼喊着女儿的名字。当我在住家半截窑洞后面的土坡上找到女儿时，顷刻我惊呆了：女儿冻红的小手拿着小铲刀，直直地立在那儿一动不动，两行热泪扑簌簌地从她圆圆的小脸蛋上流下来。我虽然什么也没问，什么也没说，看到女儿此刻悲伤的表情和面前这一堆新翻动过的沙土，我就什么都明白了。我心酸地俯下腰，半蹲下身子，一把将女儿紧紧揽进怀里……

女儿从小就是这样一个善良并极富同情心的女孩。在读初中时，班里的同学过春节没做新衣服，她总是将我给她准备的过年新衣自己一次还没穿就拿出来给同学先穿！而且这样的事情不止一次，是经常性的。包括作业本等学习用品，只要有哪位同学需要，她都毫不犹豫地倾囊相助。女儿的一席话也深深地触动着我，我又何曾舍得将斑鸠转移？想到这只斑鸠千里迢迢带着"身孕"飞来此地，定是心中饱含着很多难言之隐：无家可归？逃婚？还是？想到斑鸠从热带亚热带和森林区历经艰辛飞到我窗外的花台上，我无论如何都要善待它，呵护它，不能让它受到一丁点儿伤害！

清晨，当第一缕阳光洒向窗台时，我轻轻撩开窗帘：啊！灰色光洁的羽毛，脖颈一圈如项链般金绿色的羽毛，长长的尖嘴巴，神气精灵的圆眼睛，隔着窗歪着脑袋警惕地瞅着我，一股喜爱怜悯之心袭上心头……动物、禽类，不和我们人类一样吗？它们同样需要得到友好的关照、呵护和包容。斑鸠虽属温顺、稳重的鸟类，可它的动作十分敏捷。它何时完成了筑巢这项伟大的工程？这些我全然不知！一个用枯树枝盘绕而成的如平盘似的窝巢，又如蜘蛛网般在我花台的一角落成。从我发现它到现在已经几天了，它匍匐在那儿不吃不喝。看到它，我猛然想起，有个深夜，我刚刚入睡不久，忽闻窗外"咕咕、咕咕"的叫声。那时我诧异，深更半夜的哪儿来的鸟叫声？声音一高一低，一长一短。莫非？开始听起来还较入耳，可越听越不对劲儿，仿佛是在争吵！一阵激烈地争闹之后，一切恢复了平静。现在回想起来，那夜很可能是它的伴侣来过一次。可从那次后，鸟妈妈孵化鸟宝宝的过程都没见到鸟爸爸的出现！

时间过得真快，不觉中，斑鸠妈妈已在我窗外的花台一角待了十多天了。这十几天里，它均是卧着的。我每日晨起外出拍摄都要轻手轻脚地步入阳台边，隔着玻璃轻轻撩起窗帘看一看才安心出门。

一日清晨，我欲外出拍摄起得特别早，轻轻撩起窗帘往外一看，呀！鸟妈妈离开了窝，但它并没飞走，而是就站立在窝巢周围的铝合金横条上探着脑袋东张西望。巢里的两颗蛋，一颗呆呆地立在那儿，另一颗却在微风中滚动！我再将脸贴近窗玻璃仔细一瞧，原来那颗滚动的蛋，蛋壳已有破损，从蛋壳里露出了灰色的一团肉乎乎的东西，那是一只小斑鸠快要破壳而出了！鸟妈妈站起来观察、站岗放哨，唯恐有什么动静伤害鸟宝宝。也许，母爱的力量就在于随时随地都在呵护着它的孩子，谨防外来侵袭！很快，它又迅速地跳进窝巢将即将出生的鸟宝宝揽在身下。

五月底，由于我的拍摄任务较重，要去苏州或无锡、南京等地拍摄，当天不能返回。六月一日那天突然天气骤变，深夜狂风大作、暴雨如注。我惦记着窗外阳台上的斑鸠，翌日回到家中，我来不及放下摄像器材，就迫不及待地冲向阳台。当我猛一撩起窗帘看到斑鸠妈妈仍静静地卧在巢里，身下的鸟宝宝在不停地蠕动时，我悬着的那颗心总算放了下来。

自从斑鸠来到我的窗外，我匆忙的生活多了一份牵挂，同时也多了一份乐趣和慰藉。每天，我进出家门都忘不了去看它们一下。想到鸟妈妈已一连多日未进食了，我担心它会支撑不住。为了能让鸟妈妈安心、安静、顺利地繁衍后代，我琢磨着怎样才能给斑鸠妈妈吃点东西。于是我就把一次性的塑料水杯剪去上半截，在剩余的下半截中盛上水和大米，小心翼翼地拉开窗子，蹑手蹑脚地放在离窝巢最近的铝合金横条上。可正欲我放下水杯那一刻，鸟妈妈突然"扑腾"一下展开双翅，吓得我倒退两步并打翻了放下的大米杯，我的一番好心被鸟妈妈误解了。当然，这是鸟妈妈一种本能的反应和防护，它唯恐有人无端地伤害鸟宝宝。

每日清晨，鸟妈妈外出觅食，巢里只留下孤单的鸟宝宝。有时，鸟宝宝在窝巢里扑棱、扑棱扇动着稚嫩的翅膀；有时，鸟宝宝又支撑着并不稳健的小腿，试着站立或挪步；有时，它又像一个孤单的小醉汉拖着沉重的步子一瘸一拐，东倒西歪地前行着；有时，又如一个乖乖的小宝宝，痴痴地蜷缩在窝巢的一侧，静静地守护着家，耐心地等待着妈妈的归来……

每当目睹着鸟妈妈怜爱地将鸟宝宝搂在腹部下，深情地给它梳理着羽毛的那份安详、温馨、幸福的画面时，我心中总是充满喜悦！那是一份毫不逊色于人类的母爱！虽然，鸟妈妈偶尔也有低头凝思、神情忧伤之时。想必它是忆起了什么"燕燕归来，问春何在？唯有池塘自碧"啊！但更多的时候，鸟妈妈都是以一种坚定、勇敢、坦然自若、积极的姿态默默地前行着。

二十多天下来，我和这只远方飞来的斑鸠友好地相处并互相安慰着。可怎么也没料到的是，六月二十几号的那个清晨，当我欲外出拍摄，习惯地撩开窗帘时，却发现鸟妈妈鸟宝宝均已不在，只留空空一个巢！我心头"咯噔"一下，顿生一种莫大的失落感！但更多的还是那份深深的牵挂。

无语独倚窗前，片片牵挂化作缕缕惆怅。初夏的风，裹挟着环城河里水藻和鱼虾的腥味扑入我的鼻翼。头顶的浮云像游客般在明净的天空川流不息，犹如匆匆人生！我无助的目光掠过眼前的别墅群，越过环城河，停落在远方那片茂密葱绿的树林。忽而，惊闻阵阵鸟鸣声！循声远眺：湛蓝的天空中，有队远去的叠影牵引着我的视线。哦！我看到了，看到了坚强的鸟妈妈已勇敢担起抚育、培养鸟宝宝的全部职责，义无反顾地携带着鸟宝宝，毅然决然地飞向了大自然，飞向了更广阔的天地……

顾锁英原创摄影作品《播撒心中的希望》

四月芳菲注奔流

在春深似海、莺歌燕舞的四月，我怀拥一腔深深的文学梦，携带凌晨三点的钟声，邀约江南漫天飘飞的蒙蒙雨丝，悄悄地、悄悄地踏上了西行的列车——奔向我心中向往已久的奔流文学院第九期作家研修班。

一路风尘。

下午赶到河南文学院时代报告大厅办公室报到时，被《奔流》杂志郑旺盛、游磊、魏惠玲、孟玉玲、郇岩、熊元善等副总编、副主编及办公室王冉主任、董海燕主任等等的热情所感染、打动，犹如回到了家一般温暖，途中疲劳顷刻涤荡无存。

4月24日上午在新乡市卫辉唐庄乡镇干部培训学院报告厅举行了第二届奔流文学颁奖典礼暨第九期奔流文学院作家研修班开班仪式，河南省文联、新乡市文联和作家协会等相关领导莅临典礼，时代传媒集团董事长、时代报告杂志社社长兼总编辑张富领做了热情洋溢的讲话。

　　一周愉快紧张的学习中，来自全国各地的六十多名学员聆听了王剑冰、李炳银、单占生、焦述、葛一敏、野水、阎连科等导师们精彩、激情飞扬、惟妙惟肖、绘声绘色、言简意深、凝练有力的演讲、授课，受益匪浅。文学大师们的声音悦耳得像叮咚的山泉，亲切似潺潺小溪，激越如奔泻的江河的授课风格，如一颗颗点燃的火种，一次次燃烧着每位学员心灵的文学之火！老师们讲得忘情时总要"拖堂"半小时之多，学员们更是孜孜不倦、废寝忘食，将晚上休息的时间都用在学习上：诗歌朗诵、相互切磋、交流学习心得直至夜阑人静……学员们这份高涨的学习热情、这份对文学的酷爱、这颗祈盼知识的焦渴之心令人感佩。《奔流》副总编郑旺盛老师的课后点评，同样是一道难得的文学精神大餐……

　　学院安排的一天室外采风活动中，学员们收获颇丰。大家在唐庄镇干部培训学院刘总的带领下，有机会亲临现场参观、感受、领略太行山的巍峨、雄浑与苍劲！感受"新中国成立以来感动中国人物"太行公仆吴金印书记是怎样带领广大群众艰苦创业、治山治水的奋斗历程。同时参观了新乡唐庄唐公山、人防工程及唐庄的工业、农业发展等。

　　美好的时光，总是那样短暂，让人拽不住她飘飞的衣袂。

4月29日上午，奔流文学院在迎来期待已久的卡夫卡文学奖得主、著名作家阎连科老师的授课中走向尾声。结业典礼上，学员们直抒胸臆，畅谈这一周满满的收获，并感谢《奔流》杂志、文学院这个团结、奋进、具有开拓精神的领导班子为大家所付出的努力！班长闫俊玲老师代表奔流第九届作家研修班全体学员给时代报告杂志社、奔流文学院赠送锦旗，上书"文学沃土，作家摇篮"。

张富领董事长、总编一番感慨、深情、语重心长的小结，令人感动、难忘。张总从小学四年级就萌发了文学梦，憧憬有朝一日能成为一名作家。他高中时就组织了文学社团，用印刷纸发稿，后来又创办了河南报告文学杂志。他是河南文学事业发展的"领头雁"，多次得到省委宣传部、省文联等相关部门的关注、肯定、表扬、激励。他说："奔流文学院作家班所秉持的是凝心聚力为千千万万文艺从业者、爱好者创造条件、搭建平台，培养文学新人，使中原大地文学事业后继有人！"

不想说再见，多想将时光留住在今天！

不想说再见，心中分明涌动着依依惜别之泪水……

《奔流》，一条奔腾不息的文学之河！相信，在张富领总编和全体副总编及所有编辑老师的共同努力下，奔流，非但是一条奔腾不息、叩击着学员心扉的文学之河，同样也会是一朵艳丽的奇葩，盛开在祖国的中原大地，盛开在全国作者、读者和学员们的心中……

盛夏时节又重逢

打开信报箱，几份《金坛日报》静静地立在那儿，等待着相拥。

这是久别的重逢！

我迫不及待捧起，拥在怀中，如获至宝！

如饥似渴。一份份打开，一遍遍翻阅……

岁月悠悠，悠悠的岁月托起一幅永久的画面。

记得2003年初冬，我还在外省电视台工作时，利用回来探亲的空隙，走进过坐落在东站西北一侧的金坛日报社。是史编辑老师和一位女编辑老师热情地接待了我，让我深感如沐春风般的温暖。亲切交流后，她们浏览了我的稿子，并留下陆续刊发。

在某些特定的环境中留下的画面，无论是人还是事，不管岁月怎样流逝，都是难以忘怀的。

尔后的日子，我经常收到《金坛日报》刊发作品后寄给我的样报。那份激动与欣喜，是无法用语言来表达的。虽然我从80年代初就在省级、国家级报纸杂志发表文学、摄影作品，但，这是一份家乡的报纸，在生我养我的家乡报纸上发表作品，有种格外的亲切感！报纸上凝聚了浓浓的乡情。我倍加珍爱，小心翼翼地将她们珍藏在我随身携带的小皮箱里，跟随我翻越过万水千山、穿越过几个省份几座城市。每当心头涌起"人言落日是天涯，望极天涯不见家。已恨碧山相阻隔，碧山还被暮云遮"的思乡之愁时，我就会拿出她，用心灵去抚摸。那一刻，仿佛自己又回到故乡的怀抱……

　　2004年，据说《金坛日报》转型停刊，当时心中有份莫大的失落。后来回来探亲，我又走进《金沙周刊》《洮湖》《翠苑》等杂志社。感谢各位总编、编辑老师都十分热情地给予了很多鼓励，刊发了我多篇文学作品。忆往昔，"归梦如春水，悠悠绕故乡"。二十年来，是家乡媒体同仁、记者、编辑老师，给了我思乡之情的慰藉；是家乡报纸杂志这片美丽富饶的田园，给了我一方耕耘的土地，让我在工作之余，向家乡人倾诉着无尽的思乡之情和在外奔波跋涉的酸甜苦辣，也让我有更多的机会了解到家乡各行各业的发展与巨变。作为金坛人，金坛的女儿，我为家乡常州、金坛的腾飞、繁荣昌盛深感骄傲！

　　"无论多少年，无论到何时，到天老、到地荒，故乡不曾忘。"

远行的小舟载着疲惫、载着憧憬回到故乡的港湾，尽享家乡山水之美、尽享家乡友情亲情之关爱。

时值深夜，我又展开《金坛日报》，心潮起伏……二十年，岁月，将逝去的一切打磨、粘贴、重新组合，纷纷飘落成亲切美好的回忆！品读中，整理着，我将她们一份一份叠放在书桌旁，她是我一份莫大的精神陪伴。谁知，就在6月上旬我到南京参加完江苏省作家协会新会员培训班后又去了常州市区，6月29日下午返回金坛，正欲兴冲冲地奔向邮箱取回我挚爱的《金坛日报》时，怎么也没料到的是，我的信报箱不见了！心里咯噔一下，我环顾四周，从楼梯墙壁一侧张贴着的被雨水打湿快要脱落的通知中得知了缘由，本来早已听说小区要改造，但没想到来得这么快。通知中说6月15日以前自己没有将信报箱拆除的由居委会物管会统一拆除，恰好那段时间我不在金坛。我顾不得上楼放下随身携带的行李，顶着炎炎烈日赶往小区居委会物管处。当我背着行李气喘吁吁地爬上物管处办公室二楼并向工作人员说明我的来意时，物管相关负责同志连连打招呼，并同意我暂时先挂一个塑料袋在楼梯口扶手处临时过渡一下，等墙壁刷好后统一安排重新安装新的。走出物管处，几欲中暑。当看到楼梯口信报箱被拆走留下的痕迹时，心中不免隐隐作痛。我的《金坛日报》，你今在何方？

为了让《金坛日报》尽快回到我身边，不至于长期处在"失联"状态，我去打印了一份说明又复印了几张，找了一个适合悬挂的绿色塑料袋，将说明贴在塑料袋上，用红色尼龙线绑在楼梯扶手处……7月6日那天刚下楼就惊喜地发现，临时"邮箱"真的起了作用！绿色塑料袋中，《金坛日报》果真焦急地伫立在那儿，如失联的孩童般张开了双臂等待着我的再次相拥！一阵激动，也不知是汗水还是泪水已打湿了我的眼睛……

感谢送报人的执着和敬业！

哦，《金坛日报》！我与你，你与我之间的这份情缘，恐怕永远是理还乱的哟……

顾锁英原创摄影作品《独揽春色》

遇见小七

　　遇见小七，是在 2020 年岁末北京中国散文年会暨颁奖大会上。

　　记得年会开始前，我正在会场拍摄花絮，一位身着淡绿色上衣，淳朴、灵动，盘着发髻的女老师笑盈盈地走过来提议我们合个影。当时我没顾及也无暇问及老师的情况。在接下来的颁奖盛典中，我才得知：这位就是享誉中外的阿勒泰女作家小七，以前只闻其声，未见其人。她也是这次散文年会的大奖"金锐奖"得主。本次年会组委会为她安排了一场"小七散文作品研讨会"，由中国作家协会副主席高洪波、作家梁晓声、王宗仁、《海外文摘》杂志和《散文选刊·下半月》执行主编蒋建伟等作家对小七的作品进行了研讨和剖析……我更清楚地了解到，小七，是一位带领游牧民脱贫致富的领头雁。敬佩之情油然而生，我迫不及待地将镜头和思绪延伸到那个遥远的地方——新疆阿尔泰。

小七，原名周智慧，笔名阿瑟穆·小七，出生于哈萨克草原，共产党员。她有着双重身份：一是"解忧牧场老院子"游牧民俗生活场景的恢复者；二是"解忧牧场"民间文化创作基地及"解忧牧场"游牧非遗文化慢手工品牌创建者。同时，她也是一位环保主义者、旧物寻找者、动物爱好者，阿勒泰女作家，已出版短篇散文集多部。

悠悠的岁月展出一幅永远的画面：二十年前，小七在阿勒泰文化系统负责收集整理阿萨克游牧非遗文化档案工作。整理过程中，小七常常想：只是将文字材料整理并置诸高阁太可惜了，如果能将这些能直观展示的、具有历史文化灵魂的、能传承游牧文化历史载体的非遗老物件收集保存起来那该多好。她坚信"垃圾是堆错地方的财富"。为了实现心中的梦想，十年前，小七做出一个惊人的举措，辞去城市的工作，立志要做一位哈萨克游牧文化的守护者。她毅然决然地来到祖国边陲的一个小村落——阿勒泰市阿苇滩镇库布东村，租下一片空院落，开始了她的寻梦之旅，收集哈萨克族游牧非遗老物件，也成为一只翱翔在阿勒泰上空带领牧民脱贫致富的雄鹰……

是金子在哪儿都会发光，有期望的地方，再苦再累也是乐。每天清晨，当第一缕阳光从草原缓缓升起时，小七已经开始了一天的工作。她起早摸黑，骑着一辆破旧的自行车，到荒野、到废品收购站、到垃圾站、到拆迁遗留的房屋废墟处捡拾房梁、砖块、石头、椽子、木板等搭建非遗老院落，晚上挑灯创作，记录下她的生活、工作，也是为了赚取稿费再投入到游牧非遗文化的保护中。十年来，小七省吃俭用，有时外出捡拾毡房、旧马鞍、马拉雪橇、马褡子、捣酥油的马皮袋子等老物件，随身带的干粮吃完了，饿得不行时，就捡拾垃圾堆里的馕充饥。最困难的时候没钱吃饭，只得每天靠吃馕和咸菜维持，将节省下来的钱，一分一厘全部用在搭建非遗老院落上。她将自己的工资、稿费、丈夫的工资，以及父母的工资全部用上。有时为了节省开支，那些搬东西、搭棚子等重活都由她自己亲自动手干。她将所有的爱、所有的热情、所有的精力投入到这个没有任何收益的公益性事业中，经历千辛万苦，一砖一石建起了一座有代表性的哈萨克文化家园，并取名"解忧牧场"。还收留了一群流浪狗、羊、猫等小动物，并悉心照料，寻找失主和领养者。

常听人说，一个人做一件好事并不难，难的是坚持不懈。十年只做一件事，十年的辛劳与付出的终极目标就是要用"解忧牧场"品牌带动当地牧民脱贫致富。她引导、组织、带领"解忧牧场"周边小村落的牧民和哈萨克族妇女勤劳致富，从大自然获取原材料制作可以吃的游牧古皂，并用纯天然玉米秆和可降解塑料做包装，不会产生任何包装垃圾，只做高端产品，经过十几道慢工序制成，目前给新西南民宿供货，这也是新疆游牧非遗文化对外输出的一种方式。小七还带领村民们制作手工护肤品，手工皂里的碱使用的是植物灰。那些牧场上随处可见的骆驼刺、灰灰草、打过葵花籽的葵花盘，将它们烧成灰再收集，熬煮提炼出纯天然的碱……她自己花钱注册了商标和品牌，使"解忧牧场"的品牌古皂和护肤品随着小七的宣传，走出阿勒泰，走出新疆，走向全国各地及海外……她还带领智慧勤劳的牧民妇女开荒种菜、种粮食，养鸡养羊，生活自给自足。

十几年三千多个日日夜夜一步一步走来，这两年终于得到阿勒泰地区、阿勒泰市政府的肯定，"解忧牧场"成为代表本地对外展示的一个民间民俗博物馆。阿勒泰市依托"解忧牧场"品牌效应打造旅游兴农样板村，将小七所在的库布东村列入发展哈萨克游牧民非遗文化旅游的村落，让整个村落紧紧围绕"解忧牧场"品牌效应，宣传推介哈萨克游牧非遗文化的主题，开展游牧文化旅游，达到村里的牧民依靠本身的游牧文化脱贫致富的目标。小七创建的"解忧牧场"老院子也入选中国作家协会2018年度定点深入生活项目，她先后邀请作家、摄影家、画家来到"解忧牧场"免费吃住采风、创作活动200多次，他们创作的作品很快火遍了全国，使阿勒泰的"解忧牧场"走进了人们的视线……

村委还按照游牧文化类型，在库布东村集中打造餐饮、民族建筑、游牧生活体验和休闲娱乐等四类不同主题的民宿。以这些民宿为中心，带动了全村农副产品、刺绣手工制品的营销，最终帮助村民实现了致富梦。一个小小的村落，每天迎来游客百余人，村民户年均增收至八万元。

成功，永远属于那些敢于攀登的人。不经历凛冽的寒风，怎会有梅花的怒放？小七的"解忧牧场"游牧非遗老院子也被评为阿勒泰地区民间文化创作基地。阿勒泰广播电视台、《光明日报》、中央电视台记者亲临采访……她这个曾在垃圾堆里淘宝的人，现在又被当作珍宝来重视和尊敬。她以一个人的力量，带动了整个村子的发展，作为女性，为她深感骄傲和自豪！

此刻，我仿佛看到小七正迎着朝阳，推着板车，带领牧民奔波在辽阔的草原……

走过 2004 那个冬

"寻寻觅觅，冷冷清清，凄凄惨惨戚戚……"

不知何时，我在忧伤中迷迷糊糊睡着了。醒来时，已泪湿枕衾。仿佛自己置身于一个冰的世界，脑海中不停飘过：婚姻——失败！婚姻——失败！

和他分手是在 2004 年秋末初冬的一个上午，秋雨仍在淅淅沥沥地下着，落叶铺满了长长的街道。原本想让那一切不愉快的事如同落叶般随风而去，可他在我们婚姻的道路上越走越远，在那不该拥有的泥潭沼泽中越陷越深，乃至他用自己的双手，无情地关闭了我们二十几年的婚姻大门，留给我的，却是深深的伤痛。做出分手的决定，也许是我最明智的选择。

我走上了一条孤寂的漂泊之路。

我似一只受了重伤又折断了翅膀的离群孤雁，漂泊到了南方一座既熟悉又陌生的城市，租下一间约十五平方米的小屋。环顾着简单临时的家，我越发觉得冬的冷、冬的湿和冬的寒。一张单人床，一个单火煤气灶，一张小方桌既是我的餐桌，也是我的床头柜兼写字台，几只纸箱盛满我的作品和书稿，三只小皮箱、两只红色旅行袋装满我的换洗衣物及日杂用品。这，就是我奔波、跋涉、奋斗了几十载全部的家当！还有一个瘦弱的身子，一颗极度疲惫、孤寂的心！

我将自己封闭在了小屋，不愿在亲朋好友面前提及个人的事，不愿和外人接触，不想和单位同事打电话，就连我酷爱的美术、摄影创作都无法顺利进行，整个身心，被一股强大的伤感包裹着，占据着。

我独居江南小城一隅，蜷缩在冰冷的小床上，回想着自己一路走来的旅程。几十年风雨交加，几十年不懈地拼搏，人到中年，不就渴望有个安定、温馨的家，有个能关怀、体贴的人携手相伴么？可，这却成了我一个遥远的梦。在人生的道路上，我将婚姻输得精光；在情感上，我成了彻彻底底的穷光蛋！

夜深了，窗外刮起了风。风，如同无数只魔爪在寒夜中肆无忌惮地拍打着我的小屋，也时时敲击着我苦痛的心。有人说，人越是痛苦之时，思路越是清晰，这清晰的思路就像一根长长的线，上面缀满悲伤的事。此时，仿佛每个毛孔、每个细胞都浸透着酸楚的凄清。

踏着冬的残阳，我孤身只影地行走在冬的街头。一阵寒风袭来，我本能地裹紧了深蓝色的大衣。我准备在这段自我休整和疗养心灵伤痛的日子里，将八十多岁的老母接到身边尽尽孝心。父亲去世早，母亲拉扯我们长大不容易，我离开母亲身边已几十年了。在这几十年中，虽然我每隔一两年就回去一趟探望老母，但都是来去匆匆。我已无法估量，也无法算清，母爱的力量曾支撑着远航在外的我冲过多少激流险滩，度过多少艰辛的岁月！如今，母亲老了，作为女儿的我，有责任、有义务为母亲的晚年生活做出长远的规划。可令我万万没料到，怎么也无法面对和接受的是，母亲突然一病不起……

还是那个冬，天又下雪了。先前的积雪还未融化，又覆盖了一层厚厚的新雪，压得房屋、树枝喘不过气来。也就是在这场雪后的一个深夜，我们眼巴巴地看着为儿孙们无怨无悔奉献了一生，我最敬重的母亲，似一盏耗尽了油的灯，慢慢熄灭了……

我叩拜在母亲的灵堂前，手捧母亲刚用过的余温未退的热水袋；看着我为母亲买的生前她最爱吃的食品还未尝上一口；目睹窗外母亲生前挚爱的铁牛花仍在风雪中展示着生命力的顽强，我的精神几乎崩溃！也许，寻遍《辞海》中所有的辞藻也难以找到一句恰当的语言来形容我此刻的心境。我真的感到天塌下来了！

有很多天，我饭不思，夜不寐，整天躺着流泪，满脑子都是母亲的影子。那种正要为母亲的晚年做点什么而未能实现的愧疚；那种千言万语欲对母亲倾诉还未曾表达的遗憾；那种失去母爱的无尽哀婉与思念的交织，撕扯着我这颗已经破碎的心！

整整一个冬，我都被痛苦、悲伤笼罩着，折磨着；

整整一个冬，我都像是在波浪翻滚的大海中挣扎，看不见岸，只能在海水里上下沉浮；

整整一个冬，我都在丢失了自己、迷失了自我的境地中苦苦煎熬……

我不止一次地反问自己：那个曾穿梭在省内外会场，奔波在大街小巷寻找采访、拍摄素材的我哪去了？那个曾活跃在篮球、乒乓球赛场上的我哪去了？那个曾为抓拍一个画面蜷伏在茫茫荒漠中十几个小时不吃不喝，与月亮星星做伴，与太阳一同升起的我哪去了？难道我就这么垮下？我的血管里仍奔涌着沸腾的血，我还有很多事要去做，还有很多工作等着我去完成。"雄关漫道真如铁，而今迈步从头越！"我要在悲痛迷惘中找回自己！

我猛地从床上跃起，用力推开小屋的门窗，一股清新的空气扑面而至，冲塞着屋里沉闷、压抑、潮湿的气息。我走出小屋，伫立街头。依傍着新华书店、邮电局的这条老街上，积雪已逐渐融化，街两边的梧桐树已抖落了身上最后一层积雪，露出了光滑、结实的胸肌。举目远眺，街的尽头，向着公园方向，一棵高大的梧桐树上仍悬挂着一片棕黄的叶片，她在向行人诉说着什么，也是在等待着什么……

单身十年

单身也是一种风景。

我并不提倡、赞同每个女人都处在单身。但，当生活中遇到不可回避、无可奈何的或某种不可抗拒的原因迫使你不得不单身时，你一定要规划、管理、经营好自己的单身生活。

——引子

当第一片叶子悄悄从树上缓缓飘落时，我就知道秋来了！

这是一年四季岁月的轮回，我已做好了迎秋的思想准备。这就如同十年前的我，当我从两人世界中孤独地走出，我也就有了面对现实、面对孤单和一切的心理准备。不记得是在哪儿读到的一句话："每一条走上来的路，都有它不得不那样跋涉的理由；每一条走下去的路，都有它不得不那样选择的方向。"

　　生活中的每个人，不都在红尘里选择着适合自己的路往前走吗？

　　回首这十年的单身生活，我不禁从心底感到一份莫大的慰勉。

　　十年，一个不长不短的数字。十年，在人的一生中也许只占七分之一或八分之一，听起来说起来也很简单，弹指一挥间。可真正孤独地行走起来，倒也不是一件轻松的事。这就需要我们孤旅者有足够的挑战力和思想耐力！

　　记得十年前刚刚走出失败婚姻的我，只有三只小皮箱陪伴着我一颗孤寂的心。漂泊得久了，心很累，还是想回到故乡，更何况当身边的人让你觉得再没有什么精神上的依托之时，这种愿望分外强烈，"居人思客客思家"！我毅然决然辞去外省电视台的工作，踏上了返乡之路。身心疲惫且伤痛不堪的我，在市区一条老街的小巷里租下一间十五平方米的小屋，开始了我茫茫人海中孤旅者的远航。

　　为了改变当时的生活环境，我除了原单位的一份工作外，又身兼数职。在某高等院校任教时，又在校外创办了自己的影视工作室。每周一到周五的时间在学校，双休日和节假日又奔赴工作室。学校这边我所带的班级又是建校以来人数最多最大的一个班，班里有七十二位学生。用学生和家长的话说，他们是奔我而来的。家长说孩子学什么专业是一个方面，更重要的是要让孩子学会怎样做人，这就无形中给我的工作带来很大的压力。学生和家长既然能如此信任我，我没有理由让家长和学生失望，我会用我的一份责任和十分爱心尽我所能地去好好教育和培养他们。为不辜负学校和家长的厚望，使班里的每项工作和各项考核都能在同年级名列前茅，为此，我付出了相当大的努力和辛劳。

影视工作室这边的工作，拍摄任务同样很重。每到周末或节假日，往往是一个长假七天我有六天在外拍摄，回到家中放下摄像机又得奔赴学校……那时我确实几乎累倒！四年后，我的学生走上社会工作了，我谢绝了校领导的再三挽留，又辞去了学校的工作，专业从事影视拍摄和制作。

记得2008年寒假那场雪，应该说是我见到的下得最大、时间最长的一场雪，恰恰那年寒假的拍摄任务也是最多最重的，几乎天天奔波在冰天雪地中。有时下乡拍摄，凌晨三四点就得跨出家门。脚下踩着没小腿深的积雪，身上抵御着凛冽寒风的侵袭，车子在冰冻的路面跳跃着，不时发出咯嘣咯嘣炒豆子般的响声，这也许就是所谓的名副其实的破冰之旅吧！到了目的地，冲出车门，顶着漫天的雪幕，分不清哪儿是路面，哪儿是田地、沟壑，深一脚浅一脚地跋涉着。一手撑着伞，一手扶着扛在右肩的摄像机按着摄录快门。那一刻，我心里突然闪过：我是男人还是女人？是女人还是男人？而当我确认自己非但是女人，而且还是一个人到中年的女人时，不禁感到惊讶！何曾能吃得这苦中之苦？

也许当时的答案只有一个：我要通过自己的努力和打拼，为自己建造一个家！

"走过一些路，才知道辛苦；登过一些山，才知道艰难；蹚过一些河，才知道跋涉；跨过一些坎，才知道超越……"

这十年：有过风雨，有过阳光；有过曲折，有过平坦；有过艰难，有过顺利；有过迷茫，有过清醒；有过挣扎，有过抉择……但，唯独没有眼泪；

这十年，我没将自己当作女人，我没依靠过任何一个人，如青壮年男人般前行着；

这十年，我虽然走到哪儿都是孤身只影，风吹雨打无遮无挡，但就是这样，锻造了我外柔内刚的品性，我规划主宰了自己的一切。我常在想：一个人不可能一生都在享受阳光的恩赐；一个人，不可能从刚学会走路一直到老永远走在平坦的大道上；一个人，不可能一生总在别人的呵护和关爱下生存；一个人，唯有自尊自爱、自强自立，才可无怨无悔地走向人生的终点；

这十年，我不是没有过孤寂，尤其是当自己身体偶有不适之时，那份孤独会时不时地包围着我的身心。每到夜晚，我会将房间所有的灯都打开，让亮光充满屋子，心里顿觉暖暖的；

这十年，我没有享受到其他女人所享受和拥有的生活。虽然也听人说，"单身的女人应该让自己的心灵多晒晒太阳，去汲取天地日月之精华，才能使思维充满灵性。一个人出发，一个人前进，一个人回程——那不是一场落寞的表演，而是一种状态、一种过程、一种获得，是你对生活常态的放下，也是一种对自我心灵的提升"。可我只有利用外出拍摄的时机，领略自然界的风情，享受郊外的阳光郊外的风，这也同样给我的单身生活增添了无限的色彩；

这十年，我忍痛放弃了很多学习和创作的机会，朝着彼岸的那一抹星光默默前行着。我如一株大漠的胡杨，傲然挺立在风沙之中；又如一峰来自高原的骆驼，一步一个脚印稳稳地走来，无论走过哪儿，都留下一串坚实的脚印，一阵清脆的铃声；

这十年，我没有愧对这个大写的"人"字。如这个"人"字的写法，一撇一捺，两脚稳稳地站立支撑着，在前行的途中从不偏离、从不倾斜，更没有趴下！虽然摸爬滚打得满身泥土一身风霜，可心里是踏实愉悦的，生活是充实丰富的；

这十年，电脑成了我无声的朋友。一天奔波辛劳回到家中，晚上打开电脑，浏览着新闻，欣赏着我挚爱的文学、摄影和美术作品，这也是一种心情的放松。再或有精力和时间用键盘敲击一段文字，将自己对生活、对人生的所感所悟记录下来。面对电脑，犹如面对朋友，我同样可以释然、潇洒；也可以忧郁，毫不掩饰地将自己本真的一面挥洒出来；谁说女人不如男？谁说女人离不开男人？

经历十年、打拼十年、走过十年。我努力地当好自己人生的总裁，在品尝艰辛和坎坷的同时，我也收获了喜悦和此生无悔的欣慰：

十年间，我除了支持协助孩子买了房，时隔几年后，我通过自己不懈努力和打拼，又为自己买了一套房。房子虽不大，但它是我心灵的港湾，是我的乐园、我的天地、我的世界、我的精神家园，更是我十年搏击的结晶！"室雅何须大，花香不在多。"

总结十年，回望十年，千般凝思，百般回肠。虽然时光是那样无限又是那样无踪，是那样漫长又是那样匆匆，我都没有让时间白白地流逝。包括现在，我仍无法停下奔波的脚步，我珍惜分分秒秒。我还有个精神上的理想和愿望：我欲出书，我想将自己多年来发表在全国各地的摄影、美术、文学作品汇编结集；我想举办个人影展、画展。虽然离这个目标还有一段路程，我会不离不弃，永不停歇地朝着这个方向努力！哪怕只是一个梦，也将陪伴我走向人生的前方！

不知是谁说过："单身是春天的种子，充满希望；单身是夏天的烈日，热情辉煌；单身是秋天的落叶，自由自在；单身是冬天的雪花，浪漫无限……"但无论将单身比作什么，我都同样希望那些正在经历着单身、煎熬着单身、享受着单身，或在单身的道路中或前或后犹豫不决、拼命挣扎的姐妹，多一份自信、多一份从容、多一份自强自立的信心，当好生活的主角。在自己生活的舞台上做好编剧与导演的角色，活出自己最动人的一面，尽情展现出自己最本真、最独特的风采！

故乡的风，抚我心头悠悠梦

目睹着眼前这一摞《洮湖》杂志，我的眼睛湿润了。

这是今年 8 月为了申报省作协会员，在搜集跨越三十几年来我在全国省级以上刊物发表的作品时一并整理出来的。这一摞杂志中，饱含了总编及编辑老师们多少的辛劳与激励啊……

初识《洮湖》，是在十年前的 8 月。

2010 年 8 月那个盛夏的上午，烈日炎炎。我怀抱一沓文稿，沿着幽静崎岖的石板小径，踏进了坐落在华罗庚纪念馆小桥一侧、四周被绿色怀抱掩映的徽派建筑大楼。当我挥汗如雨地跨进二楼《洮湖》杂志编辑部时，葛安荣总编接待了我。他那具有文人的风范，又有总编气度的热情、亲切感，使我至今难忘。随后，他将我介绍给编辑部的常金主任。常金主任同样很热情地接待了我，让我留下文稿，并赠送给我两本最新出刊的《洮湖》杂志。从那时起，《洮湖》就走进了我的生活，成了我挚爱的朋友与精神食粮。我与《洮湖》便有了剪不断、理还乱的不解之缘。我这位漂泊异乡多年的游子在家乡的文学土壤中有了一方耕耘的园地。

拥着《洮湖》，我如获至宝！返回途中，石板小径两侧的小草小花儿，本是被烈日炙烤得耷拉着脑袋，可此刻，她们仿佛都挺起了胸膛，昂起了脖颈，挤挤挨挨地列队朝我微笑哩。

随着我的文稿在《洮湖》杂志陆续刊发，我对《洮湖》更是一往情深并爱得永恒。

每天拍摄回来，一跨进家门放下摄像器材，我就会冲进我的书房，捧起挚爱的《洮湖》杂志翻阅着，品读着。这已成为我的一种习惯、牵挂与寄托。尤其是葛总编每期如椽巨笔、力透纸背的卷首语，让人读来更是一种享受。

记得有一次，从楼下邮箱取到杂志上楼后，我迫不及待地打开，一边做饭一边翻阅，殊不知，锅里的饭菜早已烧煳冒烟了……

一年去湖南长沙探亲，我带上了几本《洮湖》杂志，想和姐姐也分享一下我发表在杂志上的有关我们小时候及家人的文章。谁知，由于携带的东西较多，乘坐飞机时超重了。我取下了其他的物品，让我心爱的《洮湖》陪伴我一起飞上了近万米的高空，飞越万水千山……

回到故乡十几年来，是家乡的《洮湖》杂志给了我精神上莫大的慰藉。《洮湖》杂志的总编、编辑老师及文友给了我极大的关爱和鼓励，也使我的作品从《洮湖》出发，飞向了省内外，飞向了大江南北。当一次次看到自己的散文在省级以上刊物变成铅印的作品如同欢乐的白鸽飞到手中时，当一次次接到我的散文作品入选某项文学活动评比获奖通知时，我的心醉了。我将这些荣誉拥在胸前，任感喟的热泪满面流淌、流淌……那一刻，有什么语言能够诉说？

　　哦，《洮湖》杂志，不但是常州金坛区文联，宣传、推荐、对外交流的一扇窗口，更是我们文学爱好者的摇篮。25年来，在区文联各级领导的关心支持下，在所有《洮湖》人的坚守与努力下，《洮湖》一跃为全国文学内刊1600余家、理事单位19家之一。这是金坛人的骄傲，也是所有文学爱好者的骄傲。《洮湖》为我们文艺爱好者架起了和外界沟通的桥梁，她是我们的精神家园，是盛开在江南小城文学爱好者和广大读者心中一朵美丽的奇葩。我的每一篇散文都是由《洮湖》首发。我不会忘记，凡参加《洮湖》的活动，总编和编辑部邓主任及编辑老师都会赠送给我几本他们自己出版的新书或者是当期最新出版的《洮湖》让我拜读。上个月10月26日又受邀参加了区作协和《洮湖》举办的主题创作培训班，聆听了江苏省作家协会联络部主任、江苏省网络作家协会副主席吴正峻和《江苏作家》杂志主编、著名作家、第七届紫金山文学获得者胡竟舟两位老师精彩的授课，受益匪浅。这点点滴滴，都温暖着我这颗曾奔波疲惫的心。如今，我的床头、书桌，包括箱子里都有《洮湖》的身影，也珍藏着葛安荣总编、李永兵编辑、张留生编辑等赠送给我的佳作。

朝朝暮暮，暮鼓晨钟。多少个风的季节、雨的长夜，我在小屋里尽情地创作、耕耘……

岁月流逝十载、二十载。不懈地追求、不懈地努力，今年，在各级作协主席、各位总编、编辑老师及文友的鼓励支持下，我申报了江苏省作协会员。

11月12日晚，我刚刚上楼，就接到老师的电话和微信，省作协的新会员名单公布了。我一阵激动，竟通宵未眠。那些曾经走过的岁月，重重叠叠地呈现在我的眼前——

二十年前，我放下了中学教师及《青海青年报》《青海日报》通讯员的工作，办了长假，从遥远的大漠深处只身扑进了西南大都市蓉城的怀抱。有幸走进一家省属电视台从事记者工作，一干就是五年。

2006年一个特殊的机缘，我又受聘走进了龙城一座高等艺校。校园的生活、工作依然紧张而丰富。每周一至周五完成校内的教学工作，星期六和星期天及节假日我要完成自己在校外的拍摄任务。这些年来，我似一条小小的船，漂泊过东南西北，西北东南，盛载着憧憬与梦幻，经历过风霜和雨雪；盛满着时光和生活的酸甜苦辣，蹚过小溪，穿越河流，在茫茫人海中执着地远航……

忆往昔，"归梦如春水，悠悠绕故乡"。现如今，坐享窗前那片云，那片景。"无论多少年，无论到何时，到天老、到地荒，故乡不曾忘。"

13日清晨，我打开微信，区作协韩主席的一条留言扑入我的眼帘："顾老师，区作协公众平台拟编发一组新加入省作协会员的文章，你准备一篇原创首发稿发给我。"

窗外，阳光甚好。我双手推开窗子，一阵微微的轻风拂过脸颊，暖暖的。

顾锁英原创摄影作品《等》

老屋，那是我梦里常回的地方

我常常做梦，梦见自己回到了老屋，那是我童年居住的地方。

我的童年是在隶属市区的城南石板小镇上度过的。那个小镇是呈 H 形的，东西两边分别是南北走向的街道，一条小河从镇的腹地直穿而过，小河属长江支流，现在也称丹金溧漕河，水路可直通苏州、无锡、杭州、上海及全国各地。横跨在小河之上，连接东西街道的是一座古老的石板拱桥。每到黄昏，夕阳西下，彩霞满天时，从苏北过来以用鸬鹚捕鱼为生的渔民将小舟停泊在拱桥下和我家老屋的码头旁，构成了一副特有的梦里水乡景象。

老屋现今虽已不复存在，可在我记忆的深处，她却是那样清晰，那样绵长。

我家的老屋傍水而建，屋旁是一条清清的小溪。老屋门前有棵造型迥异的桃树，每到桃花盛开的季节，满树的桃花粉粉的、艳艳的，点缀着我家的老屋。桃花盛开在春天，盛开在门前，同时也盛开在我们幼小的心里。

桃树的枝干一半倾斜地掩映着老屋的窗户，一半则弯曲着伸向静静的河面。那倒影如梦如幻，微风吹来，溪水轻颤，碧波荡漾，形成一幅迷人的写意中国画。

老屋紧邻河水的西墙边，长满了野枣树和构树。构树是一种能治皮肤病的树，古时候称这种树为榖树或楮树。你只要用刀轻轻一砍，树干上就冒出奶汁般的白浆，取白浆涂于患处，每天涂抹几次，皮肤病就能很快康复、痊愈。方圆多少里以外的人们只要患了皮肤病就会赶来，用刀砍一下树干后，取白浆装入小瓶带回去备用。每当看到有人拿着刀向我家的构树走来，我的心就绷得紧紧的。我心疼这构树常被刀砍，它同样感到很疼，只不过它不会说话而已。看着被砍得伤痕累累的构树，心疼之余，不免心中又掠过一份安慰。因为我家构树的浆汁，能为人治好皮肤病，能涂抹掉很多人心中的痛苦，这种奉献又是值得的，这也是值得我家引以为荣的。

一年四季中，夏天，虽是炎热的，可留给人的记忆也是深刻的。

每到夏天，纳凉的居民们常常围拢到我家门前，一边感受河风给人带来的凉爽和惬意，一边拉着家常，讲述着曾发生在这块土地上的一切。譬如：1938 年，当日本鬼子的铁蹄践踏着南方这块土地时，小镇前面的城隍庙被鬼子烧毁了。女同胞们无论老少，只要听说日本鬼子要来了，都吓得用锅底灰往脸上抹，躲的躲，跑的跑，唯恐遭到日本鬼子的蹂躏……又听说有个没留下姓名的英雄小伙，不顾鬼子炮火的轰击，从茅山方向连夜撑着小渡船送走了一批新四军。每每听到这儿，我的心就被悬到了嗓门，都会迫不及待地想知道那个护送新四军小伙的命运。我都会不顾一切地挤到大人们中间，蹲在叙述者的面前问这问那。当得知那个小伙返回途中被鬼子围堵残害时，我会紧紧咬住下唇，瞪着仇恨的眼睛，心中充满了对日本鬼子的愤恨，同时又对英雄小伙满怀一腔深深的崇敬之情……从小，我的志向一直想当兵，但最终未能实现。

那时，我印象中的二哥好像就是个民间医生似的。谁家孩子腮帮子鼓起来，在现在就叫得了腮腺炎吧，他们不去医院，而来找我二哥。记得那时每天早上，我刚起床，总看到二哥手里握着一杆毛笔，在那孩子脸上先用墨汁画一个圈，画着画着，圈就成了纯黑色的一块。二哥在用毛笔给小孩画时，嘴里还不时地在念叨什么。一切都画好了，二哥又会在我家老屋的墙上留下一个小圆圈，圆圈里面还写着几个别人看不懂的字。每每此时，我也总是歪着头，踮起脚，凑到二哥身旁看个究竟。说也奇怪，经二哥两到三天一画，那小孩的腮帮子果真小了，好了。为此，有人常常给我家送来一些感谢的小礼物，但都被二哥拒绝了。用二哥的话说，当会计这么多年都没挪用、贪污国家、公家一分钱，还会接受老百姓的什么礼物么？二哥就是这样的人，因而也赢得了单位和街坊四邻很好的口碑及信任。

我和姐姐，虽然她大我好几岁，但在别人看起来我们简直就是一对孪生姐妹。无论到哪儿，无论干什么，我们都是一起去，一起干。夏天的时候，我和姐姐将老屋紧靠河边的西墙掏个洞，搬掉几块砖土形成一个窗孔，河风便会直入小屋，好凉快呀！晚上我们将小床搬移到抽风孔边，竟能一觉睡到天亮。

记忆中的老屋，墙上贴满了我和姐姐的奖状，以至逢年过节，我家不必购买年画，这满墙的奖状，既是对我们的激励，也是对母亲的一份安慰！

然而，我们家最大的不幸也是降临在那间老屋。我的父亲，也是在那间老屋早早地离开了我们。听母亲说，父亲是经商的，他个性很豪爽、耿直，也是一个非常爱清洁的人，平时总喜欢穿长衫，戴着礼帽，一身干干净净，镇上的居民全称呼父亲为"先生"。至今遗憾的是由于我家历经几次搬迁，父亲的遗像却一张都未能保存下来，我们对父亲的印象已经非常模糊了。父亲走后，生活的重担落在了母亲的身上。母亲那时曾一度担任过妇女干部，还要兼顾商店的事务。母亲含辛茹苦拉扯我们长大，送我们到学校读书，吃了不少苦头。一个没有男人的家，女人既要当男人，又要当女人。母亲无怨无悔地默默地挑起了所有的重担。

记得有一年，龙卷风无情地袭击了江南小镇。眼看着我家的老屋在风雨中摇曳、颤抖，母亲不顾一切扛出梯子爬上了屋顶，用自己并不高大的身子趴压上去。那一刻，我觉得母亲如同一只雄鹰，在风雨中展开了双翅呵护着老屋，呵护着老屋中的我们！母亲这个词在我的心底定格成永恒的温暖！

龙卷风过后，看着从屋顶上下来的母亲被雨水淋得落汤鸡一般，我们便——扑进母亲的怀抱，呼喊着母亲。老屋保住了，可母亲没顾到休息，又挽起了裤腿，冲进了雨幕，她要将老屋旁通往小河的下水道再通一通。看着风雨中上下前后忙碌的母亲的身影，我们觉得母亲是如此高大、伟岸。母亲，那才是一堵真正的挡风墙啊！

在母亲博大的爱的苗圃里，我们都渐渐长大。大哥、二哥、姐姐们都相继工作了，我们家又先后新建了楼房，买了商品房。那时，大哥在东北大学学习结束后，在外面一个汽车修理厂先后担任车间主任和厂长。大哥可是个地地道道的老共产党员，听说那时他亲手带出来的徒弟很多都是大中专院校的学生。二哥则在镇上当会计。每天，都见二哥怀中夹着一个小皮包，那里面装的全是账本和账单，手里拿个算盘，匆匆来匆匆去。姐姐也在本市钢铁厂上班，后由于姐夫被湖南长沙某单位引进，跟着姐夫一起到了长沙工作。我，则是飞得最高最远的一个。我最先飞到了青藏高原的柴达木深处，然又扑进了西南大都市成都的怀抱，现又辗转到故乡常州龙城的港湾。这么些年来，不管我走到哪里，老屋始终在我的眼前。

啊，老屋！风雨飘摇心深处，多少往事，多少岁月，悠悠难追忆哟！可你带给我的欢乐和回味，无论岁月怎样流逝，无论世事怎样变迁，无论我们今天居住的是楼上楼下，还是上班的条件是电梯上下，都代替不了你在我心目中的位置！老屋，你是一幅深沉厚重、永不褪色的油画，永远悬挂在我的心间！

今夜，我又将一梦，定会梦回老屋。我依旧蜷曲在母亲膝下，母亲手拿蒲扇，双手不停地替换着，为我驱赶着蚊虫……

顾锁英原创摄影作品《春江水暖鸭先知》

母爱深深

在这个世界上，任何一个人的生命都是来自母亲。因而，母亲被当之无愧地附上了"伟大"两字，这是名副其实的。母亲的伟大，不光是她孕育了新的生命，更是她将毕生的精力和爱全部坦坦荡荡、彻彻底底地奉献给了儿女，直到她生命的最后一刻！为此，有人归纳：

"母亲，是我们生命的载体，是我们永久的无边无际的港湾；母亲，是山麓、是源泉；母亲，是深海；母亲，是大地；母亲，是高远深邃的天幕；母亲，她又是不朽的太阳……"

每当读着这些感人肺腑的语段，我的眼睛就不免湿润了，那是源于我对母亲一份深深的思念！

是啊！母亲给了我们一切！母亲就是一切，没有母亲，哪有我们？

我的母亲，虽然生前没有显赫的地位，没有惊天动地的故事，可就是这样一位极平凡、极朴实的母亲，却是那样深深地镌刻在我的心幕上：

父亲去世后，孤单的母亲既要当女人，又要当男人，艰难地撑起了这个六口人的家。母亲含辛茹苦将我们送进学校读书，培养我们长大成人。作为女人，可能有时是脆弱的，可作为母亲，她却永远都是坚强的！

记得读小学时，每逢刮风下雨，母亲都不让我和姐姐自己回家吃饭，一是担心途中不安全，二是唯恐耽误学习。母亲总是手提竹篮，身穿蓑衣，头戴芦席帽，将热腾腾的饭菜送到学校，守立在走廊等候着下课的铃声；

我外出求学、追梦时，是母亲亲自送我踏上真正的人生之旅。当母亲用温暖的手牵着我跨上轮船的那一刻，当轮船渐渐离开岸边的那一刻，当母亲的身影在我的视线中越来越远的那一刻，仿佛世上的一切物体都停止了运行，唯有我那颗空荡荡的心飘荡在江南的晨雾中……

几十年来来回回的探亲，母亲每次都准备好了我喜欢吃的、用的一切物品坐在故乡的小桥旁翘首等盼着我的归期……这一切的一切，难道还不够我们做儿女的回味一辈子么？

母爱深深，深深的母爱是一团巨大的火焰，"是世间最伟大的力量"！如今，每当我看到七八十岁的老年人时，每逢过年过节时，我的眼前就会浮现出母亲的身影，我就会陷入那种苦苦的思念和内疚中。母亲健在时，虽然我尽到了最大的努力孝敬她老人家，可我却没能、也无暇在母亲身边多陪陪她，这是我心中一份永远的痛和悔！世界上很多东西，往往在失去之后才知道她的珍贵，而有些东西是失去后永远也追寻不回来的……我现在很少回童年居住过的地方，很少踏上母亲曾生活过的地方，也许是在极力回避、掩饰心中的那份思与痛！

我常想：如果母亲现在还活着，我可以为她做一顿可口的饭菜；我可以将她接到身边为她端杯茶水；我可以带她外出旅游，让她多看看外面的世界；我可以放下身边、手头的工作多陪陪她……可是，当这一切条件都具备了的时候，母亲却又不在了。人，这一辈子，总是在得与失、苦与甜之间徘徊、挣扎。

当母亲还健在时，我们一定要珍惜和母亲在一起的朝朝暮暮、点点滴滴。

文章最后，请允许我用老舍先生的一句话作为结尾："失去了慈母，便像花儿插在瓶里，虽然还有色有香，却失去了根。"

体　检

　　每每坐到电脑前，打开电脑，总有一行醒目的大字跳入我的眼帘："你的电脑该体检了！"

　　是啊。电脑都要体检，更何况人哩？

　　我不禁想起了三年前体检的那次经历……

——引子

　　由于经常受肠胃功能紊乱的侵扰和袭击，故在 2010 年那年暑假，我走进了常州医院做全面体检。

　　记得几年前在外省电视台工作时，由于工作的压力、劳碌、奔波，肠胃也有不适之感，我也走进过西南最大的华西医院进行体检。那次我身体的每个部位都查了，均是正常的，但唯独留下肠胃不敢检查，因我害怕做胃肠镜。听说做胃肠镜是一件非常痛苦难忍的事！那次华西医院的老专家如此诚恳地奉劝我，说我哪儿都查了，何不将胃肠镜也做了呢？可我最终还是没能下得了决心，没能战胜"害怕"二字。

几年过去了，对做胃肠镜的恐惧心理仍在困扰着我，就如同我小时候怕风那样，甚至更甚。记得小时候每次刮大风，我总是跟随在母亲身旁，跟随着母亲将大门关好，插上门闩，再用长凳抵住大门，母亲嘴里并不停地念叨："菩萨保佑，风停停吧。"或是连咳嗽三声，每每此时，我总躲在母亲身后忐忑不安地听着、看着。说也怪，有时大风在母亲的咳嗽声中还真是越来越小了。有次母亲外出走亲戚，我自己在家。下午突然狂风大作，黑压压的乌云如咆哮的野马飞奔而来，正当我吓得不知所措，学着母亲那样去关大门，插门闩时，老远就听到了母亲亲切的呼唤声。母亲一边奔跑，一边喊叫着我的名字。母亲知道我怕风，一看到天气骤变就急忙往回赶。听到母亲的呼喊，我的泪泉"哗"一下冲开了。懂我、疼我、爱我者是母亲啊！

这几年来，惧怕做胃肠镜检查，那"害怕"二字，就像一堵阴森森的墙，横亘在我的面前，压在我的心头，使我无法跨越这一步！我也恨自己，恨自己这么些年来大风大浪都经历了，大江大河都涉足了，怎就被个做胃肠镜而难住了呢？

我明明知道："身体是一个人必须携带的行李，行李超重越多，旅程越短。"我也清楚："智者要事业不忘健康，愚者只顾赶路而不顾一切。"而我就是那个愚蠢的后者！不记得是谁说过："你有一万种功能，你可以征服世界，甚至改变人种，你没有健康，只能是空谈！"

要健康，要生活的质量！

我鼓起勇气，收拾了衣物，提着小皮箱，踏上体检的路。

消化内科主任医师热情地给我做了安排，包括床位。

刚住进去的那天晚上，我怎么也无法入眠，一是环境的改变，二是心头的顾虑，想象着做胃肠镜时的各种可怕镜头。

夜，在我的辗转反侧中骤然深了。忽然，隔壁抢救室传来几阵小女子凄厉的哭声。哭声时断时续，颤抖悲怆，残酷地撕碎着夜的沉寂。偶听有人叽叽喳喳，说是一位年龄还不算大的男士因病提前去了，亲情和现代的医疗技术没能留住他，他急匆匆地赶向了另一个天地。

我的检查，主任安排得较紧凑，第一天就安排了很多项目，结果都正常。做胃肠镜，是一项最大的任务和工程。行胃肠镜的前两天，医生就嘱我只能吃些流食、软食，便于清洗肠道。

行胃肠镜的头天下午，准确地说是傍晚时分，护士给第二天需做胃肠镜的人每人送来一只大罐，里面盛有 1.5 斤水，让在一小时内喝完，听说以前行胃肠镜要喝 3 斤水，现在已减少了一半。当然，送来的不光光是白开水，里面加了磷酸钠盐口服溶液，因而，喝起来很难进口。药水喝完，随即还要喝下半小瓶西甲硅油乳剂。病房里的床头柜上和走廊加床旁的椅凳上都放着这只白色的大罐，猛一看，倒形成了一道奇特难言的风景！我边喝边踱着步，瞧着这些喝着同一种药水的人，一个个紧皱着眉头，慢慢吞咽着。有的捧着胃，有的坐立不安，有的来回走动，有的低头不语，有的似吐非吐，有的……

二十分钟左右，喝下去的药水有了反应，卫生间开始忙碌了起来。有病房的还好，就在房间内可以解决，那些住在走廊过道加床上的人可就没那么幸运和方便了。只见走廊过道里的人穿梭不停，一个个急匆匆地奔往同一个方向——公共厕所。突然，一个男士边跑边打招呼冲进了我们的房间，说是过道的厕所人太多借用一下我们房间。第二天清晨这样的程序和过程还要重复地进行一遍才能行胃肠镜。不知怎的，清晨我喝的药水胃无法承受、无法保留地全部喷吐而出，几次找专家医师寻求答案，只有先补充两杯盐开水，如不行再重新加喝 1.5 斤放有磷酸钠盐口服溶液的水。万幸！好在最后补充的两杯盐开水起了作用。

行胃肠镜的当天上午，女儿、侄女在肠镜室外等候着。那一刻，不知为何，我心底仿佛隐隐升起一股莫名的情绪，我似乎明白了什么。这么些年来，我不顾一切地奔波、跋涉。成功也罢，失败也罢；快乐也罢，忧伤也罢。似乎在我充实、沸腾的生活背后忽略了、缺失了什么，缺失了一份也许是其他物质都无法代替的某种精神支撑？而这恰恰又是我多年来极力回避、也无暇顾及，甚至拒绝接受的。

时间，在我的等待、担心、胆怯和期盼中悄悄流逝。一个星期检查下来，结果还是值得庆幸！只是肠胃功能紊乱和浅表性胃炎，打打点滴消消炎就好。女儿因工作繁忙，陪伴我三天，我做完胃肠镜后无大碍，她便带着小外甥顶着四十度的高温回去了，我顿感心头一阵酸楚！孤独的人生，孤独的吊瓶，孤独的我！但想想自己曾身挑一肩明月，怀拥一缕朝霞，脚踏铺满星辰的小路，奔波、穿梭在城市的大街小巷，为寻找拍摄素材只身穿行在偏远的乡村；曾不知疲惫地乘坐几天几夜的汽车，为等候抓拍一个画面，奔驰在无边无际的茫茫高原；曾不顾感冒发烧近四十度的身体，第二天一早仍毅然走上高等院校的讲台……今天肠胃有些不适，又能算得了什么?!

静静地躺在病床上，一手挂着吊针，一手翻阅着手机短信，欣赏着中国摄协手机报中撼动人心的画幅。自从成为常州作家协会会员后，也常收到文联领导亲切的问候和友好的提醒及通知等。另有亲戚、学生、同事、远方朋友的问候，这无疑给我带来一份莫大的慰藉！目睹着身子上方悬吊的输液瓶，瞅着液体一滴、一滴，缓缓地流进我的身体。忽然，吊瓶下方莫非氏管中的一幅胜景牵引了我的视线：从吊瓶里滴下的液体，一滴跟着一滴，一滴连着一滴。前面的刚落下，后面的紧接着又下来了，它们经过中间酷似鱼肚泡的莫非氏管，再流入到人的血管中。每滴下的一滴液体，与原有的液体碰撞，溅起的水花，如同河水草丛中一条条欢快的小鱼儿，蹦跳、弹起，又迅速地游往、窜向前方。它们欢快、活泼、轻盈、灵动。有时，它们又重叠、并行、结伴而来；有时，它们又各自弹跳、起舞，然而"噔"一下钻到另一处。当我正目不转睛寻找时，另几条小鱼儿又顽皮地昂起小脑袋窜上来了，好神奇的景致！它们在这样狭小的空间里，在这样短暂停留的片刻，都能这样如此愉快地生活，寻找着最适合自己的生存方式，体验着另一种生活的乐趣。有时点滴流得快了，似有无数条小鱼儿成群结队地相伴而来，一会儿翩翩起舞，一会儿穿梭不定。你看它们时而亲密相拥，时而欢快雀跃，好不欢畅！它们是那样晶莹剔透、乐观豁达、神采奕奕！根本让人感觉不出它们是诞生于痛苦中，挣扎于狭小的空间里。它们将短暂的生命里最绚丽精彩的一幕，毫无保留地奉献给了病人，给病人带来健康、希望和幸福的同时，肯定着存在的价值和变幻着生活的格调，这给我们留下多么美妙的遐想和深刻的启迪哟！

人生，也许就是如同行胃肠镜，要走过曲径，绕过大拐弯、小拐弯，忍受疼痛和难耐，才能到达宽广、顺畅和笔直……

写罢搁笔，又到夜阑人静时。窗外，不知何时下起了小雨。又是一年秋雨梧桐叶落时。俯身浏览工作安排：明日有拍摄；采风回来的作品需要整理；北京那边的影展作品要挑选发送……

不知何时，我才能停下奔波的脚步……

雨中遐思

有人说，秋天是收获的季节；

有人说，秋天是愁绪满肠的季节；

有人说，秋风秋雨，更是让人思绪缠绵不断的季节！

窗外柔柔的秋雨若有若无地飘着，仿佛是一个无法述说的故事，有了开头，却无法预测结尾，使人又增添了一份深深的惆怅。秋风秋雨时，最是秋思时……

初秋的傍晚，雨，淅淅沥沥地下着。它顽强而又固执地牵扯着我的情思，一刻都无法放松。从小就爱雨、痴雨的我又拿起了红色雨伞下了楼。穿越楼旁的别墅群，踏上这条环城河畔的休闲长廊。不经意间，风临左岸休闲坊已矗立在眼前。啊！"风临左岸！"据说"左岸"一词出自法国。塞纳河将巴黎市分为左右两岸。"左岸"是中文中一个新的流行语，具有浓厚的文化或意识形态意味。提起"左岸",人们就仿佛想到了一些气氛或背景:如诗歌、哲学、贵族化、艺术、清淡、文化,等等。想必给休闲坊起"风临左岸"名的人肯定有一定的文化修养和品位,否则怎会想出如此雅致的名呢!我欲进去打听个究竟,可唯恐惊扰了休闲坊内那头有说有笑品茶的一对小情人,我欲步又止!

沐浴在绵绵雨幕中,情感却一时无法寄守。我用湿漉漉的脚丈量着脚下的路。哦!秋风、秋雨,风雨人生……不记得是谁说过:人生是多么需要秋雨那种柔韧、沉着、冷静的个性。如果多一点秋雨的缠绵,多一点沉着、柔韧与冷静,那我们的人生将会平添多少欢乐和开怀哟!

穿过木板长廊,伫立环城小河的雨亭,被眼前的一幅画震惊了:

霏霏的雨幕中,伫立水中的雨亭里,一对情侣相拥而立。他们似一个雕像,静静地立着,一动不动。似在眺望远方,似陷入了甜美的遐思……多温馨的画幅啊!她撼动着我的心魄!那女孩上半身斜倾、依靠在男孩的左胸前,男孩右手为她撑起那把雨中的伞,左手托拥着女孩的腰肢。眼前,是一片迷蒙的雨帘。河的对岸,有几盏微弱的灯火在不停地闪烁,它们似在眨巴着神秘的眼睛,仿佛在默默祝福这一对恩爱的恋人!我后悔自己摄像机和照相机没带在身边,否则可以留下这永恒的一幕!那是一幅怎样动情感人的画面啊!迷人飘逸的江南秋雨,让人缠绵悱恻的秋雨，还有这难得的画面！都一一定格在我的眼前和心幕上。我想起了自己的人生，多年来，无论走到哪儿都是一个肩上担着风，一个肩上担着雨，风雨一肩挑！无论跋涉在大漠，还是奔波在西南大都市，抑或是现在前行在家乡龙城的怀抱……当然，我也感谢这种生活。是它，让我学会了坚定和执着！是它，让我学会了自强和自立！更是它，让我学会了独处和静处！

我呆呆地立在那儿许久、许久，不想、不忍离开，唯恐丢失了眼前的那幅画、那幅景……这么些年来，我不就是缺失了这样一位能在风雨中为之撑起那把伞的人么？可这又是我多年来拒绝、回避的呀！

我看似情路上一朵雨打的玫瑰，在秋的季节里飘零。但我携秋风相伴而行，邀秋雨互诉衷肠：

我真的无须化作白云乘风去追寻？

我真的无须穿越时空的隧道与之海誓山盟。

突兀，雨儿入怀，轻轻呢喃，邀我穿越雨幕，奔向诗的远方……

又见杨柳青

今日大喜！我又见到了久别重逢的杨柳青！

连续几天的奔波和拍摄，回到家中，首先打开了电脑，意欲放松、舒缓一下疲惫的身心。我打开我的个人文集。突然电脑桌面上同时跳出"顾凡个人空间"字样，我无意中点开，啊！那全是我曾发表在杨柳青文学网的文章！难道杨柳青文学网可以打开了？我怀着疑惑的心情将鼠标速速移到百度，急速敲击着键盘。呀！杨柳青文学网果真可以顺利地打开了！我兴奋！我激动！我惊喜交集！我情感难抑！我竟然热泪盈眶……

殊不知，从今年7月初以来，不知是何故，我们这儿的网络就无法打开杨柳青文学网了，虽然也才几个月，但仿佛过了几个世纪！

"衣带渐宽终不悔，为伊消得人憔悴！"在见不到杨柳青的几个月中，我无数次奔波、穿梭于同学、学生、工作室的电脑之间，可最终还是没能打开，我也通过 QQ 咨询过野老老师和红妆老师。那些日子，我有种寝食不安之感！

我不会忘记：在我人生道路中最迷惘的那段岁月，我叩响了杨柳青的大门。老师们的热情、真挚和呵护温暖着我这颗孤独创伤的心！虽然二十几年前我就在全国各报纸杂志发表作品，可此次是我走进网络媒体的第一站！此后我才在江山文学网、八斗文学网、中国作家网等发表作品。老师们悉心的指点、鼓励和赐教令我深深难忘！在见不到杨柳青的日子里，我无时无刻不在惦念和记挂着她！我常常梦回杨柳青，见到了虽未曾谋面却又似曾相识的老师，体会、感受着他们从点滴评语中透露出的那份浓浓关怀！那份对文学崇尚、执着的追求和对编辑工作兢兢业业、任劳任怨、孜孜不倦的敬业精神！这些都深深地感染着我！吸引着我！

记得我当时发去的第一篇散文稿《寻觅遗失的白杨花》，就是红妆主编编审的，那时给了我多大的激励哟！后来，又得到野老老师、晗夫老师、阿毛、文璘、风中华尔兹等诸多老师最真诚的鼓舞和赐教！那段岁月中，除了繁忙的工作，杨柳青成了我生活中最大的精神支柱和动力！今日又得一见，岂不喜之！悦之！我当倍加珍爱！

我迫不及待地打开，急切地寻找曾经的老师、编辑、文友……一时竟忘了吃晚饭，桌上的饭菜全凉了！

啊！杨柳青！我挚爱的纯净的文学网站！

打开杨柳青，虽然已是一年岁末时，浓浓的寒意在窗外徘徊、驻足，绵绵的冬雨不断地扑打着窗棂，发出噼里啪啦的响声。可我的胸中、我的周身、我的眼前却是一片明媚的春色！暖风习习，杨柳依依！一股股淡淡的清香扑面而至……我曾耕种过的园地呈现出诱人的景象：精品栏、美文欣赏、短篇阅读；散文、诗歌、小说……那一个个熟悉的耕种人，都向我展示着丰收的喜悦和辉煌！

我深情地、屏息凝视地品读着、欣赏着，贪婪地吮吸着杨柳青的甘露。不知不觉中，我已经醉了，醉倒在了杨柳青青的怀抱……

顾锁英原创摄影作品《万条垂下绿丝绦》

我的梦中没有雨

奇怪，如此喜雨、爱雨、痴雨的我，然，我的梦中却没有雨！

记得身居大漠时，由于那儿高原缺氧，雨水稀少，我渴盼下雨的那份心切犹如儿时盼望过年，又如盼望久别的亲人重逢。每次回江南故里探亲，只要下雨，我必是立于雨中，撑起雨伞，任凭雨水敲打伞面。沐浴在雨幕中，听着雨水撞击伞面发出的噼啪声，看着雨水顺着伞的四周边沿往下滑，那干净、利落、透明、轻盈、灵动的身影，点点滴滴都会叩动我这颗干涸的心！有时，我又会搬来一只小椅，独坐于自家门前的石板小巷，躲在伞面下，弓腰窥视巷里进出的行人和井边淘米、洗菜，来往穿梭、忙碌的人们。有时我又会穿上雨鞋，走向泥泞的路面，任脚在雨水与稀泥中踩得啪啦啪啦作响，那是一种怎样的尽兴和愉悦、舒畅啊！

如今，我回到了南方，可以肆无忌惮地、尽情地享受雨水的滋润！

近几日来，南方连续阴雨，整个江南全笼罩在雨幕中。像雾似的雨，像雨似的雾，<u>丝丝缕缕</u>，仿佛待嫁新娘的泪滴，缠绵不断！雨，又是细细的，如银丝，如牛毛，密密地斜织着，润湿了大地，也润湿了我的心。雨水虽是冷冷的，我的工作虽是忙碌的，稍有空暇，我又不经意地走进了雨幕，漫步到平时人们散步、休闲的滨河广场。依傍着广场的就是一条流水潺潺、波光粼粼的环城小河。近听雨声，淅淅沥沥；远看雨景，迷迷茫茫。身旁，柳如烟丝，在风雨中微微拂动着柔软的腰肢，发出沙沙的响声，仿佛在悄悄抗议今春为何还没给她们穿上绿色的衣衫。脚下，不知名的小草也在窃窃私语，倾诉着心头的委屈，埋怨着"春日迟迟，卉木萋萋"；远处的一切景物，更是一片朦胧。

三月，本早该是"沾衣欲湿杏花雨，吹面不寒杨柳风"的季节了。而今日，风，还是那样寒；雨，仍是那样冷。难道"春风知别苦，不遣柳条青"吗？

伫立雨中，忆起曾伤痕累累的那段岁月，雨，成了我心中唯一的知己和安慰。那时，我租住在一间小屋，简单的书桌临窗而立。我常独坐红色旅游椅中打理自己的思绪。一日深夜，雨姗姗来迟。先是猛烈地拍打着我的窗，然又轻轻叩响着我的门。看到室内孤灯下的我，她在窗外驻足停留，眼巴巴地看着我独自伤心落泪，几欲冲进我的小屋。那时虽是初冬时节，雨已很冷，可我却觉着她是暖暖的。我轻轻拉开一扇窗，任她抚着我的身，任她抚着我的发，任她舔着我的脸，许久、许久……微弱的灯光下，我满面流淌着的，是雨还是泪？

这么些年来，她不知陪伴我度过多少个不眠之夜啊！有时我在伏案创作时，她总是悄悄地趴在我的窗前痴痴地守候，时而拍打一下，时而敲击一下，时而静静地注视，时而又弹跳不定，时而又默默地隐退进漆黑的苍穹……记不清有多少个夜晚，我从噩梦中惊醒，听到窗外的雨声，我又安然入睡。

至今，我对雨仍是钟爱不愈！但时光飞转，不同的是，最疼爱我的母亲不在了，我也单身了。吾的心，注定要漂泊？可为何连我痴爱着的雨都久久不能入梦哩？

此刻，我义无反顾地甩开雨伞，静静地立于天地之间，任雨打湿我的长发，任雨打湿我的全身，任雨打湿我的心境！

我又展开双臂，仰起面庞，再一次拥托起雨帘，绕周身一圈，或将雨帘折叠成外衣，轻轻披裹在肩头。我将带着她走进我的小屋，走进我的心灵，走进我生活的世界！如此这般，今夜难道你还不能入梦吗？

我，期待着。

拾起，童年那一串脚印

深冬季节，因回故里祭奠母亲，我又踏上了通往家乡那条童年的路。

上午一切祭奠活动结束后，趁着赶车前的那段空隙，我背起了相机，扛着摄像机，在亲戚的陪同下，重踏几十年前曾洒下我无数足迹的石板小径。

记忆中，童年的路是一条青石板小路，而且只有一条，并不十分平整，有些石块已被脚掌摩擦得溜光锃亮，它一直通往小学。现在，随着家乡经济和交通的发展，又新修了一条水泥路，较老路宽、长、平坦，因而，也就很少有人再走老路了。

我一路跟着亲戚走，脑海中那条通往小学的路时不时在我的眼前浮现。亲戚因几十年一直生活、工作在家乡周边城市，常涉足这片土地。在她的带领下，我们绕过一条后街，直奔那条布满我童年足迹的老路。

　　这条老路在东街的中央，向前左拐一直延伸至小学。东街是我们当年那个镇上的主要街道，虽然它曲折，并不宽敞，细肠儿一般，可街两边小商铺林立：有杂货店、理发店、缝纫店、百货店，等等。我们那时买学习用品就是在百货店买。店主是老夫妻俩，男的常常站在柜台里，女的搬一张小凳坐在木板店门外的石阶上，穿一身青蓝色的衣服，显得特别干净整洁。还有卖卤豆腐干的、卖咸螺蛳的等，都依次排列在店外石阶的下一层。街的尽头，时不时传来小货郎的叫卖声。

　　途经东街，有时经不住那满街飘荡的茴香味的诱惑，饥肠咕噜时，真有垂涎三尺之感。偶尔放了学，我和姐姐也会将买学习用品积攒下来的钱买一盅咸螺蛳，两人分别用树上长的刺针挑着吃，她一个，我一个。抑或是买一块卤豆腐干，姐姐一半我一半，很香很香。长大后，我几乎再也没吃到那样的咸螺蛳和卤豆腐干了，那是现在的鸡鸭鱼肉都无法比拟的！

　　踏上东街左拐通往小学的老路，那是我童年每天来来回回的必经之路。那一条石板小径虽然还保留着原样，可经历几十年风雨的侵蚀，一块块石板已像一位位不堪重负的老人，已不再年轻、挺立和完整，它已虔诚地趴下，并深深地扎进泥土里，有的只冒出一个光秃秃的脑袋，有的也只残存某一小部分躯体……就是在这样一条很不起眼的小径上，不知布满我多少童年的脚印！

那些脚印虽然是歪歪扭扭的、深浅不一的，但她一定是坚实的！她给了我无尽的力量！奠定了我走上社会，在人生之旅上前行的方向和目标！给了我挑战命运，战胜一切困难和坎坷的勇气与韧劲！

常有人说，童年的生活是欢乐的海洋。我的童年有过灿烂，也有过灰暗；有过愉悦，也有过苦涩。我六七岁时，父亲就因病丢下母亲和我们姊妹几个永远地走了。母亲将所有的爱倾注到我们身上，并不惜一切代价送我们上学，抚养我们长大成人。我们小小年纪也就懂事了，懂得母亲拉扯我们长大的不易和艰辛，因而我们在生活上都很节俭。那时，我一般写字本都要反复用上两次。第一次用完了，用橡皮擦去铅笔字再用。一支铅笔用短了，手无法握住，我就找一个老年人抽烟的烟筒套上再用。尽管这样，每学期每学年我们总能捧回全班乃至全年级最优异的成绩单。十几年的读书生涯中，我从一年级开始，均担任班里的班长一职并担任学校的学生会干部……我遗留在童年这条小路上的脚印有重、有轻、有深、有浅。也许，就是那些不起眼的脚印默默地激励着我在漫漫人生的长河中不停息地跋涉；也许，就是那些洒落在故乡小径上的童年的脚印，潜意识里追随着我为我撑起了走南闯北远行的风帆……我不会错过此次机会，我蹲下，轻轻拂去覆盖在小径上岁月的浮尘，慢慢掀开年轮的幕帘，啊！那一串串仍排列整齐、前后交错有致、有轻有重、深浅不一的脚印是如此清晰地呈现、跳跃在我的眼前！这，不就是尘封在我心底，尘封在我心灵深处那串童年的脚印么？这，不就是我遗失在故乡的小径上，无论岁月怎样流逝、冲刷，都无法抹去的童年的脚印么？我再也按捺不住心中的激动和狂喜，我俯身弯腰，小心翼翼地又急不可待地一股脑儿将她们拾起，紧紧地、紧紧地拥揽在胸前，珍爱怜惜地将她们全部装进了我的心房。

在丁字形的老街右侧拐弯处是一个坡度较陡的石板码头，码头上有位中年妇女正在刷洗着拖把。看见我们的到来，好奇的目光紧紧盯着不愿移开。风雨飘摇几十年了，这座码头竟然还在！她不知盛载了多少岁月的沧桑，或斑驳、或缺损、或褪色、或石板长满深绿色的青苔，可她毕竟是实实在在地存在着！无论世事怎样变迁，无论岁月怎样流逝，她都不卑不亢，不离不弃，稳稳地依傍在老街的一侧，不虚度，不动摇，仍旧在展现着她最美的风采，给街民带来便利的同时肯定着自己的存在和价值！我不禁感叹！我慢慢撩起沉淀在石阶上岁月的风尘，探头仔细向里一瞧：啊！那一串串、一簇簇，重重叠叠、密密麻麻的脚印布满了石阶的上上下下！记得那时候，我和姐姐放了学做完作业，姐姐做晚饭时到河边淘米，我会随后跟着。看到姐姐将淘米箩没进水里，一群小鱼儿拥挤过来抢吃浮起的米糠，我就兴奋地叫起来。随着姐姐的手将淘米箩慢慢往上提，无法逃脱，贪食的小鱼儿就被淘米箩网住。它们在米箩中翻腾、跳跃、挣扎，试图挣脱出米笋。看着那青色的脊背，泛着白色的饱饱的小肚皮，我又不忍心将它们带回。每每这时，我总轻轻将它们放生，让它们回到水里，回到它们的天地，让它们自由自在地游弋、生活。

有人说，回忆是一炷檀香，在你不经意间点燃，无声无息地燃烧。我则说，回忆有时如一枚疯狂的箭，时不时地刺挑着你的神经！那些看起来已经远逝的往事，会防不胜防地侵袭你的身心！我立于回忆的海边，追随着童年的足迹，更是敞开我携带的所有行囊，不知疲惫地，将遗留在故乡的老街、遗留在童年的小径和这座码头上，饱含着既欢快又苦涩，既轻松又沉重的童年的脚印统统拾起。我会将她们全部带回我的住处，带进我的生活。在阳光明媚的午后，用追寻、回味和思念，搓一根长长的丝线，将她们一一穿起，悬挂在我洁白宽敞的心幕上……

哦！童年的脚印！

童年的脚印是一串穿起的铃铛，只要你轻轻触碰，她就会发出清脆悦耳的响声；童年的脚印是一幅深沉厚重的油画，只要你慢慢展开，细细观赏，她就更韵味绵长；童年的脚印又如一坛醇香的老酒，只要你拧开盖儿，她就会芳香四溢，喝一口，她定会将你撂倒！此刻，我不就是醉了吗？我醉倒在故乡的小径上，醉倒在童年的脚印旁……

家

跋涉久了，漂泊久了，心很累。确实想有个家，哪怕只是自己一个人的家。

——题记

2012 年的炎炎夏日，我终于实现了自己多年的愿望，拥有了真正意义上完全属于自己的家。

有人说：家是男人的女人，女人的另一半；

有人说：家是如伞的大树，遮挡酷夏的骄阳；

我则说：家是港湾，是一个人安放心灵的地方……

我的家坐落在故乡风景秀丽的环城河畔。走上阳台，极目远眺：S 形的长廊、Z 字形的木板小桥、大盖帽式的观望台、网球场、体育馆……一切尽收眼底！微风吹来，清澈的河水碧波荡漾，岸边的垂柳虽已褪去了绿色的衣衫，恰似少女刚拉洗烫染过的长发，直直地垂挂着。河的一侧，一座圆锥形的风雨亭如一位久经考验的成熟男士，散发出咄咄逼人的气度，不断吸引着漫步的行人走近他的身边稍做小憩。偶有捕鱼的小船划过河面，留下一道道长长的水纹，一波赶着一波……

我的家虽然不够宽敞，只有两室一厅一厨一卫，看上去稍稍拥挤了些。家中也没有豪华的装修，没有别致昂贵的家具，可它却是我的乐园，我的天地！我的世界！是我奔波、奋斗了几十载用汗水和毅力凝聚成的结晶！

走进我的家，一种温馨扑面而至。打开不锈钢防盗门，呈现眼前的是一间橘黄色的小客厅，淡粉色的壁纸有些褪色但不失洁净。客厅右边是一张用餐的小四方桌。桌子右边靠墙一边摆放着我的两幅水墨国画，名曰《春雨濛濛》《劲节》。两幅均为水墨竹，用玻璃镜框做了简单的装裱。透过画面，给人一种"雨洗娟娟净，风吹细细香"之感。仔细品读着画面：春风拂面，细雨霏霏，浓浓的春意和柔柔的雨雾融合、交织、荡漾、飘洒、弥漫在整个小客厅……一间大的卧室，摆放了一张 1.5 米的床。床的左侧是一张书桌兼写字台，书桌上堆满了我从千里之外托运回来的书籍。排列的书上又搁置了我的另一幅水墨国画，名曰《清风》。平静的水面上，一叶硕大的荷叶舒展地平躺在水面，"灼灼荷花瑞，亭亭出水中"！

另一间卧室我则将它用作画室。两个画架前后排列着，画架上是未完成的水粉画，画架下摆满了各种颜料：用过的、未用完的、没开启的，重重叠叠地摆放着。靠墙一边是一张画桌，上面亦是堆满了画纸、美术书籍和笔筒。画室的右墙边是一个储藏室，里面放满了跟随着我四处奔波、迁徙的小皮箱，皮箱内装的均是我发表的摄影、美术、文学作品及各种获奖证书等。每每步入这间小画室，我就有种说不出的愉悦，这是我多年的期盼啊！

　　一天的拍摄工作完毕，我便迫不及待赶回家。翻看着自己的影集、画册和那些曾发表在全国各地报纸杂志上的摄影、美术、文学作品。那是一种人生的享受！也是一种精神的升华！那上面记录着我曾走过的点点滴滴……

　　闲暇时，我会将小屋收拾得干干净净，一尘不染！打开电脑，倾听着格格深情演唱的《梦回草原》之歌，任思绪随着歌声如脱缰的野马奔驰、飞扬。那份惬意、满足；那份畅快、安慰，常令我不自觉地流下感喟的热泪！那一刻，还有什么语言能够述说？

　　记得以前每次回来探亲，我都是住在侄子家。最近几年来来往往，最多的时候我有六处住所，也是所谓的"家"：侄子家、女儿家、哥哥家、现单位、基地、租住的。我的日用品到处放的是，给生活带来极大的不便。我常独自徘徊在故乡的环城河畔，沐浴着漫天的彩霞，任晚风吹乱我的长发，我心绪如麻！曾为自己的定居城市踌躇不前，曾转租几处住所。难以忘怀的是：租住在画廊二楼时，由于二楼宿舍只有一扇通往外界的窗，室内空气无法对流，夜晚空气闷热，我常整夜无法入眠。秋来时，望着窗外的秋风、秋雨，我愁绪满肠。在我人生的秋天和季节的秋天同时到来之际，我感慨万千！虽是故乡人，却成故乡客！回到故乡，我没有自己的房子，没有家，为此，我写下了《问秋》（外二首）诗歌以表达我那时的心境。后转租到一家私房别墅的一楼，可我租的这间单间大门是朝着路口的。每到夜深人静时，门外或路上稍有风吹草动，就仿佛发生在我的屋内我的床头。有时马路对面大院的狗吠、猫寻春到处爬动吼叫跳跃追寻不定时，常搅得我通宵不寐！有时为完成一篇稿子睡晚了，这样的夜晚就更觉难熬！

每当听到潘美辰的歌"我想有个家，一个不需要华丽的地方，在我疲惫时，我会想到它。我想有个家，一个不需要多大的地方，在我受惊吓时，我才不会害怕。谁不会想要家，可就是有人没有它，脸上流着泪，只能自己擦"的时候……我渴盼拥有一个自己的家的那种感觉就更强烈了！

我的家在何方？哪里才有我的家？

我徘徊、我迷茫：我的家究竟在何方？柴达木？那里曾有过我的家，我的小屋，我的事业，我的工作，我的跋涉，我的奋斗！可我们这些来自全国各地的奉献者终究都会离开那儿，回到自己的故乡；蜀都？西南大都市。那里也曾有过我的家，我的拼搏、我沸腾的生活和工作；基地？那里也有我的家，我曾跟单位基地要了两间宿舍，我将在柴达木深处用过的东西托运去了一半；龙城？这是我出生的地方，是我曾梦魂牵绕的故乡啊！

记得宋代诗人李觏曾用"人言落日是天涯，望极天涯不见家。已恨碧山相阻隔，碧山还被暮云遮"的诗句来描写落日黄昏，百鸟归巢，群鸦返林，远在他乡的游子滋生的浓郁乡思之愁。如今，我虽然回到了故乡，可面对自己无房、无家的境地，借用此诗来形容自己此刻迫切盼望有房有家的那份心情，虽然与此诗作者描写的渴盼目的不同，可我的那份心切更甚！女作家张抗抗也曾写过一篇《故乡在远方》的散文。那种感情的纠结，那种对故乡的确认！那种寻觅心灵故乡的呼唤！她最终还是确定："我的故乡在远方……"我也曾无数次反问自己：难道我的家也在远方么？

漂泊、奔波、动荡的生活让我尝遍颠簸之苦！那时候，我常常一人踏着夜的小径，伫立于河畔的住宅楼群旁，目睹一扇扇闪动着橘黄色灯火的温馨的窗，心中涌动起酸楚的泪……我像秋天里一片凋零的叶，随风飘荡、盘旋，寻找着归宿！想想自己跋涉、奔波了几十载，人到中年了还没有个固定的住所，没有属于自己的家。何年、何月、何日，在故乡这座城市，才会有一扇属于自己的窗？为了这个心中的希冀，我曾身兼数职：在外省电视台工作时，我除了每月超额完成采访任务，还利用周六下午的休息时间走上美术培训班的讲台；在某高等院校任教时，每逢双休节假日，我不是回到自己的宿舍或临时的住所休息、调整，而是扛上了摄像机、端起了照相机赶向一个个拍摄点……这么些年来，我就是凭着一种执着、一股韧劲，走过风雨，蹚过溪流，穿越群山，如荒漠中一峰虔诚的骆驼，无怨无悔地默默前行着……殊不知，很多年来，我作为一个女人，女人该享受的生活我几乎从未享受过！每天除了工作还是工作，除了奔波还是奔波！因为我心中有个目标：我立誓不靠任何外来支援，只靠自己个人的努力和力量亲手为自己建造一个家！

不经历风雨，怎能见到彩虹？

岁月，将逝去的一切碾碎、打磨、粘贴、重新组合，纷纷飘落成亲切美好的回忆！珍藏起曾经的点点滴滴，拥托起曾伤痛流浪的心，向着天边的彩霞，我无怨无悔地大吼一声：我终于有家了！

情归何处

从朱立凤老师家中走出时，已是华灯初上。

汽车穿行在宽敞的街道，淹没在车水马龙、彩灯闪烁的迷人夜色中。我的眼前却始终浮现朱立凤老师那并不高大，却很坚韧的身影。她伟大的人格魅力和那一腔博大的奉献情怀激荡在我的心中……

和朱立凤老师相识，纯属偶然。

那年，我走出省电视台在一所高等艺校任教，业余时间在校外创办了自己的影视工作室。凡是双休日和节假日我都应邀参加外单位的拍摄。有一次我乘坐的车子驾驶员也是一位摄影爱好者，他和朱立凤老师很熟。他看到我是那样如痴如醉地热爱着摄影、摄像艺术，给我介绍了常州地区有名的爱心人士朱立凤老师。

虽然我们有了联系，可由于大家都在忙碌，却一直无暇见面。我几次和朱老师相约，都由于她当时身体不适未能谋面。但是，凡中国摄协、女摄协和常州地区有影讯、影展、采风、活动等，或她自己发表了作品出了书，她都要邮寄给我。多年中，我就是这样分享着她的精神力量……

朱立凤老师，从一位女企业家到摄影家，再到一位受人尊敬爱戴的"兵妈妈、朱妈妈"。她用她几十年坚韧不拔的品性、用她几十年的奉献情怀，谱写着精彩动人的诗篇！

她是全国双拥模范，荣获江苏省"十佳母亲"、江苏"三八红旗手标兵"、江苏"最美拥军人物"等称号。

有一次，我接到她的通知，在常州刘海粟美术馆举办她的个人影展。那天我下了早读课后又安排好了班里的工作赶往影展场地时，影展开幕式刚刚结束，遗憾未能和朱老师碰面。朱老师被很多摄影界老师和崇拜者簇拥着走下台时，我触碰到了她一个转身的背影。一个转身、一个背影，如此坚定、从容的步伐！透露出她的个性、她的事业、她的所作所为和她的成功！

这次由于和武汉电视台原编导江女士相约，我们曾是中央文化管理干部学院第一批中国女摄影家高级研修班的学员、同学，她当时是我们班组的组长，她来无锡出差，也要在常州下车看望朱立凤老师。朱立凤老师提前详细地告诉了我们住址，并和中国女摄影家协会的常州会员早已驱车等候在住家不远处的小桥下。

我们相拥不忍松开。那一刻，我的眼睛湿润了。这就是我朝思暮想、热切盼望见面的最崇敬的朱老师！朱妈妈！

朱老师家墙上挂的、贴的，桌子上摆的、叠放着的全是边防战士们的合影和她去部队慰问战士们的相关活动剪影……

正当我还在欣赏墙上悬挂着的巨幅摄影画卷时，一碗热气腾腾的荷包鸡蛋米酒汤端到了我的面前！我感动得不知所措。这是我从小到大，似乎只有在母亲跟前才能享受的待遇！

朱老师就是这样对待每个人！每位摄影家！每位战士！她自己平时生活相当节俭，省吃俭用，将积攒下来的钱，全部花在慰问边防战士那儿。她不但自己走边关，还将这份爱心传承给她的孙女。她多次带着她的孙女，一起踏上边关慰问之旅！朱立凤老师这种榜样的力量是无穷的！她这份大爱情缘，不但影响着她的家人，也感染着周边的每一个人！跟随朱老师一起同行的几位摄影师，每次只要同往边关，总也忘不了表示一份爱心……

春节前，我从长沙返回，刚下飞机，还没赶走旅途的疲劳，受朱老师之邀，参加她历经几个月的辛劳将自己的住宅房改造成的"兵站"。那里也是摄影人的俱乐部。

参观她精心为兵儿子们准备好的床铺、休息间、读书房、乒乓室等，你就可以深深感受到朱老师对兵儿子的那份厚重、深沉的爱！

"爱，是山峰，托起了火红的太阳；爱，是一盏夜幕下的路灯，照亮了行人的夜色，同时也增添了一份夜行人的信心！"2018年春节前后，朱老师在她自家新建的"兵站"一批又一批地接待、迎送着新疆官兵踏上征程……

朱立凤老师用她的情、用她几十年的经历，陪着边防战士一起走过春夏冬秋。年近花甲，仍是那样执着、那样坚守……她如一峰不知疲倦的大漠骆驼，行走在拥军爱民的途中，无论走到哪儿，都留下一串串清脆的铃声。尤其是这二十二年、十五次奔赴新疆边关的慰问中，旅途的辛劳奔波更是难以想象。她走过来了！她是我们心中的"女神""铁人"！也是边关战士最慈爱的妈妈！是我们新时代女性的骄傲！是我们女摄影人的自豪！

有关朱立凤老师这二十二年是怎样克服重重困难奔赴边疆慰问官兵战士的，又获得多少殊荣等，我就不重复多用笔墨了。因为中央电视台《国防时空》、江苏卫视、河南卫视、常州电视台、《常州日报》等多个媒体已经相继报道过。

我可以毫不夸张地说：从朱立凤老师身上流淌出来的全是正能量。她身上的每个细胞都在散发着正能量的光芒，感染着、号召着、影响着我们及她周围的人。

最近，常州杨桥古镇庆祝列入省级非遗十周年庆，她又捐款两千多元。采风刚刚结束，还未收拾起行囊，又得匆匆赶往桐乡参加"影像传千秋，光彩照后人——侯波同志追思会"。朱立凤老师也是著名"红墙摄影师"，原中国女摄影家协会侯波主席的干女儿。目前，她又在思考、计划、准备着今年走边关的事项和行程……

　　我常在想：朱立凤老师现在已不属于她个人，也不属于她的家人。她这种博大的奉献精神，已属于社会、属于大家、属于那些边防战士！

　　情归何处？朱立凤老师的言行是最好的诠释！"我是个幸运的人。我的生命中出现了摄影，结交到很多精神层面志同道合的朋友。因为摄影，我有机会走进了部队，与一茬又一茬的新疆边防战士建立了感动我心的母子情……"

　　窗外飘起了绵绵细雨，犹如朱立凤老师一腔奉献的情怀，滋润着边关大地，滋润着边关战士的心田……

顾锁英原创摄影作品《江南雨》

老兵情怀

2018 年 9 月，秋风送爽，天高云淡。就是在这样舒心怡人的季节，常州抗战老兵一行就要踏上山东之旅，受邀参加山东电视台有关《一张照片的故事》采访和录制。

这究竟是一张怎样的照片？

这是一张由国家一级摄影技师、中国摄影家协会会员，江苏省常州市 73 岁的退伍转业老兵谢才宝老师历经千辛万苦，克服重重困难，经多方打听、寻找，拍摄制作而成的包含了 121 位身经百战抗战老兵晚年光辉形象的珍贵的照片。这其中也饱含了拍摄老兵谢才宝老师和被拍摄抗战老兵一腔深深的情怀及一份无尽的大爱。这张照片曾引起过江苏多家媒体的宣传、重视和报道。此次，这张照片同样引起了山东电视台的关注和重视。

谢才宝老师不仅拍摄制作了这张照片，还自费举办了抗战老兵摄影作品展，个人出资打造爱国教育长廊。他曾九年义务"偷拍"一位"黑皮交警"，这件事也引起过不小的轰动。江苏电视台、常州电视台、《常州日报》等均多次报道。他是一位热心公益、乐于奉献、德高望重、令人敬佩的老师。

此次山东之行，谢才宝老师和照片中的常州抗战老兵代表：91 岁的夏锡生、90 岁的仲金林、93 岁的袁友庆和 97 岁高龄的徐元甫一起同行。他们不远千里，不辞辛劳，为了传承、弘扬爱国教育，欣然启程……

我有幸应邀担任此行的全程跟踪拍摄，有机会领略、感受抗战老兵身上那种岁月虽已带走了他们的青春，但铁骨依然铮铮的豪迈情怀！感受那种他们在战场上不怕抛头颅洒热血的英雄气概！

此行老兵中，虽然最大的已 97 岁高龄，最小的也有 90 岁。但他们精神矍铄，举手投足间无不充分透露出军人的气度和风采，令人敬重感佩……

在山东电视台演播大厅接受采访、录制节目的全过程中，老兵们回忆起当年和战友一起保家卫国、冲锋陷阵、视死如归的峥嵘岁月时，个个情绪饱满、语调激昂、滔滔不绝，不忍放下话筒。透过手中的镜头，我仿佛看到了，看到了他们又回到了硝烟弥漫的战场，手中的话筒如同战场上的枪支弹药，握紧的拳头始终没有松开过。他们神采飞扬、热血沸腾，直至走下采访台……

他们真切、深情、激昂的回忆、演讲，也感染着观众席上的嘉宾，阵阵热烈的掌声此起彼伏，如海浪般冲击着演播大厅，回荡在山东电视台的上空……

返回途中，他们激情未退。每每谈起，脸上总是浮现出激动、自豪的光焰。当我感动于其中一位 93 岁高龄的老兵竟是戴着心脏起搏器来参加活动、接受采访时，他们一席触动我心魄的肺腑之言更是深深地震慑着我："我们趁现在还能走动，大脑还清晰，记忆尚健全的时候，多给年轻人讲讲，让他们了解、知道今天的生活是来之不易的。希望年轻一代好好珍惜，多为祖国早日实现中国梦而做贡献……"多么朴实有分量的语言！这，就是老兵的情怀！这，就是老兵无尽的大爱和殷切的希望……

匆匆提笔，匆匆搁笔，又到夜阑人静时。我双手推开窗子，心潮起伏，感慨万千。漆黑的苍穹下，天边，那几颗时隐时现的星星虽然在逐渐隐退，却格外耀眼夺目……

追　梦

盼望着、盼望着。

激情 6 月，接省作协通联部通知：2022 年 6 月 8 日至 10 日在南大国际会议中心举办江苏省作协第四期新发展会员培训班。

一阵欣喜，竟通宵未眠。

回顾这一路走来，身后已布满密密麻麻的脚印……

为了心中的梦想，我从读小学时就酷爱写作。初中时写的作文除了学校板报刊登，又被语文老师拿到高中作文课上当范文读给学生听……工作后，我曾在穿梭、奔波于几个省份几座城市的那些年月里，无论生活、工作怎样忙碌，从未放下过手中的笔。多少个风的季节，雨的长夜，一天工作之余我伏案创作直至夜阑人静。因为我坚信：机遇总是给有梦想、有追求、有准备的人留着。只要梦还在，希望就在。不知是谁说过：梦想是盏明灯，照亮了绘梦者前行的方向；梦想是阵清风，可以吹走追梦人身上的疲惫；梦想，亦如一轮明月，她预示着吟梦者努力的未来……虽然取得的成绩是微不足道的，但，起码自己在追梦的途中努力着。

　　此次能参加江苏省作家协会第四期新发展会员培训班，是我梦寐以求的。我很珍惜每一次学习机会。我曾赶往河南奔流文学院作家研修班学习，聆听河南省作家协会副主席、河南散文学会会长王剑冰老师授课，聆听《散文选刊》主编葛一敏总编讲授如何写好一篇散文；我曾一年几次赶赴北京，趁着中国散文年会颁奖、采风的机会，参加著名作家的名家讲座、研讨，聆听中国作家协会副主席高洪波、著名作家梁晓声、军旅作家王宗仁、《人民日报》文艺部原副主任、高级编辑石英老师、鲍尔吉·原野、阿成、刘庆邦等老师的讲座……这次是在江苏自己的家乡，是在生我养我的土地上参加省作协新发展会员培训班，当感一份格外荣幸与鼓舞。

　　开班仪式由省作协联络部主任吴正峻主持，省作协党组成员、书记处书记黄德志宣读了《江苏省作家协会 2021 年度新发展会员决定》、常州金坛的王群代表新会员发言、省作协党组书记、书记处第一书记、常务副主席汪兴国做了开班动员。他鼓励我们新会员一定要认真学习习近平总书记关于文艺工作的系列论述，做德艺双馨的文学工作者。省作协副主席汪政做了《文化自信与文学创新》专题讲座。我们深感作为一名省作协会员肩头责任的重大，明白了新时代的新作家要志存高远，要有文化自信，不能满足于发表几篇文章，要向精品、有文化的作品进军。

9日上午聆听的中国作协创联部主任彭学明有关"文学的语言"讲座，同样受益匪浅。彭主任由于疫情不能亲临课堂，线上举办讲座，但他风趣幽默，时不时跟学员互动，引起阵阵掌声，调动起了学员高涨的学习热情。大家听得津津有味，并认真做着笔记。彭主任精彩的讲座，给了我们很大的启迪，也使我们更进一步了解到语言美是文学创作的首要因素。在今后的创作中，我们要力求做到修炼文字的语感美，让自己笔端的文字或朴素淡雅、或阳刚舒朗、或清新明丽、或雄浑沉稳，让文字唱起来、跳起来、站起来、舞起来……下午，宿迁市作协主席王清平以《业余成就梦想》为题，用他自己的亲身经历和创作历程分享了他的成功和写作技巧，我也备受鼓舞和感动。培训班虽然时间短，但课程、讲座安排得很紧凑，使我们参会的学员都收获满满，满载而归。借此一笔，感谢省作协领导、省作协联络部主任及全体工作人员的辛劳与付出；感谢各级作协主席、领导、老师的鼓励！走进了省作协的队伍，预示着创作、学习的新开始，这是我人生长河中溅起的一枚小小浪花。学无止境，艺无顶峰。

"路漫漫其修远兮"，我是茫茫人海中一位虔诚的舵手，向着彼岸那一抹星光，奋力划行……

长沙，拜访朱正老先生

2019 年 6 月的一天，清凉而温柔的绵绵细雨潇潇洒洒地飘满长沙街头的每个角落。我心情激荡，邀约初夏的微风，兴致勃勃地走进湖南美术出版社宿舍，拜访心中崇敬的朱正老先生。

记得早在几年前，我在朱正老先生的大女儿家中做客时，就萌生了有机会一定去拜见朱老的愿望。由于那次赴长沙时间匆匆，终究未能成行。此次在朱正老先生大女儿燕子小姐的热情引荐下，实现了多年的愿望。

朱正老先生 1931 年出生在湖南长沙，曾任湖南人民出版社总编，在出版界享有盛名，他也是国内著名的鲁迅研究专家、学者，中国作家协会会员，著有《鲁迅传略》《鲁迅回忆录正误》《鲁迅论集》《鲁迅三兄弟》《留一点谜语给你猜》《1957 年的夏季》等。

踏进朱老的住宅，一股书香扑鼻而至。环顾客厅，紧贴左墙的棕色书柜中排列着各种各类书籍，如一排排列队的士兵，整齐而挺立。虽然有些书籍颜色已随着岁月流逝而渐渐变黄、变淡，却记载、留存着朱老人生的轨迹……

88岁高龄的朱老精神矍铄，着一件花格子衬衫、黑裤子，笑容可掬地走出写作间，热情地接待我们。无论交谈、合影、参观朱老的写作间，他都情绪饱满，谦逊和蔼，不失学者风范，令人心生敬畏。当朱老的大女儿向我们谈起他目前的生活起居，谈到他至今仍一如既往地笔耕不辍时，更使我心中顿生敬意！

跨进朱老的写作间，也是朱老的书房，整个身心被三面贴墙的书籍紧紧包围。书房除了中间一张电脑办公桌和一面墙的玻璃窗以外，其余的三面墙壁全都是书柜、书籍。包括电脑周围亦是堆满了书和斑驳磨损的字词典。一种浓浓的书香、墨香飘逸在整个书房。这些书，见证、彰显了朱正老先生一生"学向勤中得，萤窗万卷书"的刻苦、努力和不懈追求的坚持精神。朱老双手托起一本还未启开的他的新作《鲁迅百图》，这是一册以图片为主，只加上必要文字解说，反映出鲁迅一生重要经历的新书。朱老仔细认真地修改了书中有误的个别错字，并亲笔签名赠送给我。朱老一生对人、对事、对工作、对学习的严谨态度，值得学习、感佩！

"东隅已逝，桑榆非晚。"从湖南人民出版社退休后的朱老先生将所有的时间和精力都倾注到文学创作中，常常伏案写作到夜阑人静。

朱老虽一生坎坷，但无论在多么艰难困苦的环境下，他都没有放弃对人生的思考、对文学的执着追求，都有一份男人的担当与责任。他的五个儿女在他的精心教育下，成长极为优秀，有在编辑岗位工作的，有在出版岗位工作的……

风雨飘摇心深处，多少往事、多少记忆悠悠难追忆……

在与朱老交谈中，朱老几次接到北京等地的电话，邀请他前去参加文学盛事，他都欣然应允……

拜访结束，朱正老先生盛情邀请我共进午餐。

长沙街头，与我敬重的朱老先生道别。车行下去很远，仍见朱老将手伸出窗外。那双手，是一双有过磨难、有过不懈追求、有过担当和攀登的手。直至今日，老骥伏枥的朱正老先生仍跋涉、耕耘在文学的土壤，播撒着希望的种子。笃定初心，直济沧海……

走近左宗棠后裔左文龙

那年 6 月在长沙，我拜访了晚清重臣、名臣、我国近代杰出的政治家、军事家、思想家，同时也是一位具有丰富伦理思想的理论家左宗棠的后裔左文龙老先生。

那天，乌云密布、雷声隆隆、大雨倾盆。约好的下午两点半，我顶着雨幕，乘车出发。

匆匆赶到先生的住宅小区，进入电梯。大门刚刚打开，一阵悦耳的男中音歌声扑入耳际，一双热情的大手、一张面带微笑约莫六十岁的快乐幸福的脸庞映入我的眼帘，他，就是我要拜访的左文龙先生。我怎么也没想到这竟是一位八十岁的老先生。

整个拜访、交流、收集资料、拍照等过程，先生表现出的那份热情、活力、激情，令人感佩！他拿出去年参与提供资料由著名作家、国内研究左宗棠领军人物徐志频出版的《左宗棠：家书抵万金》一书。该书收录了左宗棠跨越32年的160封家书，揭开了这位晚清名臣修齐治平的心路历程。左宗棠与家人的160封家书及深度解读，涉及光绪帝、慈禧太后、恭亲王等重要的历史人物，书中深入阐述了左宗棠为人、为学、为官、治国、治军、治家各方面的重要思想，堪称晚清历史的生动写照。其中也包括左文龙等左宗棠嫡长玄孙们提供的大量珍贵图片。左宗棠是清朝政坛举足轻重的人物，他镇压太平天国，兴办洋务，平定陕西，收复新疆，建设西北，是晚清同治中兴名臣之一，"以平回乱，复新疆为最伟"。

左文龙先生爱好音乐、唱歌、跳舞、乐器，家中摆满了各种乐器。退休后，他创办了"新境界艺术团"，并担任团长一职。为了艺术团的发展和成长，左老多方努力，付出很大的辛劳。采访过程中，每每谈到此话题，他都控制不住地给我弹上一曲、拉上一曲，幸福的喜悦洋溢在他的脸上。

他有个幸福美满的家庭，一儿一女都在政府及相关部门工作。他发扬、传承左宗棠的爱国情怀，教育子女成长、成人、成才，他自己也积极参与社会活动，发挥余力，争取多为社会做贡献。他感谢党、感谢政府，使他们过上如此幸福的生活。

他的乐队专门谱写了一首歌颂左宗棠的歌曲《巍巍华夏不可犯》。

离开府邸，左文龙先生浑厚的男中音又响彻走廊，依然是那首为左宗棠谱写的歌：狼烟起，百年前，风雨狂骤暗故园。山河破碎书生起，心忧天下恨时艰。左宗棠，出湘上……

祝福快乐开心的左老先生，永远健康长寿。

顾锁英原创摄影作品《故乡》

抓拍梁晓声侧面像

又到一年冬日。

想起 2019 年那个冬，我受邀参加中国散文年会颁奖和文学名家讲座活动，在北京见到了我敬仰的著名作家梁晓声老师，并抓拍了他侧面肖像的情景，心头就升起一团暖意。

梁晓声，原名梁绍生，中国当代著名作家、编剧，中国作家协会会员。1949 年出生于黑龙江省哈尔滨市，祖籍山东威海市，多部优秀作品在全国获奖。记得 80 年代初，我就购买了梁晓声老师获全国优秀中篇小说奖的《今夜有暴风雨》。此书"充盈着力度美、阳刚、雄浑、悲壮"。梁老师将他自己当知青的亲身经历、深沉凝重的主观情愫融入作品中，高扬着一种英雄主义的力量。那时我就想，如果哪天有机会见到心中崇敬的梁晓声老师该多好。没想到二十多年后的冬日，梁晓声老师不但就在我的面前，而且在我的镜头中……

颁奖过程总是那样紧凑匆匆。整个活动中，梁晓声老师除了颁奖、授课，基本都被文友团团围住，签字、合影，根本无暇与任何人交流。我则是除了聆听名家讲座，还参与颁奖过程，会前会后和期间都在抓拍活动花絮。

颁奖后，聆听了梁晓声老师讲述有关"新时代，我们应该向柳青学习什么"的主题讲座。习总书记多次在文艺座谈会、文代会、作代会、全国"两会"等不同的会议上，都提到"柳青为民请命的精神"，肯定了柳青是一位人民作家。那届年会专门组织"新时代，我们向柳青学习什么"的座谈会。座谈会上，中国作家协会高洪波副主席深情地说："柳青用他的作品，用他的生命，完成了自己对自己的塑造。他的人民性、他的低调、他的朴实，是值得我们每一个当代的中国作家所学习的。"

著名作家梁晓声在讲课期间，也深刻剖析、阐述了自己的观点及对柳青的敬仰。他不但讲述引人入胜、字字珠玑，而且语调激昂、铿锵有力！站在讲台上气宇轩昂的侧影，吸引了我。爱好摄影的我，怎么也无法控制住自己的情绪，不会放过此次机会。立马起身，蹑手蹑脚走到会场一角，为了不影响学员的聆听，也不打搅梁老师的授课，我只有悄悄从稍远处的侧面将镜头拉近，抓拍了梁晓声老师的侧面像。

甚喜！

其间，我也趁丁点空隙，和梁晓声老师匆匆合影。看着梁老师有些拘谨腼腆的表情，心里就觉得好笑。却是如他所说，他曾在北影厂工作，凡有女同志和他合影时，他就感到不好意思，不自在……

2022 年春节期间，央视一台播出了根据梁晓声老师利用八年时间，全部手写完成的 115 万字经典力作《人世间》改编的电视剧。该作品 2019 年荣获第十届茅盾文学奖，是一部具有浓浓人情味和怀旧感的精品力作。电视剧一经播出，全网火爆，好评如潮。随后，又相继在央视几个频道和省级电视台播放。

我的耳旁，似乎又响起黑土地走出的平民作家梁晓声接受摄制组老师专访时说的：儿时的记忆中从未有过幸福的画面，有的只是贫穷、愁苦、无奈……生活的锻造和磨炼，使梁晓声老师创作的作品如同他本人一样，那样有穿透力，那样深沉厚重。

仔细端详抓拍的梁晓声老师这幅侧面肖像：一手撑着讲台、挺直的腰杆、侧着的脸庞，淡定、刚毅、深邃的目光，仿佛雕像般伫立眼前。透露出梁晓声老师那种在文字海洋中叱咤风云的文人学者气度、风骨；那种洞察生活、洞察社会、洞察岁月深处之光的眼神；那种曾经生活沧桑沉淀下来的锐利的眼光、身形、神态、姿势、形象……如同他展开的《人世间》著作般"经典"，定格在画幅中，直至永恒……

千里寻故园

提起笔来，想起了王工。

王工，名曰王日团，我的姐夫。

姐夫王工湖南长沙人，出身书香门第，他是清朝岳麓书院院长王文清的后裔。姐夫的父母亲均毕业于中央美院。姐夫的父亲王任远曾受聘于湘江学校，受聘书原件已被湖南省博物馆收藏。姐夫的母亲罗正伸也是曾任岳麓书院院长长达 27 年的罗典后裔，《湖南日报》《长沙晚报》等曾多次进行报道。

姐夫大学研究生毕业后，在北京研究院工作，是一位名副其实的化工专家。后来到了江苏常州冶炼厂、钢铁厂工作，这期间有十年时间又被下放到农村。

王工生前几乎每天给我电话邀请我去长沙，协助他一起完成他的回忆录，整理相关化工发明方面的资料及完善家谱等。由于那几年我的拍摄任务繁重，实在是无法走开，本打算年后 3 月份前往长沙，可怎么也没想到的是姐夫王工突然走了。接到外甥的电话是 2014 年 1 月 5 日，我也恰巧在外面进行紧张的拍摄。我几乎不敢相信自己的耳朵，不敢相信这是事实！那一刻，我扛在肩头的摄像机差点滑落，呆呆地愣在那儿几分钟。最后的拍摄，拍的是什么，怎么拍摄的，几乎全然不知似的……

当天下午拍摄返回，我没顾到换下工作服就马不停蹄地和小哥等赶往上海转乘动车……我怎么也没料到我会以这种方式前往长沙……

王工虽然走了快六年了，可王工的音容笑貌依然注满我的脑海。想起他生前最后一次和姐姐踏上江苏常州金坛——他的第二故乡的情景，不免心中涌动起一股难以抑制的情感……

2011 年 9 月，我在繁忙的工作中接到姐姐从千里之外的湖南长沙打来的电话。他们准备在国庆黄金周还未到来之际，趁旅游的高峰还未到来，提前赶回江苏常州一趟。目的是让我亲自为姐夫王工策划、编导、跟踪拍摄，制作一版"千里寻故园"的片子。姐姐说这是姐夫多年的心愿，让我再忙，也要帮这个忙，他们已买好了来回的机票。

我提前将自己的工作做了调整、安排。

江南的 9 月，气候宜人。经过一个酷热之夏考验的人们，都以一种全新的姿态出现在人们的面前。听说姐姐姐夫要踏回故土，我的心里当然很激动，毕竟我们已有几年未曾见面了。为了迎接他们的到来，我事先打电话让亲戚备好两桌饭菜，购买了两束鲜花，待汽车从南京机场接回姐夫姐姐后献给他们。这是我为他们设置的一些小惊喜，也是为我制作片子渲染一下气氛。

9月5日傍晚华灯初上时分，姐夫姐姐踏上了江苏常州金坛的土地。

第二天一大早，我们按照事先计划好的路线，开始了寻访之旅的第一站——金坛五叶农机厂。这是姐夫原来下放在这里生活工作过的一个单位。

五叶农机厂坐落在原五叶老街的右侧。现在虽然是夏末初秋，街两旁的紫薇花仍在炫耀着它们的艳丽和辉煌，述说着它们的过去。阵阵微风吹来，它们左右摇摆，仿佛在不停地向我们点头微笑，欢迎远道而来的客人！姐夫姐姐相携漫步在这曾熟悉的街道，寻觅着他们曾经的足迹。目睹着街旁的商铺、超市，匆匆忙碌的行人，心中涌动着一种别样的滋味。

三十几年了，悠悠岁月中，外表看似陈旧不堪的五叶农机厂却仍似一位顶天立地的巨人矗立在我们的眼前。厂房内机声隆隆，一派繁忙的景象。老会计看到我们的到来，犹如见到了久别的亲人，很远就迎了上来和姐夫拥抱、握手。另几个和姐夫曾在一起工作过的老同志也都相继奔了过来。一时间将姐夫姐姐围得水泄不通，手拉着手紧紧不放，回忆着过去工作时的点点滴滴，一个个热泪纵横……

在他们的陪同下，姐夫姐姐随后又去了原来工作过的五叶综合厂旧址。

曾经辉煌的综合厂，现已人去楼空。听随行人员讲，新厂已搬到市里去了。它像一个曾被人用过却弃之路边的旧皮箱，窗门紧闭。经风雨和岁月的侵蚀，用稻草堵塞的窗格已高度发黄腐烂。斑驳脱落的土墙也仿佛在向我们讲述着逝去的故事……姐夫姐姐不禁感慨万千！

综合厂的前面和紧挨着的左边是清清的池塘。池塘的四周长满了茂密的草和树，矮的，高的；近的，远的，连成一片。姐夫想拨开一条通道过去看看曾经工作过的车间，但无法迈出一步，唯恐踩到池水里了。

姐夫姐姐和随行的老同事目睹着这里的一草一木，忘情地回忆着，讲述着他们曾在这里工作的日日夜夜……没想到如此大的喧哗声也惊动了厂子后墙小路对面村民们开垦的鱼塘、蟹塘。你看那顽皮的螃蟹，一个个争先恐后地爬上了围网，东张西望，像是在炫耀着它们辉煌的今天，又像是在欢迎我们这似曾相识的远方的客人！

中午，我们在五叶街上小聚以后，下午便匆匆赶往五叶利民大队八队了。

五叶利民大队八队，是姐夫当年从北京研究院到常州冶炼厂工作后，1966年"文化大革命"开始，由于受极"左"路线影响被视作"21种人"下放到这里务农的一个村落。

我们沿着一条崎岖的乡间小路一直往前走。那青的草，绿的树，静静地沐浴在柔柔的秋阳中。眼前，正待拔节的稻子郁郁葱葱，如同一块偌大的绿色地毯严严地覆盖在这无边的田野上。一座座新建的民宅，一村村、一片片紧紧相连；那白色的墙，青色的瓦，那造型迥异、错落有致的私人别墅，一幢幢、一栋栋掩映在葱郁的杨槐树下，好一派江南的胜景哟！我不禁想起唐代诗人白居易笔下的诗句"江南好，风景旧曾谙……"。此刻，面对的这一幕确实似一幅绝妙的水墨国画流动在眼前啊！

利民八队，欧渚村到了。

"小王来了！"随行带路的大嫂一句话引得路边劳作的人、田里拔草的人、家中忙碌的人全都跑了出来，把个"小王"团团围住。那氛围，不亚于"外宾"来访！这个用双手扳着小王的肩膀看了又看，那个抢着跟小王握手，这个争着把小王往家中拉，那个让小王吃了晚饭再走，这个问长问短，那个……真是有点应接不暇了，拥挤的人群差点碰倒了我的摄像机。从姐夫和村民们的交谈中，我深深体会到，这里的老百姓没有忘记姐夫小王。

没有忘记他为组建山芋加工点忙碌的身影；没有忘记他为生产队实现早日用上电灯而接受的土法炼铜任务；没有忘记他防汛抗洪时奋不顾身跳下湍急的洪水中用身子挡住洪水的那一刻；没

有忘记他亲自驾着汽艇穿越长荡湖护送一位临产的产妇到金坛医院的过程；没有忘记他在五叶农机厂、综合厂开发的新产品，救厂于危难之中；更没有忘记他救起一名社员之子的传奇故事。

当一名小孩不慎落水已没了呼吸，从河里拖上来已紧咬双唇的千钧一发之际，是姐夫当机立断用砖头砸掉了小孩的两颗门牙，用手指撬开孩子的嘴巴，伏下身子口对口地从小孩的嘴里、喉咙里、肚子里将水一口一口吸出来，使孩子起死回生。后来，被救孩子的奶奶为了感谢他杀鸡时，他放了捆绑的鸡，就悄悄地走了。"救了孩子又放鸡"的故事至今仍在传颂。这不，这个绰号为"淹死鬼"的小男孩，已是一位四十岁左右的男子汉，今天也携全家来拜望姐夫了。

逆境情深深似海！几十年来，姐夫也从未忘记过这里的乡亲们。

他忘不了三十几年前他以"21 种人"的身份被下放到金坛五叶利民大队欧渚村务农的情景。这里的老百姓非但没有将他视作"坏分子"，反而非常理解、支持、相信和器重他，给了他很多的关怀和温暖，给了他施展才华的平台，使他能在乡村这样一个环境中无怨无悔地奉献青春的汗水和情怀，为农村的建设和发展，为这里的乡镇企业拓展贡献自己的力量！和这里的乡亲们结下了不解的情缘。十年，长达十年！直到 1975 年国家政策落实，才给他平反昭雪，把他调到金坛钢铁厂担任技术科科长，后又被湖南长沙引进，他才回到了自己的故乡长沙。如今，他是一位名副其实的化工专家。可几十年来，他一直将常州金坛视作自己的第二故乡！今天姐夫姐姐也就是专门送来"千里鸿毛，聊表寸心"之意的——晚上姐夫姐姐做东，邀请这里的乡亲们欢聚一堂！

临近傍晚，姐夫姐姐在大队书记的陪同下，找到了他以前居住过的小茅屋遗址，他曾经洗过澡的池塘，河对岸当年他亲手栽种的树已长成参天大树，微风中，正向他点头示意哩！姐夫不禁连连感叹：往事不堪回首，往事历历在目……

一路风景，洒满一路情怀，将我的心紧紧地包裹着。尤其在片子后期制作中，我的心随着拍摄、采访的画面起伏、回荡，不能自持。剪辑的过程，尽量保留了姐夫和乡亲们的同期声。

几日后，姐夫姐姐拥着他们多年的心愿匆匆飞上了蓝天。可留给我的却是一连串的思考：姐夫当年是以"21种人"的身份走进这片土地的，虽然几十年过去了，如今重踏故土，为什么竟能受到乡亲们的欢迎和敬重……

八平方米人生

——专访湖南作家"红学工匠"唐国明

　　也许是机缘，也许是巧合，在一个文学作家群里邂逅了湖南作家协会会员，29 岁从湖南师范大学中文系毕业，一直从事文学创作，没有离开过一支笔的被人称作"红学工匠"，自封为"鹅毛诗人"的青年作家唐国明。他曾在《诗刊》《钟山》《北京文学》《星星诗刊》等发表作品数百万字。他以反复阅读的方式考古发掘出埋藏在程高本后 40 回中的曹雪芹文笔，以考古的科学方式修补了符合曹雪芹语韵与创作原意的 13 万多字的 20 回长篇小说《红楼梦八十回后曹文考古复原》，并分别在美国与秘鲁《国际日报》中文版以《红楼梦八十回后曹文考古复原》之名连载。

　　唐国明出生于湖南邵阳城步苗族自治县，父母倾其所有供他上学读书。他从 14 岁开始接触、阅读《红楼梦》一书，没想到三十几年来竟一发而不可收，痴迷于《红楼梦》的阅读、思考和研究，立志成为一名作家。作为家中一贫如洗的唐国明，亲戚朋友及山里人知道他的理想和愿望是当一名作家时，都认为不可思议。由于家境贫寒，父亲身体又不好，唐国明读书的历程几经周折，辍学、绝望、煎熬……29 岁时他才从湖南师范大学中文系毕业。大学毕业后，本该找一份理想体面的工作，挣一份可观的工资孝敬父母，成家立业。可他，唐国明，为了心中的梦想，瞒着家人说在省文联上班，却做出了一个常人都不敢想象的决定：归隐岳麓山下向阳坡上，租下一间八平方米的小屋，开始了研读、续写《红楼梦》的生涯。因《红楼梦》是一部百科全书，他从 2002 年直到 2010 年全身心倾注其中，并行走于南京、北京、上海及多家大中专院校之间，聆听一千多场学术讲座，进行写作训练。当 2010 新版《红楼梦》电视剧播出后，他从以人民文学出版社出版的《红楼梦》改编的电视剧中精准地把握到了《红楼梦》里的人物口声，当时他写的《零乡》小说中主人公需要归隐岳麓山考古修补复原曹文，所以他开始动手写了个不成熟的梗概。没想到这两万多字不成熟的梗概在 2011 年《延安文学》发表后，被《西安晚报》报道了。他趁势全面突破，使《红楼梦八十回后曹文考古复原：第 81 回至 100 回》于 2013 年在海内外发表，并引起各方面的反响，直到 2016 年 9 月正式出版，终于成就了一个"考古复原曹文的红学工匠"。他曾受到湖南卫视等多家媒体的采访报道……

　　走进唐国明岳麓山下向阳坡上的八平方米小屋，初夏的蚊子似乎没有放过此次机会，一起迎接了我。好在我着长衫长裤，未能受到攻击。唐国明很热情地将我让进小屋，在这个多一个人就无法转身的空间，他安排我坐在小床边。床头、床下全堆满了书。床头还有一个用几根木棍挑起的所谓的"书柜"亦是堆满了书，看着真让人担心随时有压垮的可能。一张破旧的写字台上面覆盖了一块花色布片，上面有台电脑及一只发黄的喝水小杯，一个竹藤笔筒里面有几支毛笔、钢笔。尤其是悬挂在一根铁丝上的两条白色的旧毛巾，如丝瓜藤蔓般牵拉着。还有用木板隔起来的卫生洗漱间。他节俭的饮食方式更是令人心酸。他所有的经济来源是稿费。为了节约日常生活开支，他每天曾是 3 元 5 角钱的饭钱。现在增加到每天估计 8 元左右。每天吃一顿饭。我去的那天，他上午喝了一袋芝麻糊，准备到下午两三点去小屋后的小吃部吃一天中的主要一顿饭，每天如此……我邀请他共进午餐，并劝慰他首先要解决吃饭问题，才能继续在文学的海洋中遨游……

　　寒来暑往，在八平方米简陋的小屋，没有爱情，没有像样的生活，唯有一台旧式电脑及床头的书籍做伴。如此孤寂，他却笃定初心，不但出版了《红楼梦八十回后曹文考古复原：第 1 至 100 回》及其他鹅毛诗，还在写《零乡》以及论证哥德巴赫猜想

"1+1"与猜想"3X+1"。为了追逐心中的梦想，为了给后人留下点什么，他对文学的酷爱、执着到痴迷的程度令人心痛！

当我问及他今后有何打算时，他还是毫不犹豫地表示同意我的看法，有合适的单位先找个工作稳定下来，先解决个人温饱问题再继续创作。

离开小屋时，门外的紫罗兰开得真艳，小屋门前的樱桃树已经果实累累……我却不忍回眸。祝福他，他的事迹曾被湖南卫视、浙江卫视、北京卫视、贵州卫视、辽宁卫视、湖北卫视等电视台，《美南新闻日报》《新周刊》《中国日报》《中国文化报》《广州日报》《潇湘晨报》《三湘都市报》《长沙晚报》《西安晚报》等报刊报道，相信他的文学之路会越走越宽广……

在山东电视台邂逅英雄王杰之未婚妻

2018 年 9 月，我应邀参加常州抗战老兵赴山东电视台接受采访的全程跟踪拍摄。那天，就在我们刚刚迈入电视台演播大厅正准备安排接受采访时，演播大厅五彩的灯光下，上一场采访正欲退场的最后一个画面被我拍进了镜头，仅此一张。"王杰纪念馆"几个醒目的大字在那一刻、在眼前、在脑海翻腾！王杰！这个响亮的名字，莫不是读书时期就号召大家学习的英雄人物王杰？

在电视台工作的几天中，安排的时间很紧，有过场、彩排、正式录播等程序。几乎每天都是早出晚归，回到宾馆已是夜深人静了。我总想打听一下那位一闪即逝却留在我镜头里的被采访女士是谁，但终究无暇顾及。

世界上的很多事也许在一定程度上都有一种巧合。我们原本打算全部采访录制结束后，在济南多待一天，一是放松一下，二是由电视台的同志陪着我们看看济南的天、济南的景。可由于其中一位抗战老兵的家属单位有事急需返回，考虑到既然大家一起来，还是一起回吧。

就在我们清晨临时决定收拾行李返回，匆匆到食堂等候用早餐时，一个似曾相识又很模糊的背影映入我的眼帘：她！就是我在电视台演播大厅抓拍到的最后一个画面。在"王杰纪念馆"的节目中受邀采访的女主人！她也在食堂等候用餐。

一位既淳朴又厚道的女性——她，就是英雄王杰之未婚妻赵英玲。

王杰同志出生于1942年，是山东济宁金乡人，生前是济南军区驻江苏徐州某部工兵一连五班班长。1965年7月，王杰在组织民兵训练时突遇炸药包意外爆炸。危急关头，为了保护在场的12位民兵，年仅23岁的他扑向炸药包而壮烈牺牲。2009年，王杰被评为"100位新中国成立以来感动中国人物"之一。

赵英玲和王杰相识是在1957年。

1957年，王杰的父亲托人到赵英玲家提亲，两家人都很满意这门亲事，就定了下来。

后来王杰参了军，赵英玲很为他高兴。但是当时王杰父母身体不好，弟弟妹妹也还小，为了不让王杰在部队担忧，赵英玲就到已经搬迁到内蒙古的王杰家里照顾他的家人。

1964年，王杰的父母再三写信给王杰催他回家结婚，但是王杰因为工作需要，推迟了婚期。没想到第二年王杰就牺牲了。王杰和赵英玲从 1957 年相识定亲到 1965 年王杰牺牲，他们相处了八年，在王杰入伍期间，赵英玲去部队看过王杰两次，平时都是靠写信交流。

王杰在 1964 年的日记中写道："现在个人还年轻，再晚婚也不晚。在年青时代应把精力放在党的事业上，多为祖国做一点工作。"

王杰牺牲时，正在内蒙古的赵英玲得到消息后万分悲痛。悲痛之余，她内心深感安慰和骄傲的是：她痴痴守候了八年的情感，她祈盼能相守一辈子的人是一位"一不怕苦，二不怕死"的英雄战士！是一个"一心为公，从不自私自利的人"！

之后几年中，赵英玲仍然坚持留在王杰家照顾他的家人，不愿改嫁。后来在王杰父母的再三劝说下，她才嫁给了别人。对于王杰，赵英玲最感动的是他心中只有革命，没有自私自利，他把自己所有的精力都放在了为祖国多做一点贡献上。

2017 年 12 月 13 日，习近平总书记在视察王杰生前所在连队时感触地说：王杰"在荣誉上不伸手，在待遇上不伸手，在物质上不伸手"，这"三不伸手"是一面镜子，共产党员都要好好照照这面镜子。他指出："王杰精神过去是、现在是、将来永远是我们的宝贵精神财富，要学习践行王杰精神，让王杰精神绽放新的时代光芒。"

虽然王杰牺牲已经过去半个世纪，但在济宁市金乡县，每年都举办形式多样的宣传、演讲、座谈等活动，"弘扬王杰精神，传承榜样力量"。"一不怕苦，二不怕死"的王杰精神宛若火焰，在前赴后继的有志之士心中熊熊燃烧……

现在，70多岁的赵英玲过着平静的生活。无论哪里有宣传王杰的活动或者采访等需要她支持配合的，她都毫不犹豫地前往。她也不顾自己年迈的身体，千里赴邳州，凭吊心中的英雄，追思那段刻骨铭心的爱！赵英玲喜欢唱王杰歌曲，熟悉的歌声向英雄倾诉着她铭记心中几十年的爱。这，就是眼前这位淳朴、瘦弱坚强的女性，用大爱的情怀宣讲着英雄王杰生前的故事。我不禁肃然起敬！

我们匆匆用餐，匆匆交流、匆匆留影。我对她充满一种深深的敬意！一位如此单薄、瘦弱朴实的女性，当年肩头却承担了过多的悲痛和责任！一肩挑起了失去王杰的悲痛，一肩挑起了对王杰父母的照顾，内心却深藏着对王杰的思念……她说外面有车等着，她马上就要返回。她将随身携带的一个小塑料袋双手托到我的面前，说里面装的是几粒大枣和几块山药，让我带到路上吃……我怎么也不会收。我感激她的盛情！我早饭也没顾得吃，追出食堂，她转身、回眸。王杰纪念馆的李主任接她上车，我又追出宾馆大门，她们与我挥手道别。我匆匆记录下她远去的身影……

目送着车轮渐行渐远，慢慢消失在街道的拐弯处，我衷心地祝愿英雄之未婚妻赵英玲晚年吉祥幸福……

相逢是首歌

阔别那个遥远的地方——青海柴达木已经二十年了，我无时不在牵念着高原的阳光、神奇的大漠，牵念着我挚爱的学生、老师、朋友……

2017 年 7 月 8 日，有幸受邀参加了苏州茫崖人"笑对人生"工友会正式成立活动。虽然时隔几年了，但活动前后及现场的画面，如同大海中翻动的浪花，跳跃在我的眼前，拍打着我的心扉……

7 月的苏州，骄阳似火。

7 月的苏州，浓情四溢。

7 月，就是在这样一个火热的季节，苏州迎来了一批特殊的客人和朋友。

他们都是为了开发建设青海柴达木在大型国有央企工作过、奋斗过，在旷古的大漠深处苍茫之崖与天地、风沙、严寒搏斗、抗争过的猛士——茫崖人！

他们不畏天气的炎热酷暑，捧着一颗颗火热、滚烫的心，从祖国的四面八方赶来！赶来参加苏州茫崖人"笑对人生"工友会的成立活动。

此次活动在赵辉女士、朱建平先生、陈玉庆会长及钱强、朱彩英、王雪玲等组委会同志的精心策划、周到安排和盛情邀请下，来自全国各地的120名茫崖人欢聚一堂……

他们中有曾经调回来的，有提前办了内退的，有请了长假的，有到了年龄正式办了退休的……但无论他们是以哪种方式和形式离开茫崖，他们都有一个共同的称谓：茫崖人！

"茫崖人"这个既光荣又伟大神圣的称谓，如同一根剪不断的长长纽带，将他们在离开大漠二十年后的今天，又牵系到了一起……

不经历风雨，怎能见到美丽的彩虹；

不经历雄鹰般的历练、打磨、改造、蜕变……哪有今天安居乐业的幸福！

周振海副矿长，张震新、曹建初、陆品龙等处长的到来，更增强了活动的凝聚力！大家完全忘我地沉浸在一个大家庭的欢腾喜悦中，歌舞、朗诵、旅游、留念拍照……

相聚的时光总是短暂的，也是欢乐幸福的，可留下的回味却是无限绵长的……

也许，也许有一天他们的目光不再炯炯有神；

也许，也许有一天他们的步伐不再矫健；

也许，也许有一天他们的身板不再挺拔直立；

也许，也许有一天他们的思维不再敏捷……

但他们无论如何都不会忘记他们是茫崖人！都不会忘记 2017 年 7 月 8 日在苏州的相聚！感谢赵辉女士、朱建平先生及陈玉庆会长的付出，感谢苏州组委会全体工作人员的辛劳……

不想说再见！

可分明见到眼中滚落的泪珠；

不想说再见！

可分明感受到心头涌起的片片离愁……

不想说再见！

只想拥揽起大家温馨的臂膀，

飞向那彩云升起的地方；

将这聚首的欢乐时光，

永刻在岁月变迁的终点……

顾锁英原创摄影作品《柳岸行吟怜飞雪》

仍是中秋那轮月

又到中秋月圆时。

"今夜月明人尽望，不知秋思落谁家。"

小时候，每到中秋那天晚上，我们就早早吃完了晚饭，在母亲的陪伴下，搬着椅凳坐在自家门前，一边吃着菱角、月饼，一边祈盼着那轮圆月从树梢头慢慢升起。仔细观望着月亮里神奇的变化：一会儿，月亮里出现一棵树，似有一位老人一手扒着树枝，另一手提着竹篮，想必竹篮里装的定是月饼；一会儿老人不见了，只留空空一棵树；一会儿树也模糊了，仿佛只有一团黑影，也许那就是广寒宫里的嫦娥、吴刚、玉兔和桂花树吧……

长大后，由于工作的压力和奔波、繁忙，对中秋节便不再那么重视了。但每逢佳节对故乡亲人的思念却与日俱增！可这些年来，我却惧怕过中秋。每逢中秋来临时，都有一种深深的忧伤笼罩着我，这是源于 2004 年的那个中秋节。

　　2004 年的那个中秋节是母亲生前和我们在一起的最后一个中秋节。往年中秋，我们都要给母亲寄去钱或物。可那年，因母亲在病中，她说什么也不愿接受儿女们的心意了。我们做儿女的尽管都各自默默地尽着孝心，但却无法挽回母亲的生命。我们都深深明白：母亲已经躺倒两个多月不能吃喝了，唯靠着吸氧和喂点葡萄糖维持着生命。为了能让母亲的病情有所好转，我们想尽一切办法。哥哥听隔壁老人们讲，可以进行一项"冲喜"活动。即：人还未去先请裁缝到家中做白帽子、红帽子等等。这样一来，病人的病情也许就会有所好转了。

　　那天一大早，裁缝就抬着缝纫机来到我家。看着嫂嫂从街上抱回一大摞白纱布，我简直不敢相信自己的眼睛。难道母亲真的要走了？难道母亲走后亲人们就是戴着这些白帽子？我悲痛难抑！如万箭穿心！可悲痛之余心中又怀有一份侥幸，盼望母亲通过此次"冲喜"仪式病情能有所好转。

　　目睹着家中那做好的一摞摞白帽子，一整天，我整个人就像丢了魂的空空躯壳在飘荡，全家人都有一种笼罩在与母亲生离死别的气氛中。晚上，按着程序，大哥一边放着鞭炮一边呼喊着母亲回来。那一刻母亲对生命的渴望到了极致！她打起精神，睁着无光的眼睛，竖着耳朵，清晰地回应着。在一旁陪伴母亲的我眼泪则悄悄流个不停。我急切地盼望着母亲能立即坐起来和我们一起欣赏中秋之月！

"冲喜"仪式结束后，我和姐姐给母亲盖好被褥，让她好好休息，我们盼望着能有奇迹出现。我和姐姐来到窗前，推开母亲床前的那扇窗。啊！本是皎洁的月，柔和的光，可今日却感到了淡淡的凄凉！月色透过窗外斑驳的树隙无力地落在母亲的房间和床上，我和姐姐却不约而同地轻轻哼起了母亲最爱听的歌：在那遥远的小山村，我那亲爱的妈妈已白发鬓鬓……女儿有个小小心愿……再还妈妈一个吻……我们边唱边哼，不自觉中，泪水已打湿了衣襟！母亲却在我和姐姐的歌声中安然入睡了……那一夜，母亲睡得很香、很甜。母亲说，已很久未曾睡过这样的好觉了。我们窃喜，难道"冲喜"真的起效了？可没过几天，母亲的病情依然如故，没见有什么好转。后来，在姐姐的精心照料和护理下，母亲又坚持了一个多月，最终还是离开了我们……

人生苦短，匆匆几十载，要经历多少的酸甜苦辣、悲欢离合。一年四季中就有好几个节日，几十载中已记不清过了多少个节日，可唯独 2004 年那个中秋，怎么也无法从我的心底抹去！

夜深沉，无言独上高楼。月如盘，寂寞梧桐锁忧思！窗外悬挂着的那轮月，掩映出母亲那惨白的遗容、瘦弱的身躯和极度痛苦的表情……月中同时又重叠出母亲曾经的身影：

滂沱大雨中，江南古镇石板小径上，母亲身穿蓑衣，头戴斗笠，手提竹篮向着学校艰难前行。竹篮中盛载着伟大的母爱和无边的希冀！这是母亲给在中心小学读书的我和姐姐送午饭；

三十几年前一个春暖花开的季节，厚厚的浓雾笼罩着整个江南水乡，同时也笼罩着我的心。就是在这样一个美好的烟花三月，我怀揣着憧憬和梦想，就要离开生我养的故乡。记得临离故乡的头一夜，我和母亲睡一个被窝，我却一夜未曾入眠，半夜中听到母亲轻轻的啜泣声。母亲一会儿摸摸我的脚，一会儿给我盖盖被子……第二天一大早，我不敢正视母亲红肿的双眼，母亲将我送至轮船码头。轮船离岸那一刻，我的心咯噔一下！我瘫坐在船头，眺望着岸边母亲的身影越来越远，我多么希望船儿呀行慢点，让我再看一眼故乡的土地！让我再看一眼我亲爱的妈妈！

"儿行千里母担忧。"在外工作的几十载中，每到我探亲回归时，母亲总是伫立石板拱桥桥头，翘首等盼着我的到来。每次，为了能让我带些家乡的特产回单位，母亲竟然不顾酷热炎炎的高温，在暴晒的鱼虾旁用扇子驱赶着蝇虫……

回忆是亲切的，思念是永恒的！母亲，今天又是中秋了。月，仍是中秋那轮月，可母亲您却不在身边。十几年了，十几年来三四千个日日夜夜女儿从未丢下过您！您生前的点点滴滴都时时萦绕在我的心头！

母亲，女儿凝望着故乡的月，凝望着中秋的月，同样轻轻为您哼一曲：在那遥远的天堂里，有我亲爱的妈妈……女儿有个小小心愿：愿今夜的风捎去祝福与思念……

远古的风尘激荡三星传说

风，又起……

风，似千军万马齐头并进奔涌而来，手持笔鞭的我难以驾驭……

奔腾过、呼啸过、盘旋过，她缓缓地、缓缓地停落在我的笔下。

此刻的我，正伫立于家乡金坛三星村。

三星村，坐落在素有"江东福地"之誉的美丽富饶、人杰地灵的金坛朱林镇东部。据传，该村北面田间有三块巨石露于地表，造型十分迥异，居民世代相传此石是从天上坠落的"星"，故三星村以此得名。

三星村遗址是 1985 年文物普查时发现的，距今已有 6500—5500 年。为配合村镇建设，对古代文化遗址进行了连续六年的考古勘探和发掘工作，挖掘出数量众多且制作精良的骨角牙蚌器，刻印云雷纹彩的陶豆是目前所见云雷纹最早的实证，1000 余具人骨标本填补了我国新石器时代体质人类学研究领域的空白。清理新石器时代不同时期墓葬 1000 余座、房址 4 处、灰坑 55 个，出土玉石、石器、陶器等各种类文物标本 4000 余件，还出土了距今约 6500 年前的人工栽培碳化稻米标本，是新石器时代长江下游一处重要的文化遗址，作为马家浜文化杰出代表。为此，1998 年入选"全国十大考古新发现"之一。2006 年，三星村遗址被国务院公布为第六批全国重点文物保护单位，荣获国家文物局颁发的"1996—1998 年度田野考古三等奖"。三星村遗址面积之大，保存之好，文化内涵之丰富，出土文物数量之多，器物造型之奇特精美，学术研究价值之高，在迄今为止发掘的长江下游地区新石器时代同期文化遗址中极为罕见。

2022 年 6 月 11 日是第 17 个世界"文化和自然遗产日"。为深入学习贯彻习近平总书记关于深化中华文明探源工程的重要讲话精神，聚力推进常州"532"发展战略和金坛"五大行动"部署，打造朱林镇"三星村遗址"文化品牌，用实际行动迎接党的二十大胜利召开，常州市金坛区朱林镇人民政府和常州市金坛区科学技术协会联合主办、常州市金坛区科普创作协会承办的"三星猜想·美丽传说"征文活动在三星村拉开了帷幕。常州市作协副主席韩献忠带领二十几位国家级、省市级作家奔赴三星村。三星村党总支书记罗竹君、驻村第一书记王艳及马书记等详细介绍了三星村文化遗产保护现状和近年来三星村乡村振兴工作的开展情况和取得的成效，并冒着高温，带领大家实地采风观摩。

2022 年 6 月 26 日，新华社以一场直击常州三星村遗址考古勘探现场云直播，宣布金坛区正式联手中国社会科学院考古研究所，重启三星村遗址考古工作。近一个小时的直播，有在线海内外网民近 300 万人次收看。

直击三星村古文物遗址现场，心潮起伏、涤荡难平……

偌大的挖掘区，被白色围墙圈起。各种树木绿绿葱葱，一半遮盖着围墙，一半掩映在挖掘区古遗址内。这里几乎成了鸟的天堂，各种鸟叫声汇合成一首来自远古时代的天籁之音，给人一种诡谲、神秘之感。

目睹着这十万平方米的古遗址，仔细品读、观赏着眼前这一件件古代祖先们遗留下来的珍贵文物，令人浮想联翩。

此刻，我仿佛置身于那个遥远的古代……

看到了，看到了我们远古的祖先经历了一次次进化和演变，从靠采摘野果、挖掘坚果的根茎、狩猎为食，以洞穴和树上群居，以兽皮为衣来生活的方式，勇敢、大胆地走出了群居的洞穴，离开了树干的巢居，寻找到茅山腹地朱林三星村这片依山傍水、林木茂盛、鱼虾肥嫩，境内有山、有水、有丘陵，属北亚热带气候，非常适合人类居住，也特别适合各类植物和农作物生长的水土丰茂的宝地，开启了他们新的生活……

祖先们不辞辛劳、披星戴月。迎着初升的太阳，尝试着从河湖挖来土块、从山中砍来树干、从草丛拉来藤蔓，搭建自己简易的栖息地。用土块垒砌炉灶，从河里捕来鱼虾，捡来蚌壳；从山中打来野兔等猎物，当一天的劳作刚刚完成，已是红日衔山，血霞浣天，先人们开始点火做饭。他们用树枝作为燃料，用石头的相互摩擦引出火源。燃烧的树枝，熊熊的火苗映红了远古的半边山、半边天。从此，遥远的祖先在三星村这块丰饶的土地上，升起了人类居住史上的第一缕炊烟。袅袅炊烟、徐徐升腾，缠绕的烟雾，飘荡在金坛朱林三星村上空，盘旋在茅山山脉大地上。缕缕炊烟都在叙述着我们祖先从最初的猿人到人类的演化过程……

祖先们在这里生活，部落里狩猎本领最强的被推举为部落首领，他带领族人在这块宝地上劳作、创造、种植水稻、捕鱼、养蚕、捕猎动物、建设家园，度过春夏，抚育后代，过上了男耕女织安居乐业的生活，世世代代、代代繁衍……

周家渡的石板码头，记载着三星村祖先们曾和外界商贸往来的痕迹。一条弯弯曲曲的小河，从三星村周围环绕而行。溪水轻颤，微波荡漾，河面停泊着静静的小舟。两岸鳞次栉比的老屋、民宅，掩映在葱绿的树林中，来时的旅人却已找不到回时的路。独倚渡口一侧的观望桥，河两岸青的草，绿的树，各种农作物郁郁葱葱，如同一块偌大的绿色地毯覆盖在这无边的田野上。一村村，一片片。村村相连，片片相依。

踏上周家渡的渡口码头，这是一个坡度稍陡些的石板阶梯码头。残存的石块刻下了祖先们风雨飘摇的沧桑岁月。石板虽已斑驳缺损，或褪色、或长满深绿色的青苔，但每一块石板都记载着岁月年代的世事变迁，它们仿佛正在给我们讲述着一个个鲜为人知的美丽传说：码头左侧住着的祖先一家五口，男人们每天外出耕种、打猎，女人们上山摘采桑叶侍弄养蚕。这家的小女儿天资聪慧，通过侍弄养蚕，琢磨了如何浸泡蚕茧、如何用树枝挑着抽丝、如何织成绸布。她将掌握的所有养蚕制丝过程技艺都毫不保留地传授给了族人、近邻和乡亲。从此，人们不用再穿树皮、兽皮，而是穿上了美丽轻巧的丝绸布缎。屋旁那几口大缸，便是祖先们用来蓄水和浸泡蚕茧拉丝的器具……顷刻，我已听到了屋内蚕食桑叶的沙沙声、咔嚓咔嚓的织机声。看到了烟雨迷蒙的河面上，荡漾着一只远行的小舟。男主人头戴斗笠身穿蓑衣手撑竹篙，小船上装满他们辛勤劳作的成果与希望，驶向了远方……

回眸之际，养蚕女仍在码头刷洗着养蚕的竹匾……

收回奔驰飞跃的思绪，我又驻足在三星村李巷。

三星村不仅是远古新石器探源之地，国家文物遗产考古发掘保护单位，同时也是红色的革命根据地。所属茅山腹地的朱林镇三星村，这条深深的李巷，曾是新四军李钊童年、青少年和他带领乡亲与敌寇周旋作战的地方。

红色的故乡，到处传送着红色的故事。我此时立足的老屋，就是新四军李钊当年居住过的红色故居。

1911 年，李钊出生在常州金坛朱林镇李巷村（1987 年辞世）。

他在无锡读初中时就十分关心时事和国家大事，曾被选为学生自治会长。参加学生罢课，并作为学生代表向当时的国民政府请愿，要求北上抗日。初中毕业回到故乡在下新河小学任教，虽然随后又考取测量学校，结业后被分配在省地政局下属的测量总队工作。但当 1937 年上海沦陷后，苏南大地遭到日本侵略军铁蹄的蹂躏，所到之处烧杀抢掠，中国人民身处水深火热灾难深渊时，李钊等一批热血青年再也无法忍耐，他毅然决然地返回家乡金坛，积极寻求救国之路。在金坛境内建仓圩，天荒湖小岛上，李巷村等与蒋铁如积极宣传抗日。尤其在 1938 年，金坛茅山薛埠、朱林镇、李巷村这一带惨遭日寇大扫荡时，李巷也是个重灾村。李钊目睹这一切，更是义愤填膺、按捺不住心中的怒火，动员西城村开明绅士李维舟组织募捐，联合自救，赈济受害群众。革命的火种、抗日斗争的熊熊烈火在李钊心头越烧越旺。

1938 年 6 月，陈毅、粟裕率领的新四军进入苏南敌后，开创了茅山抗日根据地，李钊迫不及待地约人一道拜访了陈毅司令员，在陈毅将军的鼓舞下，经过努力学习，当年 7 月他就秘密加入了中国共产党，并受组织委派，回到家乡发动、组织群众开展抗日斗争。1939 年，李钊被调往新四军一支队部任服务团长，并跟随陈毅司令员作为金溧地区党代表一道去皖南军部参加全军第一次党代表大会。组织上为了培养他，会后让他留在军部教导九队学习四个月。可在学习期间，他仍心系家乡。结业后，李钊如愿被派回金坛西南地区，恢复抗委活动。1940年，上级命李钊率分队去长涌地区，与诸葛慎的联防自卫团合编为金坛人民抗日自卫团，诸葛慎任团长，李钊为副团长。当时金坛人民抗日自卫团主要战斗在长荡湖东西两侧……

在家乡的抗日战斗中，李钊始终冲锋在战斗的最前线，转战在家乡朱林、三星村李巷、茅山等地。他身经百战，直到抗战胜利后北撤……

李钊曾先后任金、溧、武、丹、宜五县抗敌自卫会副主任，新四军第一支队战地服务团团长，第三野战军敌工部长等。新中国成立后，担任过交通部部长、秘书长，南京市人大常委会副主任。

十四年抗战，金坛茅山等地有五万余名如李钊一样的热血苏南子弟参加了新四军和党的地方武装，7000多位英烈却永远长眠于这片热土上……

环视李钊曾居住过的老屋，堆放的柴火、灶间的老式锅台，他曾用过的簸箕、扁担等老物件，我仿佛和这位新四军战士有了一份心的交融……

新四军李钊育有一儿一女。儿子李鲁，女儿李迅。李鲁是解放军理工大学军事研究教授。儿子李鲁由于从小受到父亲李钊的影响，也由于工作原因，对新四军的历史都有很深的研究。他曾和妻子梁军几次到过新四军江南指挥部司令部旧址和史料展览馆参观。2020年7月底，李鲁又带着妻子梁军和妹妹李迅来到水西村参观，瞻仰、追寻父辈足迹，聆听讲解员讲诉着父亲曾经参加抗日的战斗故事，抚摸着父亲曾经的老照片，他陷入无尽的沉思。临别前，李鲁欣然提笔，表示会珍惜无数革命前辈抛头颅、洒热血，用生命和热血换来的幸福生活，不忘初心、牢记使命，为国家的发展和建设多做贡献。

非常期待有一天，李钊的儿子李鲁和女儿李迅，也能踏上家乡朱林三星村李巷这片热土，看看老家现今的发展和变化，看看我们远古祖先珍贵的文化遗产，看看、领略一下他们的父辈曾居住过的老屋，每件老物件上都还残留着父辈李钊的气息，映衬着抗战的烽火，也会叩响他父亲那些参加抗战峥嵘岁月的回声。看看常州金坛区、朱林镇、三星村各级领导和群众为了打造三星村勠力同心所付出的艰辛努力！他们，恰如古人遗留下的"骨雕金蚕"文物一般，永远有着"春蚕到死丝方尽，蜡炬成灰泪始干"的奉献情怀，永远有着春蚕般昂起的头，那是一种向上向前的精神力量！那也是一种内在生命力搏动的象征……

问渠那得清如许？为有源头活水来。

灿若星河的文化遗产，恰如有源之水，滋养着中华民族绵延不绝，滋润着江苏金坛三星这片丰饶的土地……

"文物和文化遗产承载着中华民族的基因和血脉，是不可再生、不可替代的中华优秀文明资源。"近年来，朱林镇三星村在常州市委市政府、金坛区委区政府的领导、关心支持下，为了配合相关单位挖掘历史古文物，为了打造美丽三星村，付出了相当的努力。

2022年7月12日，常州市委常委、宣传部领导一行来到朱林镇调研三星村遗址保护、新时代文明实践所工作。他们来到遗址考古现场，详细了解考古工作的进展，并为考古工作者送上夏令生活用品；

2022年8月15日，三星村又被入选常州市地名文化遗产名录；

2022年8月17日上午，常州城建集团有限公司党委副书记、总经理刘龙才，副总经理高枫等领导一行来到朱林镇三星村开展乡村振兴党建共建活动。朱林镇人大主席张铧、副镇长宋永栋，党委委员、政法委员张亮及三星村党总支罗书记、驻村第一书记王书记等参加了活动。

三星村为了让"远古的村落"能够焕发文明新风，把墙体彩绘作为乡村文化宣传、乡村文明建设的重要载体，让村民在潜移默化中接受传统文化的熏陶，并开展"首创聘任环境卫生义务监督员"模式，为确保村民人居环境的改善创造了一种"爱护环境、人人有责"的良好氛围……

2023年以来，三星村遗址联合考古队阶段性发掘工作仍在继续。9月初，新华网"以骨溯古，与千年前先民'对话'"，对三星村遗址进行了系列报道。9月20日，国家文物局考古司司长闫亚林来坛调研文物工作，区委领导会见了闫司长一行，并就三星村考古遗址公园建设进行了充分交流。省、市文物局相关领导、区领导一起参加了调研。

2024年甲辰龙年新春之际，金坛三星村遗址又出土了一件龙形骨器。在华夏大地上，龙不仅是神话传说中的生物，更是中华民族的象征与图腾。据中国社会科学院考古研究所副研究员李默然表示，考古所见的"江南第一龙"是常州青城墩遗址出土崧泽文化玉龙，而金坛三星村遗址最新发现的这件龙形骨器或是江南地区最早的龙形器物，这件龙形文物承载千年文明。

近日，"三星汇聚，光耀九州"的三星村遗址公园博物馆设计，更是点亮了三星村遗址的古老辉煌！设计中融合了保留田园肌理，融合乡土风情，打造生态型文旅乡村。植入活动体验，激发场地活力，营造"展、学、研"一体的开放式文博公园。圈圈圆圆圈圈方案通过现代化设计和建筑语汇与三星村先民对话……

在2024年6月8日上午文化和自然遗产日活动上，国家文物局公布了第六届"最美文物安全守护人"名单。常州金坛区朱林镇三星村民委员会荣获"最美文物安全守护人"团体称号，全省唯一。

我想：若干年之后，我们常州市委市政府、金坛区委区政府、朱林镇、三星村各级领导及关心、鼓励、支持三星村发展的单位及个人，省市、国家级考古、勘探、挖掘、调研专家，包括各位村民和发动、号召省市作家抒写美丽三星的金坛区科学技术协会、科普创作协会领导、主席等，都将会成为保护文物、美丽三星的传承人，都将会载入史册……

哦，朱林镇，三星村。

自从踏上你坚实厚重的胸膛，读着你美丽动人的传说，聆听你沧桑多变的历史，感受你深沉凝重的呼吸，我对你，更多了一份深深的敬仰！

古往今来，三星村这片土地上就演绎着文化与山水的交汇；演奏着古老与年轻的交融；演唱着历史与地理的和声；演绎着人文与生态的结合。相信古老而年轻的三星村，勤劳而朴实的朱林三星人，在常州市委市政府、金坛区委区政府、朱林镇、三星村村委各级领导的带领下将携手共进，共创灿烂美好的明天！在不久的将来，中国江苏南部，定会冉冉升起一颗璀璨的历史文化明珠——金坛三星……

浓浓慈母爱，悠悠边关情

——记全国爱国拥军模范朱立凤

在中国人民解放军建军 96 周年前夕，新疆的松拜边防线上，活跃、穿梭着一辆自驾慰问车。这辆车从 2023 年 6 月 26 日清晨顶着漫天雨幕驶出了常州"咱们的兵站"，至今已整整一个月，三十天！车上盛载着一腔满满的慈母情，艰辛跋涉，奔波、辗转在新疆边防连哨所，看望、慰问她心中时时牵念的边防官兵。她，就是 74 岁的全国爱国拥军模范朱立凤。

朱立凤，1950 年 8 月出生于四川，一岁多就回到了常州。常州杨桥古镇是她的老家，她是朱熹的后代。

1966 年，16 岁的朱立凤响应党的号召，到边疆去，到祖国最需要的地方去。她毅然决然地踏上新疆支边的征程，将 13 年最宝贵的青春献给了祖国边疆建设。回到常州后，她敢说敢干，承包实业公司、影集厂，创办大酒店，成为一名知名的女企业家。她是最早一批骑上"飞狼"摩托，最早一批辞职下海的人之一。常州当时总共只有四十几套别墅，她是拥有其中一套独幢别墅，并一口气资助了32个希望工程孩子的江苏常州餐饮界凤凰大酒店的董事长。尽管她通过自己艰苦创业，努力打拼，事业获得一份成功，可她心中那份刻骨铭心的边疆情却始终无法忘却。

1996年9月，作为中国摄影家协会会员、中国女摄影家协会理事的朱立凤随中国摄影家采风团来到新疆伊犁松拜边防连采风。看到那里的生活环境极其艰苦，那些和自己女儿差不多大的边防战士，就承担起了保家卫国的重担，朱立凤潸然泪下。采风过程中，朱立凤怜爱地和边防战士亲切交流，体现出一位"母亲"对儿女的深切关怀。一位名叫蒋斌的班长情不自禁地喊了一声"朱妈妈"，令朱立凤十分感动。这一声，改写了朱立凤的人生目标和方向。指导员崔景忠也邀请朱妈妈一直聊到凌晨……从此，朱立凤便和新疆那片热土，和新疆松拜边防官兵结下了不解的情缘。那一次采风，她一共拍了178卷胶卷。回到常州冲洗时按人头冲洗，每个战士一份。几十公斤重的照片，全部寄到了边防连，给战士们送去了一份莫大的精神食粮。后来又将采风拍摄的照片自费出版了画册，赠送给边防官兵。朱立凤的这一举动，也令边防官兵感动，让他们真正体会到在远离父母的边防线上，感受到了一份深深的母爱。为此，边防官兵全都亲切称呼她"兵妈妈"。

　　28年来的漫漫拥军途中，朱立凤省吃俭用，倾其所有物力和财力，有21次亲临边关慰问。最早那些年即使无暇前往，也常有书信往来。兵妈妈给战士们写过近千封书信，每年，都给战士们寄去鼓励他们学习的相关慰问品等。她还在连队设立了"朱妈妈成才奖励基金"，激励战士们成长。对考上军校、获奖、立功的战士给予奖励。她的慈母大爱，从东部沿海延伸到遥远的西部边陲。

　　"落红不是无情物，化作春泥更护花。"她关心每位战士的成长胜过关心自己的儿女。听说松拜战士霍俊红进入军校后由于有些不太适应，一度产生退学念头，朱立凤不顾腿部受伤置换了人工膝关节正在住院治疗，连夜赶写了一封长达9页的书信，劝慰他调整好情绪，把握机会，静下心来好好学习。在兵妈妈的关爱开导下，兵儿终于圆满完成了学业。

　　一期士官张萃伟想要复员，跟朱立凤兵妈妈交流沟通后也稳定了情绪，留部队两次立三等功。

　　28年的拥军路，并不都是阳光鲜花，同样伴随着风霜雨雪。拥军，除了要有足够的精力毅力坚持，还要有相应的经济基础。现如今，朱立凤仅靠企业的三千多元退休工资生活。平时她生活很节俭，吃的菜，都是自己动手在院子里种的，多年来未曾买过一件像样的衣服。但是，对边防兵儿，对于她选择的拥军事业，却始终没有中断。

2006 年之前那段时期，她的创业遇到了困境。承包的工厂巨额货款收不回来，大酒店也因市政拆迁停业，她几乎面临破产。朱立凤想尽一切办法筹措资金给工厂员工结清了工资，所有的只剩 1.68 万元，本来也可以好好安排一下自己的生活。可是，她想到的是边防连，想到松拜边防连的哨所由于地震而受损，急需要重建，她要表示一份"兵妈妈"的心意，她将这 1.68 万元汇到了连队。钱汇走后，她已身无分文，成了彻彻底底的"穷光蛋"。那个春节，她是在接受了孝顺女婿送来的 800 元钱才算简单过了。

几十年来，她是一位忘我的人，心中装着的只有边防兵儿。

2004 年临近春节，松拜连队驻地发生地震，朱妈妈知道后心急如焚，"如果这个时候不去，我就不配当他们的妈妈"。毫不犹疑，她只身一人飞到乌鲁木齐，冒着零下 40 多度的严寒，在张部长的陪同下，踏着没过膝盖的积雪，前往灾区雪中送炭。当亲眼看到全连官兵都安然无恙，她脸上才露出欣喜的笑容，悬着的那颗心才算放下。朱妈妈给兵儿带去了电脑、相机和足够拍摄三年的胶卷、学摄影的书籍，并给兵儿讲授摄影技巧，希望、鼓励他们用相机记录战斗的身影和成长的经历。

一位曾任伊犁军分区政委的王兴国将军幽默而慷慨地说过：他在伊犁军分区工作多年，接待的客人也不少，唯独记住了朱妈妈。说朱妈妈是松拜的妈妈，是伊犁军分区的妈妈，也是全军的妈妈。

　　为了能够更多地关心兵儿的学习和成长，2017年，朱立凤将自己的三层住宅楼自费改建成了"咱们的兵站"，为方便兵儿探亲、休假、出差的来来回回有个休息小憩温馨的家。兵站建成后，兵妈妈一批又一批地热情迎接着现役和退役兵儿的到来，兵站也成为社区军民联谊和道德讲堂的公益活动场所。

　　2023年八一前的这次慰问，朱立凤精心策划，筹备了整整半年。她们是在七一前就赶到了伊犁，与松拜边防连的官兵共庆党的102岁生日。随后，兵妈妈一行马不停蹄，从6月26号到7月26号慰问结束返回常州整整一个月。兵妈妈慰问团一行翻山越岭，辗转跋涉在高原四五千米"天高气薄绝尘烟"，被称作生命禁区的山坡间，或顶着高温，或抵御寒冷，或日行千里，或披星戴月。从伊犁到阿拉山口、到喀什、到神仙湾"喀喇昆仑钢铁哨卡"、到山上山下两重天，海拔五千米的红旗拉甫国门，兵妈妈一行不畏艰险，克服高原缺氧引发头疼呕吐等困难，吸着氧气坚持到达哨所，将一份份精心准备了半年之久的慰问品送到兵儿手里，送上兵妈妈一颗火热滚烫的心。从北疆到南疆，朱立凤一行这次慰问了18个边防连和执勤点位。每当看到可敬可爱的兵儿们被烈日灼红的肤色、干裂的嘴唇、满眼的血丝，满手的老茧……朱妈妈心疼得止不住泪流满面。唯有将兵儿拥得更紧，让他们感到一份母爱的温馨和力量。但看到兵儿们个个磨炼得如此刚强，不免心头掠过一份极大的欣慰。守边将士们"一顶军帽，顶着祖国重托；一杆钢枪，挑着人民的希望；一身绿军装，裹着钢铁长城般的血肉身躯"，用青春和生命践行着对祖国和人民的承诺。他们铿锵有力的誓言，在苍茫雄浑的高原之巅回荡。"保家卫国！我们就是祖国移动的界碑，脚下的每一寸土地都是中国的领土！"这是兵儿们神圣的使命！

一路风尘、一路跋涉、一路歌。30 天的慰问途中，有艰辛、有欢乐、有激动、有难舍的泪水，更有那份对边防官兵崇高的敬仰。长长的边防线上，刻下多少兵妈妈感天动地的大爱情怀。是金子，总会经过火的淬炼发出耀眼的光芒；是英雄，总会在经历生活中的各种逆境挑战、磨炼，使自己人生更加炫彩夺目。

2020 年 11 月，朱立凤正式加入了中国共产党。28 年来的拥军历程，得到常州市退役军人事务局、天宁区退役军人事务局、所属社区领导的大力关心和支持，得到现役兵儿和退役兵儿的鼎力帮助、支持、安排、协调等。朱立凤先后获得全国爱国拥军模范、江苏省十佳母亲、江苏省三八红旗手标兵、江苏最美拥军人物、常州市十佳关心国防建设好公民、常州市政府关心慈善事业积极分子、常州好人等光荣称号。她的事迹被中央电视台《国防时空》、人民网、新华网、中国军网、《人民军队报》、江苏电视台等广为宣传。

74 岁的党员朱立凤深深明白，她身上替代着、凝聚了所有兵儿母亲的那份厚重博大的爱，她立志尽自己余生最大的所能去关爱、看望、慰问兵儿，为爱国拥军奉献终身。包括这次八一前的边关慰问，朱立凤在出发前早就做好思想准备：如若此行身体抗高原反应不行了、如若途中汽车遭遇不测，她将死而无憾！她豪迈的人生格言是：生命尚存，拥军不止！

是雄鹰，就有矫健强劲的双翼；是雄鹰，就会翱翔在天际，翱翔在浩瀚的苍穹之下……

朱立凤兵妈妈，将自己的人生设计成永远在冲锋陷阵的战士。她喜欢的动作永远是敬礼！向着边防线上一株株挺拔的白杨，向着祖国母亲的钢铁脊梁……

顾锁英原创摄影作品《叶对根的眷恋》

杏林春暖注心怀

三月，万物复苏；

三月，莺歌燕舞；

三月初，我走进了常州市金坛第一人民医院上海医院做身体全面检查。

在核酸检测、拍胸片，一切入院手续办理完善后，我步入金坛第一人民医院宽敞、明亮的门诊大厅。经几道防控疫情的检查，穿越一条长廊，来到住院部的消化内科。

走进消化内科住院部，犹如步入了春的怀抱。

干净整洁的消化内科长廊，墙的左侧悬挂着消化内科所有主任、专家、医护工作者的团队合影及消化内科相关的科室简介、健康宣教等。一行醒目的大字映入我的眼帘："奋斗百年路，启航新征程。"这，也许就是第一人民医院从院领导到所有医务工作者奋斗的目标和方向！

常州市金坛第一人民医院创办于 1919 年，是一所集医疗、教学、科研、康复和预防保健为一体的三级甲等医院。2020 年 12 月医院搬迁至位于金坛滨湖新城核心区的金坛大道北侧新院区，新院已全面投入使用。

2021 年 12 月 30 日，上海市第一人民医院和常州市金坛区人民政府签约了合作共建金坛第一人民医院的协议。关于此次"院府合作"计划，新任命的上海市第一人民医院金坛医院党委副书记、院长蔡郑东表示：拟将深刻把握公立医院的发展内涵要素，打造有真正影响力的专科……努力探索长三角一体化背景下具有上海市一医特色的紧密型医联体新模式，将金坛第一人民医院建设成政府放心、百姓满意、医疗能力一流、服务水平优良的三级甲等医院和基层区域医疗中心。并在医院现有的人才和学科基础上，首批选拔了上海市第一人民医院的五位骨干专家进驻到金坛第一人民医院，给医院注入了新的"血液"，带动医院整体诊疗水平的提高。

来到护士台，护士长许娜和值班护士迎上来接待了我，有条不紊地给我安排了房间。当我还未坐定，潘红芳副主任医师和上海专家卢战军消化内科执行主任也来到我的床前。潘红芳医师手拿记录夹亲切地询问我之前身体的不适和此次入院需要做哪些方面的检查。她仔细地听着，认真地记录着，并立即和卢战军主任给我做了相关检查的时间安排。因为近几个月来肠胃一直不适，潘医师随即给我挂上了点滴。

由于疫情期间，家中没有合适的人作陪同，我就自己住了下来……

3月8日，副院长赵凯一行查房。一见到他，深感亲切。记得十多年前，我从常州回来有时肠胃不适找他开过药。他的热情、精干，就为我留下了深刻的印象。此次又见，他已身为金坛第一人民医院的副院长，也是消化内科主任医师。他在和随行的床位医师蔡云等询问完病房的患者后，临出病房前又关切地问："还有没有什么需求？"一句话，简单的几个字，却给我留下了一片春天！顿觉心头暖暖的。那一刻，我根本没感觉到是在病房，恰如家一般的温馨。窗外春色融融，病房内暖风荡漾……

一切检查都在顺利进行着。每天我的吃喝，都是小护士们为我点上，食堂送来后她们又一一端到我们的床头。她们，一身洁白的工作服，一颗金子般纯洁的心。工作尽心尽责、兢兢业业，在繁忙的工作中做出了超出她们工作本分以外的事，在平凡伟大的工作中默默奉献着自己的青春。这，就是我们金坛第一人民医院的白衣天使。

做肠镜检查前，由于前几天思想压力大，没吃好休息好，第二次冲洗肠道的药喝下去后，胃部极度的不适，乃至喝下去的药水在胃里坚持、停留了一个多小时，还是毫无保留地直接从嘴里喷吐而出。那一刻，许娜护士长见我脸色不太好，赶紧安排护士们给我量血压，测血糖，床位蔡云医师也立即给我开了两瓶点滴挂上。

多少年来，我曾奔波于几个省份、几座城市之间。我曾带着中外主持人穿梭在西部大开发、西部论坛会场，曾赶赴偏远的市县乡镇采访报道，曾在茫茫大漠为了抓拍一个画面与星星月亮太阳一同升起……几乎任何困难都难不倒我。然而，面对这几年一次的胃肠镜检查，却如一座大山般压在我的心头。虽说体检胃肠镜也属于常规检查，但对于我来说，却是一项"伟大的工程"。尤其想到做肠镜，我就深感惴惴不安。也许，几年前在外院做肠镜的那一幕令我无法忘怀。那次肠镜在腹中进退两难时，护士用尽全力趴压、双手挤压腹部肚子时的那种疼痛难耐，每每想起都心有余悸。特别是对于我这个敏感性体质的人，又有几种药物过敏，不想做无痛检查。因此，只要是打算做胃肠镜检查，我都十分的重视和谨慎。这次也是纠结了一年多，终于下决心走进了家乡的金坛第一人民医院。

所有的担心、所有的顾虑和压力，在金坛第一人民医院消化内科赵凯副院长、卢战军主任、潘红芳主任医师、床位医师蔡云、许娜护士长及床位护士黄淳、徐玉霞等等所有医护人员的细心、百般体贴和呵护下，得到了释放。在卢战军主任的操作下，竟没感到那么紧张和害怕，也没感到疼痛，且时间短、速度快，这是我怎么也想象不到的。这，就是我们金坛第一人民医院的专家、医师；这，就是金坛第一人民医院消化内科勠力同心的精英团队给我的精神安慰和精神支撑，使我几天的检查能顺利进行。还是庆幸，检查下来的结果属于肠胃功能紊乱及胃肠炎。

肠镜做完的第二天，本打算出院。床位蔡医师来到我的床前，关切地建议我不要这样匆忙急着出院，再挂几天点滴治疗一下肠胃炎会好得快些。我十分感动，采纳了蔡云医师暖心的建议。我深知，作为一名有高度责任心的医生，视同病人如亲人般的关爱和呵护。他们"行医一时，鞠躬一生；不求闻达，但求利人"的精神值得崇敬和感佩！

不知谁说过，"长路奉献给了远方，玫瑰奉献给了爱情"。我则说，医务工作者的青春和热血，无私地奉献给了他们钟爱的医疗事业和病人……

几天中，我目睹了医务工作者的辛劳和付出。他（她）爱岗敬业、乐于奉献。从院领导到护士，无论日常工作多么繁忙、劳累，他（她）心中始终装着病人。他们的言行，如春天的雨露，滋润着每位患者干涸的心田。

一日深夜，我邻床的陪护起床方便时不小心碰倒了休息的陪护椅，值班护士立马赶过来，扶起陪护和陪护椅，并多次追问是否碰疼了还是摔到哪儿了？那份关切、那份急切，不是亲人胜似亲人。当护士听说没什么问题时她才回到护士台。没想到时隔十几分钟，小护士又一次来到那位陪护身旁，再次反复询问有没有哪儿疼痛。

周末，忙碌了一周的医务工作者本该休息。可医院的院领导却心系医院、心系病人。周六，3月12日一大早，赵凯副院长就来到了医院消化内科住院部，和蔡云医师等一行，挨个病房，挨个床位查看患者、仔细翻阅病人的病历，询问治疗情况……那份嘘寒问暖，给病人带来了心灵莫大的慰藉和春天般的温暖。

每逢值班忙碌时，白衣天使们总是脚步匆匆。她们有时要同时解决、处理多个病房患者的需求。但她们毫无怨言、一脸微笑，如一只只欢快的白鸽，穿飞在长廊和每个病房之间……将微笑和方便留给病人，将辛劳和疲惫藏在心底。

肠胃镜内镜检查室里，潘良、周鑫、卢战军等主任医师和护士们，一袭墨绿色的工作服，紧张而有序忙碌的身影，如跃动在春日暖阳下一道绿色的风景。也许，"科学家更多地付诸理智，艺术家更多地倾注于感情，而医生则必须集冷静的理智和热烈的感情于一身"。他们有一分热发一分光，将光明和温暖带给病人。他们的气息、他们的一言一行，无时无刻不渗透着那份浓浓的关爱和体贴。以至于在做胃肠镜前怎样躺卧才能最大限度地减轻不适感等都考虑到，让人一度紧张的心情得到放松……

金坛第一人民医院有这样对病人关怀备至、一心为民的院领导、主任、医师、护士，怎不让金坛的父老乡亲深感自豪！

原本打算 14 日周一出院的，由于 12 日深夜常州突发疫情，我深知医院的防控工作会更加紧张和繁重，为了减轻医护人员的工作量，13 日上午挂完点滴，我和同病房的主动要求提前出院了，没来得及跟卢战军主任，赵凯副院长、许娜护士长，护士徐玉霞等道个谢。我的床位蔡云医师恰好在门诊值班，潘红芳主任医师同意了我们的要求，并匆匆办理了出院手续，又给我开了一些药……

出院多日来，消化内科所有医务人员的大美形象，一直萦绕在脑际。他们对我的那份悉心体贴呵护和关怀之情，时时撞击着我的心扉。我们伟大的白衣天使，白衣战士！你们默默燃烧着自己火热的青春，护佑着百姓的健康安全。抗疫一线，你们是英雄、是勇士！为了人民群众的生命安全，舍小家保大家。你们丢下待哺的婴儿，离别年迈的父母赶赴抗疫一线。小区内外、大街小巷，处处可见你们穿梭流动的身影。尤其当你们得知上海疫情暴发后，主动请战。你们一批又一批、一次又一次星夜集结，奔赴上海抗疫一线。常常是连续工作五六个、七八个小时不吃不喝，完成一天的核酸采集任务后依然无法休息。为了不给上海市政府增加压力，你们又拖着疲惫、沉重的双腿，连夜返回常州金坛酒店隔离休息；在平常的日子，你们同样是我们心中可敬可爱的白衣战士！

医院也如无声的"战场"，你们时时、事事、处处都站在病人、患者的角度，以最精湛的医术、最安全可靠的方式减轻病人的思想负担和精神压力，护佑着人民群众的身体健康、生命安全。作为金坛人，金坛的女儿，我为金坛有你们这样全心全意、仁心仁术、尽心竭力为民服务，值得依赖和信赖的好医生感动和骄傲！

有些事，只要自己亲临一次，就永生难忘；有些人，只要在人生旅途中相遇一回，便永远铭记。"桃花潭水深千尺，不及消化内科全体医务人员给我的一腔关爱之情"……

收拾、整理、腾出一片心房几十载奔波、跋涉岁月中所有的积淀，装进、镌刻上我住进金坛第一人民医院消化内科六天时间所收获的温暖。抑或，我展蓝天作纸，用长荡湖水作墨，注入白衣战士的关爱情怀，在我人生的调色板上，研磨成五彩斑斓的色彩，精心绘就一幅多彩的油画，双手呈上，献给我崇敬的全体医务工作者，衷心地道声：谢谢！

遥远的父爱

掂量着六月同题征文《父爱如山》，我陷入了深深的追忆。

我是一位从小失去父爱的女孩。在我七岁那年，父亲就因病离开了我们。

听母亲说，父亲是位为人和善、正直，生活中经常接济街坊四邻和一些需要帮助的人。父亲也是一位刚正不阿、锲而不舍的人。平时他生活中特别爱清洁，经常一袭藏蓝色长衫，头戴礼帽，黑色圆口布底鞋。镇上居民全都尊称父亲"顾先生"。父亲从小对我们要求十分严格。包括吃饭手指怎么握筷子，坐姿应该怎样……都有要求。

清晰地记得，父亲走的那年是在一个夏日。老屋傍水而居。屋旁的构树一半掩映着老屋的门窗，一半倾斜地倒映在水中，溪水轻颤，如梦如幻。就是在这样美好的夏日，病中的父亲可能预感到了什么。傍晚时分，他提出要求到河边洗个河水澡，母亲深知父亲是个爱干净的人，便同意了。也许父亲对生活了几十载的老屋、小溪有份深深的眷恋。看到父亲端坐在码头石块上，半个身子浸泡在水中，一边清洗着，一边眺望着河的对岸，仿佛陷入了无尽的沉思……

就在那天深夜，父亲走了。

我和姐姐哭泣着守护在父亲身旁，母亲一边痛哭，一边强忍着悲伤和二哥安排着父亲的后事。那时大哥在外省工作，无法赶回来。

父亲走后，家中所有的重担落在母亲身上。母亲含辛茹苦拉扯我们长大，供养我们上学。一个没有男人的家，母亲既要当女人又要当男人，将所有的爱都倾注到我们身上。

在母亲博大的爱的苗圃里，在记忆深处那份遥远的父爱中，我们渐渐长大。

我不会忘记：刚刚入学时，母亲为我准备了新衣服，姐姐给我扎了两个高高翘起的羊角辫。父亲用手轻轻拍着我的书包，语重心长地叮咛：好好学习，长大好好做事，好好做人，学好知识可以走遍天下……父亲如此简单朴实的嘱托，饱含了多少深沉厚重的爱，饱含了多少父亲对我的期望啊！我没有辜负父亲的殷切希望。从小学一年级到高中，我均是班里的班长和学校学生会干部，每年期中期末考试，总能捧回班级、年级最优异的成绩。乃至我家的墙上，逢年过节不必购买墙画，贴满了我和姐姐的奖状。直至后来跨进大学校园就读、深造，我的学习成绩依然优秀。

我不会忘记：在外求学、追梦的人生旅途中，每当生活的小舟遇到激流险滩时，每当西部的劲风刮得我几欲退却时，我感到了父亲那份遥远的爱，感到了父亲那份锲而不舍永不言败的精神力量，感到了母亲有力的臂膀。是父母的爱，撑起我在外远航的风帆。让我走过风雨、走过泥泞，走过四季。

几十年来，我绕过高山、穿越大漠，奔波、跋涉在几个省份、几座城市之间。我传承了母亲身上的勤劳、坚韧、刚强、宽容和仁慈，也沿袭了父亲身上刚性的一面。包括父亲生前爱整洁爱清洁的良好习惯，都也使我因袭至今。记得读小学时，我就特别讲究。凡看到自己穿的鞋子鞋面脏了一点，就会立即擦去。每天晚上睡觉前，我总会将脱下的外衣外裤整理叠好压在枕下，晨起拿出穿时挺挺的，没有一点褶皱。早晨起床后，第一时间必须将床铺、被子整理叠好，这是几十年的习惯。包括在大学校园和同学一个宿舍，或者走上工作岗位和同事一间宿舍，抑或现在出差住宾馆也是如此。

曾经早些年每次回来探亲，我都会伫立墙的一边，仔细端详、默默凝望着挂在墙上镜框中父亲的遗像，深深缅怀……后来听母亲说，由于我家历经几次搬迁，父亲唯一的一幅遗像丢失了。父亲的坟地迁移到公墓时，墓碑上只有文字记载，却没有父亲的遗像。为此，我还多次埋怨过小哥没有收管好。

现在回到故里定居。每逢清明时节，我都要踏上通往城南的石板小径，叩拜在父亲那没有遗像的墓碑前，唯有泪千行……我想：如若父母还健在，我可以带着他们阅尽世间所有的美景，尝遍人间所有的美食，尽一份女儿的孝心。

父亲，虽然和我生活在一起仅仅七年。

父爱，虽然是短暂的、遥远的，但留在我心中的爱却是一辈子享用不完的，是深沉、厚重、永恒的。

顾锁英原创摄影作品《迎春花开》

别 故 乡

冒着零下 6 度的严寒，护送姐姐踏上金坛至长沙的高铁车厢。

目睹着飞驰的列车，我的思绪如脱缰的野马，随着这长长的铁轨奔驰……

想起几十年前我第一次惜别家乡外出求学、寻梦的情景。

母亲护送我远行。我们到水北乘坐轮船到常州。临行前那一晚上，住在水北一家小旅店，我和母亲睡一张床，一人睡一头。母亲一会摸摸我的脚，一会帮我盖盖被子，一会又叮嘱我几句。半夜中，听到母亲轻轻的啜泣声，我也亦是通宵未眠。那种对母亲的不舍，对家人和家乡的不舍之情一股脑儿涌上心头。第二天一大早，我和母亲都不敢正视对方红肿的眼睛……

那一别，天涯孤旅。一次次求学、一次次寻梦、一次次跋涉、迁徙、辗转……尝遍艰辛。虽然工作单位在中学、大学、电视台，同样有压力，生活的节奏也很紧张。

几十年中，来来回回不知多少次，在与家人、故乡的离别中煎熬度过。尤其母亲生前，我每次回来探亲，家中如同过节般欢欣喜庆，母亲提前半月就为我准备好各种我爱吃的食物。可到返回单位的时间逼近时，总看到母亲背着我悄悄抹去泪痕……当我走出家门那一刻，母亲强装坚强不看我，不说话，我亦是不看母亲不说话，但离别的泪水早已打湿我的衣襟。没等我走出家门多远，再也无法控制的母亲便会放声大哭……至今想起仍在我的心头刺痛！那就是母爱！十指连心的骨肉之情……

几经辗转迁徙，跨越几个省份几座城市，远行的小舟终究返回故乡龙城这片温情的港湾。可惜，那最疼爱我，我最敬重的伟大的母亲却不在了……

姐姐一家，是三十几年前跟随姐夫王工去了湖南长沙定居。姐夫是长沙人，曾在北京研究院、常州冶炼厂、金坛钢铁厂技术科工作。后被长沙一个单位以人才引进，才回到长沙。

前些年，姐姐一家探亲，都是姐夫王工陪同。自从 10 年前王工走后，姐姐返回家乡探亲基本都是我去接的。

这一次，早在 2023 年秋天，姐姐全家就沸腾雀跃了。家乡金坛"两高"的到来，高铁的开通和河海大学的入驻，同样激荡着姐姐一家的心。外甥早早就在朋友圈和家族群晒出了证明他是金坛人的"佐证"材料——他曾在金坛人民医院出生的出生证。记得每次回家乡他都带着。外甥为他是金坛人深感自豪，故乡永远在他们心中！

9月30日趁着国庆、中秋放假，外甥一脚油门，携带全家，夜里两点出发，10个小时的车程，第二天中午12点左右踏上了朝思暮想的故土常州金坛。外甥未曾卸下路途的疲劳，就兴冲冲打卡长荡湖水街，品尝家乡的特色美食……

转瞬，姐姐已在家乡待了3个月。

我深知，姐姐虽然生活在长沙大城市，有十分优越的生活环境和丰厚的物质条件，但她的精神世界仿佛缺少些什么。回到生她养她的故乡，亲情、友情、同学情，包括这方泥土的芳香，都会给姐姐带来无限的回味和满足感。

记得2014年元月，是姐姐精神上最难度过的时段。王工突然走了，这是对姐姐的沉重打击。恰恰我那时工作特别繁忙。当日，我就放下肩头的摄像机，和小哥、侄子等匆匆前往，处理完事情后又随即带着姐姐乘飞机回到了家乡。看到姐姐悲观、痛苦，甚至都丧失了活下去的勇气，我心急如焚。为了能使姐姐尽快走出那份悲痛和忧伤，我给她做了大量的思想开导工作和精神安抚，除了家中亲人的关爱呵护，她的高中同学们都给予了极大的抚慰。姐姐在阔别几十年的同窗好友的欢聚氛围中，自然而然地舒缓精神情绪。那一次，姐姐在家乡住了4个多月。

　　一晃 10 年。这 10 年中，同学们走进了姐姐的生活。她在同学群这个大家庭中，感受温暖。他们这一届同学凝聚力很强，宛如兄弟姊妹。每年聚会搞活动，班长和经济收入较高的同学都主动积极多出资金，迄今已延续了二三十年，是一个团结友好，积极向上的温馨班集体。

　　这次姐姐回来，咸班长、笪会长等早就计划安排了许多场丰富多彩的聚会活动：到茅山、花谷奇缘、盐湖城等旅游观光，唱跳红色歌舞，尽享家乡的美景美食。3 个月，似乎姐姐没有空闲一天，每天都安排得十分丰富。

　　我也放下手头的文字整理工作，陪同姐姐走亲访友。家人则经常邀请姐姐到家中小聚，让她享受这份亲情。小哥嫂等更是风雨无阻地赶来陪她，大家都有一个共同的心愿：让姐姐在家乡的日子开心快乐，一切都是情真真意切切。

　　我想，姐姐这次回来，是专门收获亲情、友情、同学情，收获家乡那份炽热的暖阳的……

　　拽回放飞的思绪，回到温馨的小屋。推开姐姐曾住的空荡荡的房间，我的心中不是滋味……

　　耳旁响起姐姐临别时的声音：我会争取每年回家乡一趟，即使以后到 80 岁了，也会让儿子陪护回来，哪怕小住十天八天……

　　哦，姐姐！

　　无论到天老，到地荒，故乡不会忘……

秋阳独怜窗前影

从不喜欢花的我，独爱窗前这盆花。

这盆花是 2022 年母亲节前女儿给我送来的。

记得那天女儿突然叩响了我的门，兴冲冲地手捧这盆花，另买了一些美食，来到我身边。我纳闷，女儿也应该知道，我的时间简直不够分配，平时我是不喜欢也无暇侍弄花草的。可女儿却说，母亲节快到了，要有个仪式感，聊表一下作为女儿的心意。

就这样，这盆花被女儿有意无意地带进了我的家。

既来之则安之。仔细打量，一股喜爱之情袭上心头。

它虽不及牡丹、菊花、月季那样娇艳，可它的根，它的叶，它的造型，却是我的最爱！这盆花的叶是直立向上生长的，给人一种力的遐想。虽然它不属于名贵花草，甚至我连名字都没记下来，但它一下子就直入我心！它的姿态、造型、趋向，甚至每一片叶全都是直立朝上伸展，这种个性、形态，一下子就触动并激发了我对它的认知和情怀。冥冥中，它已和我产生了一种共鸣，赢得我对它的喜爱。

从此，这盆花就成了我的精神伴侣，每每端详时，都有一种心的交融。

2022年盛夏，天气格外炎热且持续时间长，我担心这盆花在阳台受不了高温的炙烤，我经常小心翼翼地将它移至客厅通往书房一侧的空调下，再忙，每隔一两天都会给它上点淘米水。在我的精心照料下，这盆花在我的小屋中蓬蓬勃勃地生长着，尤其绽放出了淡粉色的花。更喜人的是，连盛开的花瓣都是狭长、独立向上的。

一日，女儿电话中问到这盆花是否还在，她以为我无暇打理早已弃之。当我肯定地告诉她，这盆花非但在，而且长势很旺。女儿深感惊讶！只听她在电话那头喃喃自语：奇迹！您还竟能有空养活一盆花……我心中暗喜。

我喜欢一切积极健康向上的事物。

几乎每天，我都有倾听《人民日报》新闻早班车的习惯。除了尽早了解、知道国内外大事，早间新闻播报的结束语，往往都是一段精彩、富有哲理性的励志语。有时我会截图或摘抄，抽空转发给学生、朋友，借此勉励他们去读懂生活的真谛。

记忆中，几十年来我仿佛只喜欢过两种花。一种是山中的小野菊，一种是天空飘飞的白杨花。这两种花，都是在特定的环境和背景下，给予我莫大的启迪、感染，给予我精神的抚慰和陪伴。

翻看三十几年前的那一页，当生活的小舟遇到激流险滩时，我曾飘到了锡铁山。一日，友人陪我到山中散心。蓦然回首，碎石边灿烂的小野菊牵引了我的视线，我伫立许久、许久。小野菊那种黄，黄得自然，黄得纯净，黄得透明。阳光下，给人一种心的震颤！它的容颜、姿态、内在的美质，将我的一怀愁绪涤荡得荡然无存。它不择地势不择气候，不惧风沙严寒、顽强地生长在高原乱石荒野之中，将它美的一面，展示给大地、展示给人们。这，不就是我们每个人都需要具备的一种坚韧的品性和精神境界么？我轻轻掐回一枝，插在瓶中，渐渐地，它也竟能生根，开花。它曾陪伴着孤独者的灵魂，度过了一段忧伤艰难的岁月。后来匆匆写就一稿，标题就是《心中的野菊花》，发表在《青海青年报》副刊。

二十几年前，为了调杂志社当编辑一事。没想到正在办理最后一道手续，只等州委宣传部部长签字时，恰巧部长外出视察工作还未返回。等待的过程中却等来了大中专院校的毕业分配，上面直接给编辑部分来了两名学生，我的调动只好搁浅。但是，我在万般焦急等待中，德令哈小城上空飘飞的洁白无瑕的白杨花却直抵我心底。返回后，心情久久无法平静。那漫天飘飞的白杨花，一直萦绕心头。当时我被它同样奉献高原的精神感染着。我精心捡起一捧，用塑料袋装好压在枕边，陪伴我度过了难熬的峥嵘岁月。谁知，由于返回时的匆忙和疏忽，竟没带回！回来后，心中的那份失落和遗憾，常常挤压得我寝食难安。一日深夜，我将拥堵在心头的画面和感受一股脑儿汇聚到笔端。一气呵成，一篇《寻觅遗失的白杨花》，释放了心中多少难以诉说的煎熬。那篇来自心底的散文随即被省级刊物发表并获奖，一直延续至今，上周又选发到中国作家网。

只有在心底打磨过的画面、文字，喷发出来才是感人的、有生命力的。

我们每个人的一生，或许都曾有过波澜起伏，峰回路转。每当遇到挫折坎坷时，需要的就是一种锲而不舍朝前的精神动力，一种坚强。这种坚强是促使受挫人将目光投向远方，给自己一个信步向前的理由；有时也如同一把钥匙，它会解开你的心锁，借一方晴空，拥抱阳光，让你走过迷失的时刻……

几十载的风风雨雨，我接触的人和事，无论是文学界、摄影界、美术界抑或社会面的，基本都是能给人以启迪、感染；或者能传递温暖、力量；或者能激发、激励，引领人不断奋进的……

向上，是一种姿态，一种力量，一种方向。

窗外，秋阳正浓。一片暖暖的光，穿越窗玻璃直扑这盆花，投下一束向上前行的影……这，是我永远的拥有。

一只花边小脸盆

小哥家水池边的一只花边小脸盆无遮无挡地冲进我的眼帘，如一把锋利的尖刀挑起我心底沉重的记忆。我迫不及待，小心翼翼，双手心疼怜惜地托起这只花边小脸盆，前后左右上下翻看着，泪水如断了线的珠子往下落……

啊，母亲！这是我万般思念的母亲二三十年前专门为我买下的。这也许是母亲留下的唯一遗物，感谢小哥嫂一直珍藏着。

抚摸着、怀拥着这只小脸盆，一股暖情如海浪般冲击着我感情的堤岸，母亲生前的点点滴滴又呈现在我的眼前……

每次回来探亲，母亲深知我是一个相对比较讲究的人，专门为我买下了这只花边小脸盆，并为我准备了其他洗漱用品及床上所有必要用品。我回来就拿出来给我单独用，我回单位后，母亲又清洗干净收起，待我下次回来时再取出来给我用。清晰地记得母亲将这些我独享的用品珍藏在一个老式橱柜中。

来来回回几十载，这只花边小脸盆上，不知记载、镌刻、遗留、凝聚了母亲多少的余温和大爱！此刻，所有的记忆仿佛一下子从这只花边小脸盆中倾泻下来……

我探亲的日子里，几乎每天，母亲早早起床煮好早饭，就是用这只花边小脸盆给我提前打好洗脸水，等着我起床。有时，母亲甚至会将洗脸水端到我的床头，包括早饭，让我洗漱完毕吃了早饭再休息一会。回来探亲，本该我孝敬母亲，反倒让母亲百般呵护照料，现在想起来，内心的愧疚感越发不能自拔。

透过泪眼模糊的双眼，我将这只小脸盆拥得更紧。拥着脸盆，仿佛依偎在母亲温暖的怀抱。泪眼婆娑，穿越窗棂，我仿佛又看到了，看到了烟雨迷蒙中，看到了母亲头戴芦骨头帽，身穿蓑衣，手提竹篮，正艰难地行走在通往小学的石板小路上，这是母亲在给读小学的我送去午餐。母亲担心下雨路滑，我来回不方便，又唯恐耽误我的学习。只要每逢下雨，母亲总是提前做好饭菜给我送到学校。如若学校放学的铃声还未响起，母亲就会伫立教室走廊一角等候。我也总不辜负母亲的那份期望与大爱，每学期总能拿回全班、全年级，乃至全校最好的成绩。我家的墙上贴满了奖状，逢年过节，我家无须买什么年画，墙上的奖状便是对母亲最好的慰藉。

无法守候，无法拽回的思绪，穿越这只花边小脸盆，又停落在一个烈日炎炎的暑假后期。每次探亲总无暇在家乡多住些日子，要跨越几个省份、几座城市的，因而陪伴母亲的时光就更短。母亲为了能让我带些家乡的特产回单位，买了新鲜的鱼和虾腌制了几天后在阳光下暴晒，晒干后才能让我携带回单位。夏日的阳光如火球一般悬在空中，刚腌制带着水分的咸鱼咸虾暴晒时，特别容易遭遇苍蝇的围攻。母亲为了不让蚊虫苍蝇靠近咸鱼咸虾，正午时分，就直直地站立在咸鱼咸虾旁，用蒲扇驱赶着苍蝇。那可是三十几度的夏日高温啊！稍有不慎就会中暑的。尽管我再三劝说、制止，可母亲执意要站立在阳光下驱赶苍蝇。看到母亲一次又一次换下被汗水打湿的衬衣，我再也无法忍受地将母亲硬是连拉带拽地拉回屋子避暑。可还没多一会儿，怎么一转身又瞧见母亲依然站立在暴晒的咸鱼咸虾旁驱赶着蝇虫！那一刻，我满脸流淌的不知是汗水还是泪水。母爱，就是这样地执着、简单、坚持和伟大！返回单位途中，由于几天的火车汽车，三十几年前那时车上没有空调，母亲如此费心为我准备的咸鱼咸虾，尽管当时晒干了，临行前几日下了雨，可能有些转潮，再加上包裹包得紧，不透气，车上气温又高，已长了虫，我不忍心打开看。实在无奈，只能途中弃之。这件事，几十年来直至母亲走时我都未曾告诉过她，唯恐母亲伤心。这是一份盛满母亲深深的爱呀！

转瞬，母亲走了已近二十年。母亲走了，仿佛带走了所有的爱，带走了我所有的欢乐。我曾一度伤心过度，精神几近崩溃。

我有多少的话儿要对母亲说，有多少的事欲为母亲做的，却成了终身的遗憾！

啊！母亲，您为我准备探亲备用的花边小脸盆依旧在，可您却走了。记得2003年临近春节那次探亲，我由于在外省电视台上班，本来无暇回家乡。为了能挤出时间回去看望您，我提前准备了春节期间需要播放的片源，没来得及提前购票。临近年三十，我找了列车长，匆匆踏上回乡之旅。好在列车长将我安排在车长和列车员的那节车厢。来回一个星期。在家乡给您匆匆拍下的几幅照片，您身穿深蓝色外衣，淡驼色毛线马甲，白色的长围脖，我当时说母亲您就是一位退休老教师的气质。您虽然八十多岁了，却有着满头浓密的黑发，偶有几根白发。母亲，当时您开心的笑容，永远定格在我的心底。没想到，那次给母亲您拍下的一组生活照竟成了永恒。2004年那个飘雪的日子，您走向了遥远的天际。

母亲，您走后的这二十年，女儿想您啊！

此刻，我将这只爱不忍释的花边小脸盆拥得更紧，仿佛要拽回母亲生前给我所有的爱……

走进春天

经历过夏的酷热，经历过秋的凄凉，经历过冬的严寒，春，带着生命和希望，在人们的等待、祈盼中悄然而至了。

春回大地，春光明媚，春意融融，春潮涌动……啊，到处是一派春暖花开、姹紫嫣红的景象！

有人说，我生活了一辈子，从未有时间感受过春天的温暖；

有人说，我这几十年的人生之旅，几乎都是在严寒的冬天度过的，从没享受到春日的阳光……

其实不然，无论你在人生的道路中遇到多少坎坷，经历多少冬的严寒，四季轮回中春始终都是每年一次不离不弃地跟随着你的，只不过你无暇、无心去体味、感受、经历、拥抱而已。这就如同有些画家，到喧闹的室外写生，面对纷繁复杂、无边无际的自然景物时竟有无从下笔之感。那么，这就需要作画者从满眼的大自然景物中筛选、挖掘萦绕你心头的感受。这种选择可能源于一个突如其来的对你视觉神经的冲击，可能源于一次触动心灵的怦然心动，也可能源于一次刻骨铭心的无法忘怀的感动。法国艺术家罗丹曾就说过："所谓大师，就是会用自己的眼睛去看别人见过的平凡的东西，在别人司空见惯的东西上能够发现出非凡的美来。"我就是属于前者。多少年来，从未有过闲暇走进过春天，感受过春天，更谈不上接纳春天和体味春天的气息和阳光了，伴随我的常常是忙碌、疲惫、奔波……那么，我就没有理由说人生中和季节中根本就没有春天。当然，在我的人生道路中遇到风雨、坎坷时，我曾怀疑过：难道季节的春也不能向我走来么？常年徘徊在秋的季节，更无法从容地走进春天稍做小憩，总觉得春从来就不是我该享受的。现在我才真正明白：只要我们用心去感受生活，体味生活，人生中和季节中的春是无处不在的。

　　沐浴着春的朝阳，漫步在家乡的环城河畔。春，不知不觉中已将我紧紧包围，使我有点应接不暇了！放眼望去，环城河的对面，是江苏的第二大体育馆，全国及省市的一些体育赛事常常在这儿举行。体育馆的左侧是半岛花园，一栋栋新耸立的住宅楼群拔地而起，棕红色的墙体和粉绿色的体育馆形成鲜明的对比，给环城河畔增添了一道亮丽的色彩。弯弯曲曲的木头小桥，横跨在河的一侧，那是漫步人群的必经之路，与河中心的喷水池遥相呼应，又形成了另一道别致的景观。各色不知名的花儿：红的、黄的、粉的，竞相怒放，点缀着茂密的竹林……好一派迷人的春色哟！怀拥着绵绵的春意，身感着暖暖的春风，呼吸着馨香的气韵，任思绪在暖风中无尽地飞扬。那一刻，我真的醉了，醉倒在春日的怀抱中，醉倒在家乡的三月里。

收回迷恋的目光，身边、脚下，紧沿堤岸的是一排排不知名的柳条，前几天还是绿色的，转瞬已是金灿灿一片。一片片长椭圆形的小叶子，柔柔的、绒绒的，如纯黄色的绸缎，既不刺眼，又使人看了心情惬意舒畅！黄中带绿，她蕴含着生命的迹象和气韵！我给她取名曰：黄柳。黄柳生长在杨柳与杨柳之间的空闲区域。黄柳多分枝，枝杆为青绿色，叶片先绿后黄再转成绿，四片叶子构成一朵花的形状，一般五六朵组成一簇，没有果实，因而远远望去，如梦如幻，撩人心魄！

黄柳高矮参差不齐，高的有两三米，低的一米不到。一簇簇造型迥异、姿态优美、落落大方、生机勃勃、昂首挺胸，一支支、一根根伸向路边或河面，向行人、向春天尽情地炫耀旺盛的生命力！微风轻抚，高大的倒挂柳丝随风飘荡，如少女刚拉洗过的长发直直地垂下，偶尔轻轻触碰一下黄柳，偶尔又随风掠过黄柳。黄柳则如一位坦坦荡荡的青年男子，敞开了结实的胸怀，接纳着柳丝的柔情蜜意。那种若即若离的景象，恰如含情脉脉少女初吻时的神态：时而扭身片刻、时而低头不语、时而又……

我曾在大漠深处与红柳为伴。红柳，是生长在戈壁滩上的一种生命力极强、生长期较长的植物。无论环境多么恶劣，它都能蓬蓬勃勃地生长，将根深深地插入土壤，它顽强执着旺盛的生命力常常被人们广为传颂。可江南的这种黄柳，生命期虽然不长，但同样尽心尽职地，将艳丽和辉煌奉献给大地和春天！当它黄色褪去以后，仍以翠绿的色彩生长着，将它延续的生命的绿，静静地披洒在环城河的堤岸，给春天和行人带来无限的美感。

感受春天，我们不可能涉足全部所有的风光和山山水水，我们只能就自己生活的周围或某个环境中，体味大地之气韵给人带来的舒适感和美感！此刻的我，不就是漫步于家乡环城河畔的一条长廊么？但已感受到了那份涌动的春潮，那份令人躯体惬意的和煦的暖风，那生动美妙的一幕：柳丝如缠绵的少女与黄柳相拥、热吻的浪漫和迷人的风情！时时在撩拨着我们的心扉。从这些既平凡朴素又热辣煽情的景致中，从这些植物多情跳跃的激情中，我们实实在在地领悟到：春，来了！这，就是春！

"归梦如春水，悠悠绕故乡。"今日能享受"归来笑拈梅花嗅，春在枝头已十分"的景象，我还有什么不满足呢？

我要留住这美妙绝伦的春，让春永驻心房！

整整一个清晨，我按捺不住心中的狂喜和激动；我手中的相机咔嚓咔嚓响个不停：左一张，右一张；上一张，下一张。

突然，快门按不动了。原来是相机的储存卡已经爆满……

后记

天边的云

遥远的天际，飘来一朵厚重的云。许多年，许多日子，不曾有过闲暇，眺望命运前定的茫崖。浩瀚的苍穹下，但见一只鹰，破云飞过……

文稿整理到 13 万字左右，已是"晴日暖风生麦气，绿荫幽草胜花时"的初夏。

静静的夜，星星和月亮都已进入梦乡，唯有我，在电脑前敲击着键盘，以文为友，与时光对话。

走出苍茫的大漠、走出绵绵的阿尔金山，回到西南大都市和美丽富饶的故乡常州已经二十余载。但那个遥远的柴达木，广袤无垠的戈壁，大漠落日余晖的壮美，如梦如幻的夜空，却常常令我牵念。也许，也许我青春的汗水曾冲刷过那里的砂砾；也许，也许我耕耘的脚步曾叩响过沉寂的荒漠；也许，也许我燃烧的热血曾融化过昆仑的雪峰！离开大漠才知道：大漠的风、大漠的石头、大漠的太阳，都成了我亲切美好的回味，都是我人生旅途中携带的一笔不可估量的精神财富。

跨越漫漫三十几年，我用心、用情抒写，散落在全国各大报纸杂志的这些散文，如同我精心孕育的新生儿，多年忍痛割爱寄居他乡。今日寻找、收集、汇聚，虽然工作量很大，很累，但，累并快乐着。此刻，目睹着她们千里迢迢、风尘仆仆地从全国各地汇集到一起，正一个个痴痴地站立在我的面前，展开双臂，瞪着热切祈盼的目光，眼巴巴等待着我的亲吻，拥她入怀……

她们要回家！

记得十多年前，我就萌发了汇集出版个人散文集的愿望。实乃那些年生活工作还处于动荡中。多次迁徙，奔波跋涉，无暇、无法静下心来整理文稿。再由于那时居住地太多，多的时候我有六处住所，到处摆放着我的生活用品、学习用品等资料。我秉着"再颠簸的生活也要闪亮地过"的原则，铭记心头那份矢志不渝的梦想，坚定向前，走过一次次灰暗的季节。时光荏苒，仿佛昨日还是积雪层层的酷冬，今日已是春日暖阳。我曾用流浪的脚迹，丈量穿越奔波的长度和宽度。我曾用祈盼的目光，渴望夜色阑珊中那盏透过窗帘的灯火……

我已拥有！

在时光的深处，在奔波跋涉工作的间隙，我捡起生活中的酸甜苦辣，捡起路边、风里雨里的小小砾石，用心糅合、打磨，连字成篇。虽然没有大海的波澜壮阔，没有大江的气势磅礴，却有岁月激起的点点浪花；虽谈不上惊天动地的名篇，倒也是我奔波途中灵魂的伴侣。"微火虽微，汇之成炬。"

本部散文集选用了三十几年来创作的部分散文 59 篇。散文集由两部分组成。第一部分，《在那遥远的地方》，选用了 22 篇。汇聚了在高原亘古荒漠中，在那个我梦启航的地方，青海柴达木深处的地域特色、风土人情和那些在极其艰难的岁月中，在"眼见风来沙旋移，经年不省草生时。莫言塞北无春到，总有春来何处知"的戈壁深处，奉献者们是怎样生活、工作、学习的；第二部分，《彼岸有星光》，收集了 37 篇。抒写我走出大漠追梦、奔波、穿梭在几个省份、几座城市的所见所闻所感所悟。这部散文集选文，大多在全国各报纸杂志发表过的，也有一部分获过全国及省市文学大赛奖。题材、取材相对比较广泛、丰富。期望通过自己的经历、体验，刻下一份岁月、时光的印记。

从生活在大漠深处到走出大漠这几十年来的人生经历，我深深感悟到：我们每个人无论生活在怎样的环境下，都皆须将历痛苦之磨炼，视之为前行之阶梯，以积极之态面对，终将会风雨过后见彩虹……自己选定的目标和梦想，无论生活怎样动荡奔波，都要坚韧不拔、锲而不舍地走下去！"人的一生，最光辉的那一刻不在功成名就的那天，而是从悲叹与无望中产生对目标与未来的挑战，意志无比坚定的那天。""……人生没有白走的路，也没有白吃的苦。你跨出去的每一步，都是未来的基石与铺垫。"正所谓"日拱一卒，功不唐捐"。感谢大漠生活的锤炼！感谢挫败婚姻使我愈发坚强、独立和自信！卡耐基曾对女人说过一段话："能百毒不侵的人，都曾伤痕累累；能笑看风云的人，都曾百孔千疮；每个自强不息的人，都曾无处可依；每个看淡情爱的人，都曾至死不渝……"历尽千帆，爱过，伤过。让历经的风霜雨雪都化作前行的动力！打理行装，勇往直前。"千淘万漉虽辛苦，吹尽黄沙始到金"呵！

此部散文集的出版过程，得到当代著名军旅作家、第五届鲁迅文学奖获得者、中国散文学会名誉主席王宗仁老师的激励与助力。他主动提出为我题写了精辟、富有哲理性的题词："一个不吃苦的作家，不经过磨难的作家，是很难写出让读者心爱心疼的作品。"王老师不但先用微信题写了发给我，然后还用钢笔在稿纸上题写，并在题词页后面又附写了一张稿纸，他用自己在青藏高原担任汽车兵的艰辛经历来阐述题词的含义，一直到凌晨两点才写完用手机拍了发给我，实乃令人感动感激。王宗仁老师虽然已85岁高龄，依然笔耕不辍，迄今已出版书籍150多部。正当我写本篇后记之时，又收到王宗仁老师从千里之外的北京寄来他刚出版的新书《仰望昆仑》。我如获至宝，一定好好拜读、学习、珍藏。借此机会，谢谢王老师如此激励与厚爱。其次要感激中国作协会员、苏州文友韩树俊老师。韩树俊老师近年出版了多部散文集并频频获奖，被王剑冰老师誉为"苏州非常有影响力的作家"，在我出书过程中，给予了悉心指点、赐教与关心，并为我的散文集作序。感谢我曾经的同事，青海省海西州文联原副主席子夜为本书作序。感谢我的同乡，国家一级美术师、中国美术家协会会员、中国书法家协会会员、江苏省文史研究馆馆员范石甫老师，拜请他题写书名，他慨然应允。

在这条崎岖蜿蜒的漫漫追梦途中，感谢湘湖才子、高级编辑、青海师范大学地理学学院客座教授甘建华老师的指点、赐教与鼓励。《举头遥见潇湘雁》和《在那遥远的地方》两篇都写到他。同时感谢我家乡江苏省作协、常州市作协、金坛区作协等主席、主任、秘书长、报社杂志总编、编辑老师的关心与鼓励。感谢所有家人对我生活上的关心呵护和照顾……这点点滴滴的温暖，都镌刻在我的心底。风吹过的日子，总有一股暖流穿越心田。那些曾经历的酸甜苦辣，此时，似乎都幻化成亲切的回忆，定格在心房。在此，一并表示衷心的感谢！

散文集中有几篇文字看似略带忧伤，但忧伤的文字背后却隐含着一股力量！给人更多的是温暖和引领。因为我的心中有爱、有光、有追求、有向往，这也是我人生奋斗的一根主线！正如作家迟子建所说："一个文学家如果没有哀愁，我觉得就没有对这个世界的感悟伤怀。哀愁是人类共有的情怀！有哀愁情怀你会觉得生活充满了敬畏，也充满了向往。因为哀愁可以让你注入更多的思考，对一个事情引发了共鸣……"

本部散文集中的插图配用了我自己创作的摄影、美术作品。由于时间仓促，难免存在不足之处，诚望读者朋友批评指正。散文集中不论哪一篇，无论篇幅长与短，也无论忧与乐，都是通向广阔的社会人生的小路，我用真诚朴实的语言敞开心扉，袒露我的灵魂在与您交流、交心。陕西省散文学会会长陈长吟曾说："散文是人生路上的行囊，散文是读者面前的一瓶红酒，散文是作者灵魂的自白。"那么，亲爱的读者，如若您闲暇时打开这瓶我摩顶放踵，不远万里，顶风冒雪，披荆斩棘，奔波在全国各地不同环境、不同地域和不同气候条件下采摘回来，用心、用情、用时光、用岁月酿造了三十几年的葡萄酒会有何种体会？如果能给您带来"微中见著，以小喻大"的感受和启迪，那将是我最大的欣慰……

窗外，不知何时下起了小雨。雨丝爬上牵梦的窗棂，一路讲述着曾流浪奔波的足迹；雨花飞溅，打捞起红尘中浮沉的过往。我，拨一曲心弦，给您听……

顾锁英

2024 年 6 月 16 日书于江南水乡常州忘忧斋

顾锁英原创摄影作品《又到梅花开》